Libori-Lüge

Ludgera Vogt, Jahrgang 1958, ist gebürtige Ostwestfälin. Nebenberuflich begann sie 2009 das Schreiben mit einer kleinen Kinderbuchreihe. Mittlerweile ist sie im Krimi-Genre angekommen. Ideen und Hintergründe ihrer Buchprojekte speist sie aus vielfältigen, berufsbedingten Erlebnissen. Versehen mit einem gut dosierten Schuss Situationskomik führt sie den Leser auf unterhaltsame Art in eine Welt voller Abgründe und Aufstiege. www.ludgera-vogt.de

LUDGERA VOGT

# Libori-Lüge

KRIMINALROMAN

emons:

**Bibliografische Information der Deutschen Nationalbibliothek**
Die Deutsche Nationalbibliothek verzeichnet diese Publikation in der Deutschen Nationalbibliografie; detaillierte bibliografische Daten sind im Internet über http://dnb.d-nb.de abrufbar.

MIX
Papier aus verantwortungsvollen Quellen
FSC® C083411
FSC
www.fsc.org


Umschlagmotiv: joexx/photocase.de
Umschlaggestaltung: Tobias Doetsch
Gestaltung Innenteil: César Satz & Grafik GmbH, Köln
Lektorat: Saskia Römer
Druck und Bindung: CPI – Clausen & Bosse, Leck
Printed in Germany 2017
ISBN 978-3-7408-0085-7
Originalausgabe



Dieses Werk wurde vermittelt durch die Agentur Editio Dialog,
Dr. Michael Wenzel (www.editio-dialog.com).

Für meine Familie, in Liebe

# Prolog

Sie legte den Kopf zurück und versuchte, ruhig und tief zu atmen, wie er es ihr gesagt hatte. Aber sie hatte das Gefühl, dass nicht genug Luft in ihre Lungen gelangte. Sie wollte ihn danach fragen. Aber er hatte demonstrativ den Kopf zur anderen Seite gelegt und schenkte ihr keine weitere Beachtung. Er hatte ihr die letzten beiden Tabletten gegeben, etwas musste damit nicht stimmen. Schweißtropfen traten ihr auf Stirn und Oberlippe und liefen sogleich wie kleine Sturzbäche in den Kragen ihrer Bluse. Ihr Herz flatterte wie ein gefangenes Vögelchen im Netz, müde und kraftlos, als habe es den Kampf ums Überleben aufgegeben.

Ein dumpfes Rauschen dröhnte ihr durch den Kopf. Sie hob die Hand, um an den rettenden Schalter zu gelangen, tastete jedoch ins Leere. Sie stöhnte. Dann endlich kehrte Ruhe ein.

Endgültig.

# EINS

Heute war der perfekte Tag für einen Neustart. Der Wetterbericht hatte ein sonniges Herbstwochenende vorausgesagt, und damit war Kommissar Bela Aßmann zumindest wettertechnisch der Weg in einen neuen Lebensabschnitt geebnet. Aus dem kleinen Wäldchen am Ostfriedhof zwitscherten die Vögel gegen die dunklen Schatten der Nacht an. Irgendwo im Haus hatte ein Nachbar Kaffee aufgebrüht, dessen Aroma ihm in die Nase stieg.

Er war mit dem Inhalt einer letzten Flasche Rotwein und dem festen Vorsatz der Besserung zu Bett gegangen. Nach einer guten Nacht, unbehelligt von quälenden Träumen, wollte er es sich bei einem ausgiebigen Frühstück gemütlich machen und Pläne für das Wochenende schmieden. Im Geiste legte er sich eine Wanderstrecke durch den Haxtergrund zurecht. Hatte Radio Hochstift nicht erst kürzlich die alte Pilgerroute zur Kapelle der Hilligen Seele empfohlen? Stirnrunzelnd überschlug er die zu erwartende Kilometerzahl und entschied, dass er es mit den guten Vorsätzen nicht gleich übertreiben sollte, auch wenn das Wald & Wiesen Café unterwegs mit erfrischenden Getränken lockte. Für den Anfang würde ein Spaziergang in die Stadt genügen. Im Café Röhren, dem urigen Kaffeehaus am Quelllauf der Pader, könnte er sich mit einem Milchkaffee und einem Stück Florentiner belohnen und dabei den Blick entspannt über die vielen Gäste schweifen lassen, die sich hier gern mit einem guten Buch in eine Ecke zurückzogen. Wenn sich seine gute Laune halten sollte, würde er auf dem Rückweg einen Abstecher über die Westernstraße machen und sich neu einkleiden. Für einen richtigen Neustart durfte ein Stilwechsel nicht fehlen, auch wenn er ein Shoppingmuffel war.

Er freute sich darauf, beim Frühstück ganz normal die Zeitung lesen zu können. Er würde nicht umständlich die Seiten sortieren müssen, weil Simone die Blätter auf ihrer Jagd nach Schnäppchenanzeigen in der Küche und auf dem Klo verteilt hatte. Und vor allem würde er sich nicht rechtfertigen müssen, warum ihn statt der aktuellen Schlagzeilen zu Mord und Totschlag der Artikel über die Landesgartenschau in Bad Lippspringe interessierte. Oder warum der Kommentar über das Fiasko des SCP, der nach einem grandiosen Aufstieg in die Erste Bundesliga einen glatten Durchmarsch in die Dritte Liga hingelegt hatte, lesenswert war. Er wollte entspannen und sich nicht auch noch am Wochenende mit den Abgründen der Gesellschaft beschäftigen müssen.

Aber genau dies kündigte ihm das hartnäckige Klingeln seines Handys an, denn um diese Uhrzeit und mit dieser Penetranz konnte nur sein Kollege Dominik stören. Er blinzelte mit halbem Auge auf das Display – »Dominik nervt« stand dort – und ließ das Handy stöhnend auf die Bettdecke fallen. »Bitte, lieber Gott, lass es ein Selbstmord sein.«

Simone hätte ihm in diesen frühen Morgenstunden des 15. Oktober mit gespielter Begeisterung wenigstens drei seiner Kommissarskollegen aus dem TV aufgezählt, denen es regelmäßig so wie ihm erging – mit einem Kater und ohne Frühstück zu einer Leiche gerufen zu werden.

Dass sie selbst der Grund für seinen Alkoholkonsum in den letzten Tagen gewesen war, hätte sie durchaus legitim gefunden. Schließlich hatten alle Tatortkommissare eine gescheiterte Ehe hinter sich, weil sie keine Zeit für ihre Familien gehabt hatten. Ständig waren sie mit irgendwelchen Fällen beschäftigt. Und selbst wenn sie zu Hause waren, konnte sich eine Kommissarsgattin nie wirklich sicher sein, dass sich das Gedankengut ihres Mannes auch wirklich um die familiären Belange drehte.

»Die Frau des Stuttgarter Ermittlers, du weißt schon, der Kollege von Richy Müller, hat sich von ihrem Mann getrennt und ist mit einem Querschnittsgelähmten zusammengezogen. Der war wenigstens immer zu Hause und hatte Zeit für seine Frau.«

»Ich kann bei der nächsten Verfolgung den Täter bitten,

einen gezielten Schuss auf meine Wirbelsäule abzugeben. Wäre ab Bauchnabel okay für dich? Ich würde nämlich noch gern den Löffel selbstständig zum Mund führen können.«

So oder ähnlich hatten ihre abendlichen Gespräche geendet, bevor sich jeder auf seine Seite gedreht und die Bettdecke über sich gezogen hatte. Nach fünfzehn Ehejahren waren sie an einem Punkt angekommen, an dem es nur noch darum gegangen war, dem Partner einen möglichst verletzenden Stich mitzugeben. Wobei die Stiche seiner Frau meistens besser gesetzt waren als seine.

Zum ultimativen Finale hatte sie ausgeholt, als sie ihm vor zwei Wochen eröffnet hatte, ihn verlassen und zu einer Freundin ziehen zu wollen. Am Anfang hatte er ihre Andeutungen über die besondere Art ihrer Beziehung zu dieser »Freundin« noch nicht einmal wahrgenommen. Er war blind gewesen. Ihn, der beruflich bedingt präzise Rückschlüsse in Sachen zwischenmenschliche Beziehungen zog, hatte privat sein feines Gespür im Stich gelassen. Schlimmer, es hatte ihn zum Depp werden lassen.

Mit ihren spitzen verbalen Attacken hatte er sich im Laufe der Jahre arrangiert. Er hatte sie als weitervererbten Gendefekt seitens seiner Schwiegermutter verbucht und über sich ergehen lassen. Aber wie hatte sie seinen männlichen Vorzügen entgleiten und eine Kehrtwende zum gleichen Geschlecht hinlegen können? Eigentlich hätte er schon hellhörig werden müssen, als sie die Furtwängler zu ihrer Lieblingskommissarin gekürt hatte. Er hätte ein Jahreseinkommen auf Til Schweiger gesetzt. Aber nein – keiner ermittelte in ihren Augen so präzise und hartnäckig wie die Kommissarin aus Hannover. »Welch geniale Gedankengänge die Maria in ihrem blond gelockten Köpfchen konstruieren kann. So was kriegt nur eine Frau hin.«

Er ahnte, welche Gedanken ihm unter dem Kurzhaarschnitt seiner Frau all die Jahre verborgen geblieben waren. Dieses ganze Gejammer um seine Arbeitszeiten war nur vorgeschoben gewesen. Wahrscheinlich hatte sie sich sogar heimlich gefreut, wenn er weggerufen wurde, gerade wenn er es sich mit ihr hatte gemütlich machen wollen. Eine Welle von Übelkeit war in ihm aufgestiegen, als er sich ausgemalt hatte, wie unerträglich ihr seine Berührungen in der letzten Zeit gewesen sein mussten. Er konnte nicht darüber nachdenken, ohne dass ihm die Schamröte ins Gesicht stieg. Im Moment war diese Vorstellung nur mit dem Inhalt einer Flasche Wein zu ertragen, der seine Nerven umspülte und ihn in einen gnädigen Schlaf gleiten ließ. So bescheiden hatte noch kein Drehbuchautor seinen TV-Helden im Regen stehen lassen. In dieser Angelegenheit war er seinen prominenten Kollegen aus dem Fernsehen unfreiwillig deutlich voraus. Geschiedene Kommissare gab es zuhauf, auch gehörnte, aber keinem war bisher die Gattin in die Homosexualität entschwunden.

Doch ab jetzt, das hatte er sich fest vorgenommen, würde Schluss mit der Selbstkasteiung sein. Er wollte kein Depp mehr sein, und er wollte auch nicht mehr jeden Morgen mit einem schweren Kopf aufstehen. Er würde sich ein Hobby zulegen, das ihn auf andere Gedanken brachte. Er hatte allerdings noch keine Vorstellung, was das sein sollte. Seine knapp bemessene Freizeit war bislang von den Vorstellungen und Wünschen seiner Frau bestimmt gewesen. Samstags hatte er sie meistens in die Stadt begleitet und beladen wie ein Packesel vor den Umkleidekabinen auf sie gewartet. An seinen dienstfreien Sonntagen war er ihr zuliebe mit in die Therme gefahren, obwohl stehendes Wasser nicht sein Element war. Das Chlor kribbelte ihm in der Nase und erinnerte ihn daran, dass womöglich gerade irgendwer ins Wasser pinkelte. Wenn sie am Abend die Wellness-Oase der Westfalen-Therme in Bad Lippspringe verließen, war seine Badehose meistens noch pulvertrocken. Er wanderte gern, aber dass ausgedehnte, einsame Spaziergänge geeignet waren, um auf andere Gedanken zu kommen, bezweifelte er.

Sein einziges Hobby waren Siegfried und Roy, zwei ihm zugelaufene Rennmäuse. Sie waren an einem klirrend kalten Märzmorgen orientierungslos auf seiner Terrasse herumgeirrt und hatten durch die Scheibe gelugt. Er hatte sich das erste und einzige Mal über den Willen seiner Frau hinweggesetzt und den frierenden Tieren Unterschlupf gewährt. Während Simone auf dem Couchtisch eine moderne Version der italienischen Oper zum Besten gegeben hatte, hatte er die Terrassentür geöffnet und die zwei Nager in eine leere Plätzchendose springen lassen. Er war mit ihnen in den nächsten Zoofachhandel gefahren und hatte sich vom dortigen Personal bestätigen lassen, dass es sich bei diesen Tieren nicht, wie von Simone deklariert, um Ratten handelte, sondern um zwei putzige Vertreter aus der Familie der Mongolischen Rennmäuse. Nachdem er erfolglos in der Nachbarschaft herumtelefoniert und auch ein Aushang im Supermarkt keine Resonanz ergeben hatte, war er nun seit einem halben Jahr der stolze Besitzer von Siegfried und Roy. »Ich nehme sie als Ersatz für die Kinder, die du nie haben wolltest«, hatte er Simone geantwortet, die sich mit den neuen Mitbewohnern nicht anfreunden wollte. Schließlich waren sie übereingekommen, dass die Mäuse bleiben durften, wenn er ein Paravent vor ihrem Käfig aufstellte. Simone wollte die Tiere nicht sehen. Und damit sie sie auch nicht knabbern oder rascheln hörte, lief ständig das Radio hinter der Abtrennung. Der WDR-Kindersender beschallte die Nager mit einer Auswahl an Kinderliedern, Filmmusik aus Wickie, Heidi und Co. oder klärte sie in kindlich verständlichen Beiträgen über das Wetter und die Weltpolitik auf. Wenn Aßmann ankündigte, dass er am Wochenende den Mäusekäfig sauber machen wolle, war sie mit Sack und Pack zu ihrer Mutter gezogen. Oder neuerdings zu ihrer Freundin. Erst jetzt wurde ihm bewusst, warum sie sich in letzter Zeit immer häufiger über den angeblich stinkenden Käfig beschwert hatte, obschon er sicher gewesen war, ihn häufiger zu schrubben als sie das Badezimmer.

Sein Handy klingelte immer noch. Er tastete nach dem Gerät und räusperte seinen Namen hinein.

»Bela? Endlich, wo steckst du denn? Weißt du, wie lange ich schon durchschellen lasse?«

Stöhnend wälzte er sich zur Seite und versuchte, die Zahlen

auf seinem Wecker zu entziffern. »Drei vor sieben«, gähnte er in den Hörer.

»Vielen Dank für die freundliche Zeitansage. Die Spurensicherung meinte auch schon, ich würde die Uhr noch nicht kennen. Kommst du? Ich brauche dich hier.«

Kommissar Bela Aßmann strampelte mit den Beinen die Decke beiseite und quälte sich auf die Bettkante. »Mein Horoskop hatte mir für heute eigentlich einen angenehmen Tag prophezeit.«

»Was eine junge Dame nicht davon abgehalten hat, sich vom Hochhaus zu stürzen und von einem Forsythienstrauch aufspießen zu lassen. Vier Äste haben den Körper durchbohrt. Kein schöner Anblick.«

»Großer Gott! Selbstmord?« Er sah im Geiste seinen Kollegen Dominik Gerke vor einem Hochhaus stehen und die Fassade hinaufstarren.

»Schwer zu sagen. Alles in höchstem Maße unappetitlich. Der Chinese macht mich jedenfalls schon ganz meschugge.«

»Welcher Chinese?« Aßmann stand auf, dehnte sich und schlurfte zum Rennmauskäfig.

»Im Erdgeschoss des Hauses befindet sich ein China-Restaurant. Der Besitzer, Herr Wung, hat für heute Mittag auf einem riesigen Plakat neben dem Eingang ›Ente am Spieß‹ angekündigt und erwartet ein volles Haus. Ich kann verstehen, dass er die Tote so schnell wie möglich von seinem Grundstück weghaben will, bei dem Sonderangebot. Aber erst müssen unsere Leute ihre Arbeit tun. Deshalb würde ich es sehr begrüßen, wenn du dich auf die Socken hierher machst.«

»Schon gut. Ich springe nur schnell unter die Dusche. Oh nein …«

»Was ist los?«

»Siegfried und Roy sind ausgebüxt.« Aßmann beugte sich über den Käfig, Zeige- und Mittelfinger stöhnend gegen die Nasenwurzel gepresst. »Ich habe anscheinend gestern Abend nach dem Füttern die Klappe nicht richtig verschlossen.«

Sein Kollege schickte ein Seufzen in den Hörer.

»Gib mir zwanzig Minuten, Dominik, ich muss sie schnell einfangen, sonst kann ich morgen meine Wohnung neu tapezieren.«

»Ja, so hat jeder auf seine Art mit den Tücken des Alltags zu kämpfen. Ich muss als alleinerziehender Vater meine Tochter irgendwo unterbringen. Du musst Rennmäuse einfangen. Borchert stöhnte mir vor, seiner Frau eigentlich ein Wellness-Wochenende versprochen zu haben. Nur Jogi machte bei meinem Anruf einen fröhlichen Eindruck. Ich glaube, ihre Schwiegermutter ist im Moment zu Besuch … Es erwartet dich hier übrigens eine Überraschung. Dass sie in die Kategorie ›angenehmer Tag‹ fällt, wie von deinem Horoskop versprochen, wage ich allerdings zu bezweifeln.«

»Scheiß-Horoskop, ich hab jetzt schon keine Lust mehr.«

»Du wirst nicht drum herumkommen. Ich lasse dich von Jogi abholen. So, ich muss Schluss machen. Herr Wung nähert sich gerade mit einem chinesischen Langschwert dem Forsythienstrauch.«

Aßmann war wie immer unschlüssig, ob er das rot-weiße Absperrband aufgrund seiner langen Beine besser übersteigen oder sich bücken sollte. Meistens nahm ihm ein Kollege der Tatortsicherung die Entscheidung ab und hob für ihn das Band an. Sein Freund und Kollege Dominik Gerke hatte ihn erkannt, hob grüßend den Arm und kam ihm entgegen.

Aßmann trat in den abgesperrten Bereich, der den kompletten Grünstreifen vor der Längsfront des Hochhauses umfasste. Die große Forsythie mit ihrer grotesken Fracht stand im hinteren Bereich der Rasenfläche. Aus der Ferne wirkte sie wie eine riesige Forke mit Appetithappen.

Die Polizei hatte eine Plane um sie herum gespannt, die der Wind allerdings von Zeit zu Zeit hob, sodass die Schaulustigen an der Straße immer wieder auf ihre Kosten kamen und den Anblick sogleich mit einem aufgeregten Raunen quittierten. Zwei Mitarbeiter eines Bestattungsunternehmens lehnten rauchend an ihrem Fahrzeug, das sie zum Leidwesen des Restaurantbesitzers direkt vor seinem Eingang abgestellt hatten. Sie demonstrierten bewusst Gelassenheit, obschon sie einer solchen Leichenbergung wohl auch noch nicht beigewohnt hatten.

Aßmann stapfte durch das nasse Gras. Er sah am Hochhaus empor. Über der Absturzstelle boten fünf Balkone und das Flachdach an oberster Stelle eine Möglichkeit zum Absprung. Alle anderen Fenster und Balkone waren zu weit entfernt. Er seufzte. »Bitte, lieber Gott, lass es einen Abschiedsbrief geben. Oder einen geständigen Ehegatten, der sie zu dieser Verzweiflungstat getrieben hat.«

Als Gerke in Aßmanns Dunstkreis trat, verzog er kurz das Gesicht und hielt ihm eine Rolle Pfefferminzdrops hin. Aßmann hob abwehrend die Hand. »Danke, Johanna hat mich auf dem Weg hierher schon bestens versorgt. Ich komme mir allmählich wie ein wandelndes Eukalyptusbäumchen vor. Ab heute ist sowieso Schluss mit dem Alkohol.«

Gerke rollte die Bonbonpackung wieder zusammen. »Klingt gut. Und wenn du jetzt noch etwas mehr isst«, er musterte seinen Kollegen kritisch von Kopf bis Fuß, »muss ich mir keine Gedanken mehr machen, dass du mir beim nächsten Herbststurm abhandenkommst.«

»Mach dich nur lustig.«

»Mache ich gar nicht. Konntest du Siegfried und Roy einfangen?«

»Nein, ich fürchte, sie haben sich in die Couchgarnitur eingefressen. Johanna hat sie unter ihrem Hintern knabbern hören, als sie auf mich wartete.«

»Besser knabbern hören als spüren.« Gerke stellte sich die junge, dynamische Kommissaranwärterin Johanna Giersbach auf Aßmanns Couch vor und grinste. Den Spitznamen Jogi hatte er ihr bei ihrem Amtsantritt nicht nur wegen ihres Namens gegeben, auch frisurtechnisch herrschte eine nicht zu leugnende Ähnlichkeit zwischen ihr und dem deutschen Fußball-Bundestrainer. Johanna nahm es gelassen. Es gab schlimmere Vergleiche.

Er schob sein Pfefferminzdrops in die andere Backentasche. »Also …«, sie waren am Zierstrauch angekommen, »… darf ich vorstellen: Schwester Louisa.«

»Eine Nonne in Zivil?«

»Nein, keine Nonne. Louisa Steffens ist Krankenschwester bei einer ambulanten Pflegeeinrichtung namens … Moment …«, er blätterte in einem Block, »w-a-w.«

»Und das heißt was? Warum-alt-werden?«

»Nah dran. W-a-w steht für ›würdig-alt-werden‹. Es ist ein hier in der Nähe ansässiger Pflegedienst. Ich habe Jogi angewiesen, gleich dorthin zu fahren, nachdem sie dich abgeholt hat.«

»Ja, sie hat so was auf dem Weg hierher erwähnt … Wohnt sie hier im Hochhaus, diese Schwester Louisa? Gibt es einen Abschiedsbrief?«

»Weder noch. Leider. Sie versorgt hier eine Patientin. Von ihr habe ich die ersten Informationen. Die alte Dame hat sich leider so sehr über den schrecklichen Tod von Frau Steffens aufgeregt, dass ich sie noch nicht weiter befragen konnte. Eine Betreuerin hat den Hausarzt gerufen und kümmert sich oben um sie.«

Erneut sah Aßmann an der Hausfassade empor. »Ist Schwester Louisa von dem Balkon ihrer Patientin gesprungen?«

»Unsere Leute sind dran, aber es sieht im Moment nicht danach aus. Frau Brehmer, also die Patientin, hat vorhin immer wieder ausgerufen, dass doch heute Louisas Freund aus den USA zurückkommt. Nach einem halben Jahr, in dem sie sich die Seele aus dem Leib gejammert hat, hätte sie ihn heute endlich wiedergesehen.«

»Und weil sie sich vor lauter Freude nicht halten kann, hüpft sie vom Balkon?« Aßmann näherte sich vorsichtig der Leiche, die noch immer einen guten Meter über der Erde im Strauchwerk schwebte. Ihr Kopf klemmte stabil in einer Astgabel, Arme und Beine hingen wie halb gare Makkaroni-Stangen herab. Vier Äste waren durch den Rumpf gedrungen und hielten den Körper; zwei ragten aus dem Brustkorb hervor, einer aus dem Bauch und einer aus dem Unterleib. Die langen Haare klebten an ihrer blutdurchtränkten Bluse. Nur ein paar einzelne Strähnen wehten leicht im Wind. Ihre Augen blickten starr gen Himmel, riesengroß und fragend, als wunderte sie sich, wie sie hierhergekommen war.

Aßmann schluckte und atmete ein paarmal in seine Faust. »Ich werde mich nie an einen solchen Anblick gewöhnen.«

»Da kannst du noch so viele Berufsjahre auf dem Buckel haben, schlimmer geht immer«, stimmte Gerke ihm zu.

»Sie wäre in jedem Fall tot gewesen, selbst wenn sie nicht den einzigen Strauch weit und breit erwischt hätte. Sie muss aus großer Höhe gestürzt sein.« Dr. Hübsch, der Pathologe, trat einen Schritt von der Toten zurück und streifte sich die Einmalhandschuhe ab. »Grüß dich, Bela.«

»Hallo, Doc. Wie ich sehe, hast du heute einen außerordentlich rückenschonenden Arbeitsplatz.«

»Definitiv.« Hübsch rieb sich die Lendenwirbel. Wirkte er schon in Zivil nicht gerade wie eine Elfe, so degradierte der weiße Plastikoverall seine Gestalt geradezu zu einem Riesenfußball mit Beinen. »Das stimmt. Die Höhe kommt mir in meinem Alter sehr entgegen. Ich wünschte nur, ich könnte mich während meiner letzten Arbeitsjahre mit etwas weniger spektakulären Todesfällen beschäftigen – dem Herzinfarkttod eines Achtzigjährigen, zum Beispiel.« Er schob sich die Kapuze aus dem Gesicht. »So, wenn ihr komplett seid, können wir anfangen. Die Frau ist ungefähr seit neun Stunden tot, plus/minus eine Stunde.«

Aßmann sah auf seine Uhr. »Also seit gestern Abend gegen zweiundzwanzig Uhr.«

»Ja, vielleicht sogar noch etwas eher. Der Tod trat durch diesen Ast hier ein«, er zeigte auf einen der Spieße im Brustkorb der Leiche, »er durchbohrt das Herz. Die anderen Stichverletzungen muss ich mir in der Pathologie ansehen. Ich vermute, sie gehen durch Leber, Lunge und Blase oder Gebärmutter. Sie war sofort tot.«

»Etwas anderes möchte ich mir auch gar nicht vorstellen.«

Aßmann war angesichts des schnellen Todes geradezu erleichtert. »Dann kannst du einen der unteren Balkone ausschließen?«

»In der Tat. Ein Sprung aus dem ersten oder zweiten Stock wäre zwar auch gefährlich gewesen, aber die Äste hätten sie nicht so brutal durchdrungen.«

»Der Chinese, Herr Wung, hat den Strauch erst letzte Woche vom Hausmeister schneiden lassen«, bemerkte Gerke, »darum waren die Schnittstellen noch sehr scharfkantig.«

»Ja, sie waren wie Pfeile.« Dr. Hübsch trat ein paar Schritte zurück und zählte die Balkone am Haus. »Ab der dritten Etage wird es interessant, ich tippe aber auf eine noch höhere Ebene, wenn nicht sogar das Dach.«

»Das Dach können wir mit ziemlicher Sicherheit von der Liste streichen«, widersprach Gerke. »Ich war schon mit dem Hausmeister oben. Die Brüstung ist fast zwei Meter hoch. Ohne eine Tretleiter oder Ähnliches wäre sie da nicht hinübergekommen. Es sei denn, es hat ihr jemand mit den Händen eine Räuberleiter gebaut. Aber eine solche Beihilfe zum Selbstmord kann ich mir kaum vorstellen.«

»So was ist mir auch noch nicht untergekommen. Vielleicht war es ein Unfall. Sie wollte etwas, was ihr über die Balkonbrüstung gefallen ist, noch einfangen …?«, überlegte Aßmann.

Gerke schaute skeptisch. »Schön wär's, aber ich glaube nicht daran. Hier auf dem Rasen ist weit und breit nichts zu finden, was ein solch waghalsiges Manöver wert gewesen wäre.«

Dr. Hübsch wandte sich wieder dem Leichnam zu, und Aßmann schickte einen sehnsüchtigen Blick zum Bäcker an der gegenüberliegenden Straßenecke. Er rieb sich den knurrenden Magen. »Also gut, dann werden wir jetzt den Herrschaften, deren Balkone sich in der Absturzschneise dieses Strauches befinden, einen Besuch abstatten.«

Gerke zögerte. »Ich habe mir schon einen ersten Eindruck verschafft und bin nebenbei auf etwas … nun … Interessantes gestoßen.«

»Lass hören.« Aßmann rieb sich die Hände. Vielleicht war

ein ordentliches Frühstück beim Bäcker gegenüber doch noch im Bereich des Möglichen.

»Nicht, was du denkst. Es hat etwas mit der Falschinterpretation deines Horoskops zu tun.« Auf Aßmanns verständnislosen Blick hin winkte er ab. »Du wirst es noch früh genug erfahren. Also, lass uns anfangen. Das komplette Parterre gehört zum Restaurant. Als Absprungort für einen Mord, Selbstmord oder Unfall ungeeignet und uninteressant für uns. Ach ja, Herr Wung hat die Tote übrigens auch gekannt. Er sagt, sie habe erst gestern einen Tisch in seinem Restaurant reserviert – für heute Abend. Sie habe nach einem schönen, separaten Plätzchen für ein Candle-Light-Dinner gefragt. Er habe ihr als besonderes Schmankerl die acht Köstlichkeiten vom Qinghai Hu vorgeschlagen.«

»Von welcher Kuh?«

»Nicht wichtig, jedenfalls wollte sie anscheinend ein grandioses Wiedersehen mit ihrem Freund feiern.«

»Hatte sie eigentlich ihr Handy dabei?«, fuhr Aßmann dazwischen.

»Nein, nur ein Schlüsselbund. Allerdings passt keiner der Schlüssel zu den Wohnungen über uns. Warum fragst du nach dem Handy? Du denkst an eine Nachricht, in der ihr der Freund lapidar mitteilt, dass er Schluss macht?«

»Wäre ja nicht völlig aus der Luft gegriffen, oder? Simone hat mir neulich erst von einem Schlagerfuzzi vorgelesen, der sich auf diese Art und Weise hysterisches Gezeter vom Leibe hält. Einfach ein paar Zeilen getippt, wenn überhaupt – heutzutage reichen schon ein paar komische Symbole –, und schon ist das Kapitel abgeschlossen. Weiter, wem gehört der Balkon im ersten Stock, auf dem es wie auf dem Hinterhof einer Getränkefirma aussieht?«

»Da wohnt Sven Petzke – laut Hausmeister ein Saufbruder erster Güte, der all sein Geld in Hochprozentiges umsetzt, sobald der Geldautomat es ihm in die Hände spuckt. Herr Petzke hat die Tote übrigens entdeckt und uns alarmiert.«

Die Kommissare umrundeten die Leiche in gebührendem

Abstand. »Jetzt mal ehrlich, Dominik«, Aßmann wies mit beiden Händen auf die Tote, »so was tut man doch nicht freiwillig.« Er beugte sich über einen großen dunklen Fleck am Unterschenkel der Frau. Undefinierbare Bröckchen klebten daran oder waren bereits auf den Rasen gefallen. »Was ist das?«

»Kotze von Herrn Petzke. Nach seinen Angaben stand er zum Zeitpunkt des Absturzes auf seinem Balkon und rauchte eine Zigarette. Sie sei direkt vor seinen Augen wie ein Felsbrocken in den Strauch gekracht. Der Anblick sei so schrecklich gewesen, dass er sich übergeben habe. Ich konnte bis jetzt zwei Köstlichkeiten entdecken: Pommes rot-weiß und Jägerschnitzel schlecht durchgekaut.«

Aßmann blickte von der Toten zum Balkon, als wolle er abschätzen, in welchem Bogen Petzke gekotzt haben musste. »Aber die Frau ist seit circa neun Stunden tot. Was hat er in der ganzen Zeit gemacht, bis er uns angerufen hat?«

»Er ist wohl in sein Wohnzimmer getaumelt und dort kollabiert. Ich nehme an, dass er vom Kollaps übergangslos in eine deutlich verlängerte Ausnüchterungsphase geglitten ist. Jedenfalls hat er ausgesagt, er sei gegen sechs Uhr aufgewacht und habe zunächst an einen schlechten Traum geglaubt. Aber die Frau hing noch immer vor seinem Balkon im Gestrüpp. Nachdem er sich ein weiteres Mal übergeben habe, hat er es schließlich geschafft, die 110 zu wählen.«

»Wunderbar, solche Augenzeugen wünscht man sich doch. Hat er denn nichts gehört, während er draußen geraucht hat? Ein Streitgespräch oder einen Schrei?«

Gerke verneinte und tippte sich mit dem Zeigefinger aufs Ohr. »Er hatte Rammstein drin.«

»Wen?«

»Rammstein.«

»Kenne ich nicht.«

»Wenn du die im Ohr hast, kriegst du nichts mehr mit. Da können die Orks deine Bude auseinandernehmen.«

»Wer?«

»Vergiss es. Jedenfalls hat der Notarzt ihn gleich mitgenommen. Ich werde Jogi zum Krankenhaus schicken, wenn sie mit den Leuten von diesem Pflegedienst gesprochen hat. Sie soll ihn noch einmal befragen. Vielleicht kommen noch Bruchstücke vom Vorabend hoch.«

»Nettes Wortspiel, Dominik. Sollten wir als Spruch des Monats in unserer Mitarbeiterzeitung vorschlagen.«

Ein Tumult vorm China-Restaurant ließ sie aufhorchen. Herr Wung diskutierte mit den Männern vom Bestattungsunternehmen und forderte sie mit wilder Gestik auf, den Leichenwagen fortzufahren.

Gerke seufzte. »Wenn du fertig bist, Doc, sollten wir die Tote vom Strauch pflücken. Herr Wung wird langsam ungemütlich.«

Auf einen Wink von Dr. Hübsch kam ein Kollege mit einer Heckenschere und machte sich daran, die Äste unterhalb der Leiche durchzuschneiden.

Aßmann deutete auf den Unterschenkel der Toten. »Du untersuchst aber bitte auch die Kotze, nicht wahr, Doc?«

»Alles schon fein säuberlich in Röhrchen verpackt, Bela. Wenn du willst, lasse ich dir sogar die Liste der Farb- und Konservierungsstoffe im Ketchup zukommen.«

»Danke, nein. Ich möchte nur für spätere Eventualitäten die Gewissheit haben, dass dieses unappetitliche Gemisch von Petzke stammt.«

»Gut.«

Gerke blätterte in seinen Notizen. »Kommen wir zur zweiten Etage. Der Balkon gehört zu einer Wohnung, die ... zwei Frauen bewohnen. Ich weiß nicht, wen die erwarteten, als ich schellte. Sie waren aber definitiv nicht auf Besuch eingestellt – zumindest nicht auf fremden Besuch.« Gerke räusperte sich. »Ich glaube, ich habe sie bei etwas Delikatem gestört.«

»Damit hast du doch sonst kein Problem. Sie werden es schon überleben, mach dir keine Gedanken.« Aßmann stieß mit den Schuhspitzen gegen den Rasenkantenstein. »Die Frage ist doch, ob sie gestern Abend auch mit ›etwas Delikatem‹, wie du es nennst, beschäftigt waren oder ob sie etwas von dem Fenstersturz mitbekommen haben.«

»Ich mache mir gar keine Gedanken. Und wenn doch, dann eher um dich.«

»Wovon sprichst du?«

Gerke zögerte einen Moment, bevor er antwortete. »Du weißt nicht, wo deine Ex hingezogen ist, oder?«

»Dominik, was soll das jetzt? Nein, weiß ich nicht, ich will es auch nicht wissen.«

»Du wirst aber nicht drum herumkommen.« Er wies mit dem Kinn zum Balkon in der zweiten Etage. »Sie ist eine der zwei, äh, Damen.«

Aßmann erstarrte. »Nein!«

»Doch. Ich war zwar nicht drin, aber ich hatte den Eindruck, als würde die Wohnung für feuchtfröhliche Partys genutzt. Die Damen trugen recht freizügige Unterwäsche mit Leopardenmuster, und im Hintergrund schienen, nun, noch immer ›Aktivitäten‹ stattzufinden.«

»Bitte, lieber Gott, lass mich tot umfallen.«

»Nicht doch, Bela, ich habe Borchert hingeschickt. Der kennt deine Frau nicht«, beeilte Gerke sich hinzuzufügen.

Aßmann griff sich an die Stirn, die wie der Rest seines Gesichts sämtliche Farbe verloren hatte. Das durfte alles nicht wahr sein. Seine Exfrau an einem Tatort! Zusammen mit ihrer Neuen und wusste der Himmel, wem noch! Er begann, nervös im Kreis um Gerke herumzulaufen. Sobald Gerke ihn ansprach, hielt er abrupt an und wechselte die Richtung. »Wie sah sie aus?«, fragte er, ohne aufzublicken.

»Deine Frau?«

»Nein, die kenne ich zur Genüge. Die andere – wie sieht ihre Freundin aus? Hat sie Ähnlichkeit mit der Furtwängler?«

»Mit der Tatort-Kommissarin Maria Furtwängler?«

»Ja?«

»Also, die Furtwängler hat mit der so viel Ähnlichkeit wie ein Sahneschnittchen mit einem drei Wochen alten Rosinenstuten.«

»Rosinenstuten! Oh mein Gott – ist der Notarzt noch da?« Aßmann war stehen geblieben und starrte in Richtung Straße. »Ich schäme mich in Grund und Boden.«

»He, du hast nichts mehr mit ihr zu tun. Sie hat sich für ein anderes Leben entschieden, und im Grunde solltest du froh darüber sein.«

»Bin ich im Prinzip ja auch. Aber trotzdem wäre es mir lieber, sie liefe mir nicht mehr über den Weg. Und schon gar nicht in leopardengemusterter Unterwäsche. Ich kann das nicht. Ich kann da jetzt nicht rein.«

»Das musst du auch nicht. Wie gesagt, Borchert ist da, und außerdem liegt die Wohnung nicht hoch genug. Übernimm du Frau Brehmer, die alte Dame, die von Schwester Louisa versorgt wurde. Die wartet mit ihrer Betreuerin oben im dritten Stock und kann uns im Moment die meisten Informationen liefern.«

Aßmann reagierte nicht. Er nahm seine Runden um Gerke herum wieder auf.

»Hörst du mir zu, Bela?«

»Was? Ja, ja. Die können uns die meisten Informationen liefern.«

Gerke seufzte. »Ich glaube, du brauchst dringend eine Ablenkung.«

»Eigentlich bin ich mit der Aufklärung eines suspekten Todesfalls sehr gut abgelenkt. Aber wenn Simone sogar am Tatort rumspukt, wird das schwierig.«

»Was hältst du davon, wenn wir zwei heute Abend etwas unternehmen? Mir würde eine Abwechslung auch guttun. Meine Tochter schläft bei ihrer Patentante. Wir könnten beim Herbstlibori mal wieder so richtig die Sau rauslassen. Was sagst du dazu?«

Aßmann atmete schwer aus. »Sie hätte es mir sagen müssen, Dominik. Sie hätte es mir viel eher sagen müssen. Wenn ich mir vorstelle, wie sie sich über mich bei ihrer Freundin beklagt … oder redet … oder lacht …«

»Das tut sie nicht, Bela. Das tut sie gewiss nicht, sie würde sich selbst damit ein Armutszeugnis ausstellen.«

Aßmann sah Gerke wenig überzeugt an. »Dein Wort in Gottes Gehörgang. Also gut. Ich muss aber erst Siegfried und Roy einfangen, bevor wir beide losziehen.«

»Gut, tu das, und dann darfst du dir aussuchen, was wir unternehmen.« Sie standen vorm Eingang des Hochhauses.

Aßmann senkte schicksalsergeben den Kopf. Er sah sich schon neben seinem energiegeladenen blonden Kollegen über das Herbstlibori trotten. Es würde ihm schwerfallen, sich Gerkes Stimmung anzupassen und gute Laune zu versprühen. Gerke ließ sich davon allerdings nie beeindrucken. Und zu guter Letzt war er nach ihren Unternehmungen immer zufrieden in seinem Bett gelandet, egal, wie mürrisch er zuvor losgezogen war. »Aber wenn Simone im Bayernzelt ist, drehen wir um«, beharrte Aßmann.

»Wenn Simone im Bayernzelt ist, machen wir auf dem Absatz kehrt«, sagte Gerke gutmütig. »So, und jetzt hoch zu Frau Brehmer mit dir. Eigentlich müsste Schwester Louisa von dort gesprungen oder gestoßen worden sein, da sie zu diesem Balkon während ihrer Arbeit ungehinderten Zugang hatte. Wenn du dort anfängst, übernehme ich mit Borchert den Rest – einen pensionierten Lehrer im vierten Stock und die letzte Wohnung unter dem Dach. Sie ist zurzeit allerdings unbewohnt. Ihre Mieterin, eine Conchita Borquez, ist Model und sucht derzeit ihr Glück in den USA.«

»In den USA? Hält sich da nicht auch der Freund der Toten auf? Gibt uns das zu denken?«

»Im Moment ist kein Zusammenhang zu erkennen. Aber wir stehen ja auch noch ganz am Anfang. Der Hausmeister sagt, Frau Borquez sei vor circa einer Woche abgereist, um eine Saison in den Staaten zu modeln. Er hat keine Ahnung, wo sie hinwollte. Seiner Meinung nach wusste sie es selbst nicht genau. Irgendein Cowboy hätte in den letzten Monaten bei ihr gewohnt. Vielleicht ist sie zu ihm. Die Miete läuft jedenfalls im Moment noch als Dauerauftrag weiter.«

»Conchita.« Aßmann gab einen Zischlaut von sich, als würde schon allein der Name Unannehmlichkeiten verheißen. »Wir müssen den Hausmeister bitten, uns die Wohnung aufzuschließen.«

Er folgte Gerke in den Aufzug, stieg jedoch sofort wieder aus. »Ich nehme lieber die Treppe. Da laufe ich wenigstens keine Gefahr, auf Simone zu stoßen. Sie hasst Treppensteigen.« Er schnaubte. »Herrgott, da gibt es Tausende von Mehrfamilienhäusern in Paderborn. Und sie muss gerade hier mit ihrer Neuen hocken.«

# ZWEI

Aßmann schloss die Augen und inhalierte den Kaffeeduft, der aus Frau Brehmers Wohnung drang und den Korridor durchflutete. Es war schon ein seltsames Phänomen, dass seine Lust auf Kaffee immer dann am größten schien, wenn dieser unerreichbar war. Im Präsidium hatten sie einen Kaffeeautomaten, aber er konnte an einer Hand abzählen, wie oft er ihn benutzt hatte. Es reichte ihm schon, wenn er sah, wie die Kollegen am Becher nippten, entsetzt hineinschauten und sich stirnrunzelnd fragten, ob sie aus Versehen die Gemüsebrühetaste gedrückt haben könnten.

Er wartete nun schon seit geraumer Zeit auf Einlass. Wahrscheinlich musste sich die alte Frau erst aus dem Bett in einen Rollstuhl quälen. Er legte ein Ohr an die Tür. Hatte Gerke nicht von einem Beruhigungsmittel gesprochen? Es schien eine phänomenale Wirkung entfaltet zu haben. Er sollte Frau Brehmer nach dem Namen ihres Hausarztes fragen. Falls er Simone und ihre Herzensdame doch noch würde befragen müssen, könnte er sich damit ruhigstellen. Er würde lässig die Beine übereinanderschlagen, sich entspannt zurücklehnen und gähnend desinteressierte Fragen stellen.

Unschlüssig trat er einen Schritt zurück und starrte auf den Spion.

»Wollen Sie zu uns?«

Eine zierliche Frau, in einen karierten Rock mit farblich abgestimmtem Rollkragenpullover gekleidet, stand unvermittelt neben ihm und steckte den Schlüssel ins Türschloss. Leicht amüsiert sah sie zu ihm empor. Dabei löste sich eine rötliche Locke aus ihrer Frisur und fiel ihr in die Augen.

»Ich möchte zu Frau Brehmer. Mein Name ist Aßmann.« Er zog seinen Ausweis hervor.

Die Frau warf nur einen kurzen Blick darauf. »Dann sind Sie hier richtig. Ihr Kollege, Herr Gerke, hat Sie schon angekündigt. Ich bin Marleen Schulte, Frau Brehmers Betreuerin.« Sie reichte ihm die Hand. »Ich war nur schnell nebenan in meiner Wohnung, weil ich die Marmelade vergessen hatte.«

Aßmanns Magen gab ein verräterisches Knurren von sich, als sie ihm das offene Glas unter die Nase hielt. »Selbst gemacht«, lächelte sie. »Ich habe einen kleinen Schrebergarten neben dem Südring. Dieses Jahr waren die Erdbeeren besonders aromatisch. Bitte …« Sie ließ ihn eintreten.

Bisherige Besuche bei alten Menschen hatten oft einen wenig erfreulichen Eindruck bei Aßmann hinterlassen. Ihre Wohnungen wirkten oft trostlos und vernachlässigt, da die Bewohner nicht mehr die Kraft hatten, sich selbst zu pflegen, geschweige denn das Mobiliar. Abgetretene Teppiche konservierten Flecken und Staub vergangener Jahrzehnte, und Gardinen wurden nur noch bewegt, um sehnsüchtige Blicke nach draußen zu werfen.

Ganz anders diese Wohnung. Hätte er sie mit einem Wort beschreiben sollen, so hätte er sie als duftig bezeichnet. Helle Möbel, helles Parkett, bunte Stores an den Fenstern, frische Luft, und durch die Räume schwebte dieser verführerische Kaffeeduft – und diese adrette, quirlige Frau. Sie hantierte in der kleinen Küche, während sie mit ihm sprach.

»Ich warte schon eine ganze Weile darauf, dass Frau Brehmer wach wird. Wir nehmen das zweite Frühstück immer gemeinsam ein.« Marleen Schulte kam mit einer geblümten Porzellankanne zurück, öffnete eine weitere Zimmertür und wies auf einen reichlich gedeckten Frühstückstisch. »Aber ich fürchte, das wird noch eine ganze Weile dauern. Die Beruhigungsspritze hat sie regelrecht umgehauen.«

Wie zur Bestätigung dröhnte ein kräftiges Schnarchen vom Pflegebett. »Würden Sie mir den Gefallen tun und mit mir frühstücken, Herr Aßmann? Es ist genug da, und ich esse so ungern allein.« Frau Schulte setzte sich und wies auf den zweiten Stuhl am Tisch. »Bitte.«

»Das ist sehr nett von Ihnen. Eine Tasse Kaffee nehme ich

gern.« Aßmann versöhnte sich ein wenig mit seinem Horoskop. Vielleicht bestand ja doch noch Hoffnung für diesen Tag. Er nahm Platz und zwang sich, den Brötchenkorb mit dem duftenden Gebäck zu ignorieren. »Wenn ich Sie richtig verstanden habe, wohnen Sie nebenan?«

»Ja, aber ich bin drei Viertel des Tages hier bei Gudrun, also bei Frau Brehmer. Ich habe einen Schlüssel für ihre Wohnung. Der Pflegedienst allein kann ihre Versorgung nicht gewährleisten. Wenn ich nicht helfen würde, müsste sie in ein Heim. Aber so geht es im Moment noch ganz gut.« Sie warf einen Blick auf die schlafende Frau. »Wir kennen uns schon sehr lange.« Sie reichte ihm den Brötchenkorb.

»Danke«, wehrte Aßmann ab, »nur Kaffee, bitte. Dann sind Sie nicht berufstätig, nehme ich an.«

»Ich bin Ernährungsberaterin, aber ich übe meinen Beruf nur abends in der Volkshochschule aus. Dort gebe ich Kochkurse und bessere so ein wenig meine Witwenrente auf.« Sie halbierte ein Körnerbrötchen, strich Butter darauf und sah ihn erwartungsvoll an. »Marmelade oder Käse?«

»Äh, danke, nur Kaffee.«

»Herr Aßmann«, seufzte sie in gespielter Entrüstung, »Ihr Magen knurrt so laut, dass ich Ihre Fragen kaum verstehen kann. Die Geräuschkulisse von Gudrun kann ich nicht abstellen, da müssen wir durch. Aber Ihre schon. Bitte.«

»Also gut, dann von der selbst gemachten Marmelade.«

»Gern.« Sie reichte ihm den Teller mit den Brötchenhälften, auf denen die Erdbeermarmelade in sattem Rot glänzte.

»Vielen Dank.« Aßmann biss mit Genuss hinein. »Ehrlich gesagt retten Sie gerade meinen Samstagmorgen. Ich hatte mir fest vorgenommen, es mir mit einem Frühstück auf dem Balkon gut gehen zu lassen. Aber dann kam dieser unschöne Anruf …«

Frau Schulte erwiderte sein trauriges Lächeln. »Ja, das ist furchtbar. Wissen Sie mittlerweile, von welchem Balkon Louisa gestoßen wurde?«

Aßmann hatte die erste Brötchenhälfte verspeist. »Wir müssen abwarten, was die Spurensicherung ergibt. Wie kommen Sie darauf, dass sie gestoßen wurde?«

»Wenn Sie Louisa gestern Abend erlebt hätten, würden Sie niemals auf die Idee kommen, dass sie sich etwas angetan haben könnte. Sie hatte keinen Grund dazu, ganz im Gegenteil.«

»Ich weiß. Sie erwartete ihren Freund zurück.«

»Genau, sie war voller Vorfreude. Ich kenne sie nun seit einem Jahr. Sie hat sich immer viel Zeit bei uns gelassen, weil Gudrun ihre letzte Patientin am Abend war. Ich hatte das Gefühl, dass sie sich freut, hier ein wenig erzählen zu können. Sie schien keinen großen Bekanntenkreis zu haben. Ich kann mir beim besten Willen nicht vorstellen, dass sie sich umgebracht hat.«

»Und wenn der Freund nun plötzlich Schluss gemacht haben sollte? Oder ihr geschrieben hat, dass er in Amerika bleibt? Wie hätte sie dann reagiert?«

Frau Schulte zögerte. »Das ist natürlich … ja, das wäre für sie sehr schlimm gewesen. Sie hat nur auf diesen Moment seiner Rückkehr hingelebt. Die Möglichkeit hatte ich nicht bedacht. Gibt es denn Hinweise auf ein solches Telefonat oder eine Nachricht?«

»Bisher nicht.« Aßmann schob sich den Rest der zweiten Brötchenhälfte in den Mund. »Im Moment wissen wir nur, was Sie uns von ihr berichten. Sobald wir ihre Adresse kennen, hoffen wir, mehr über sie zu erfahren. Lebte sie allein?«

»Soweit ich weiß, ja. Bevor sie diesen Mann kennenlernte, war sie eher zurückhaltend, was ihr Privatleben anging. Wie schon erwähnt, ich glaube, sie hatte nicht viele Freunde. Im letzten halben Jahr blühte sie jedoch regelrecht auf. Es gab für sie nur einen Gesprächsstoff: ihren Freund. Wie das manchmal so ist im Leben, wenn man auf die große Liebe trifft.« Sie lächelte Aßmann an und schob die widerspenstige Locke aus dem Gesicht.

Aßmann lehnte sich zurück und schlug die Arme untereinander. Gern hätte er das Gespräch in diese Richtung weitergeführt, auch um seinem Vorsatz, heute ein neues Kapitel in seinem Leben aufzuschlagen, auf die Sprünge zu helfen. Aber er tat sich noch schwer mit dieser Art von Unterhaltung. Zu sehr nagte das Gefühl der Scham an ihm. Außerdem war er aus einem anderen Grund hier. »Hätte sie heute früh auch kommen sollen?«

»Nein, eine Kollegin übernimmt ab heute die Pflege von Gudrun. Louisa hat die letzten sechs Monate keinen Urlaub genommen, um die kommenden drei Wochen für ihren Freund frei zu halten«, fuhr Frau Schulte fort. »Jeden Tag kam sie mit einer anderen Idee, wie sie ihn willkommen heißen könnte. Mal wollte sie einen riesigen roten Luftballon in Herzform über ihrem Haus anbringen, dann ein Herz in den Rasen mähen. Sie hat sogar überlegt, ob sie eine Gondel des Libori-Riesenrads für ein paar Stunden mieten solle, um das Wiedersehen in luftiger Höhe und mit einer Flasche Sekt zu feiern. Gudrun fand das etwas übertrieben und sagte immer: ›Kindchen, Kindchen, hoffentlich weiß der junge Mann das zu schätzen.‹« Während sie erzählte, schnitt sie ein weiteres Brötchen auf, belegte es mit Aufschnitt und reichte Aßmann den Teller.

»Oh, vielen Dank. Ich kann Ihnen aber doch nicht das ganze Frühstück wegessen. Gleich wird Frau Brehmer wach, und ich habe ihre Brötchen verspeist.«

»Da machen Sie sich keine Gedanken«, entgegnete Frau Schulte. »Meistens isst Gudrun nur eingetunkten Rosinenstuten. Die Körner von den Brötchen setzen sich immer unter ihr Gebiss und ärgern sie dann den ganzen Tag.«

»Rosinenstuten.«

»Ja. Ich sehe schon, Ihrem Gesicht nach zu urteilen, sind Sie kein Fan von Rosinen.«

»Rosinen – besonders im Stuten – erzeugen bei mir Würgereiz.«

»Oh, so schlimm, dann lassen Sie uns schnell das Thema wechseln.« Sie musterte ihn amüsiert.

»Danke. Kommen wir noch einmal zu gestern Abend. Wann hat Louisa Sie verlassen?«

»Gegen halb sechs. Eigentlich wollte sie mir noch zeigen, wie man mit dem Insulinpen umgeht. Gudrun ist Diabetikerin und wird morgens und abends gespritzt. Ich wollte es gern lernen und unter ihrer Anleitung den Pen vorbereiten. Aber dann wurde Louisa die Zeit zu knapp, und sie hat es schnell selbst gemacht.«

»Und nach Frau Brehmer hatte sie keine Patienten mehr, sagten Sie?«

»Genau. Als sie uns verließ, wollte sie noch einkaufen und unten beim Chinesen einen Tisch für heute Abend reservieren.«

»Das hat sie getan«, sagte Aßmann, »Herr Wung wollte ihnen heute Abend irgendwelche unaussprechlichen Köstlichkeiten kredenzen. Abgesehen von ihrer Vorfreude auf die kommenden Wochen war sie also unauffällig in ihrem Verhalten? Oder deutete sie vielleicht irgendwelche Sorgen anderer Art an? Fühlte sie sich bedroht oder bedrängt? War sie schwanger? Hatte sie vielleicht Geldsorgen?«

»Nein, keinesfalls. Und das Wort Vorfreude trifft es auch nicht annähernd. Sie war geradezu euphorisch. Ich habe selten einen so glücklichen Menschen gesehen.«

Aßmann lauschte erstaunt diesen Ausführungen. So lange hätte er gar nicht wegbleiben können, um Simone in eine derartige Ekstase beim Wiedersehen zu versetzen.

»Es war ihr wirklich ernst mit diesem Mann«, erklärte Frau Schulte. »Mit ihm wollte sie eine Familie mit wenigstens zwei Kindern gründen, zumindest sagte sie das irgendwann einmal. Er schien von dieser Idee allerdings nicht so überzeugt zu sein. Sie meinte, er sei ein Mann, den man vor vollendete Tatsachen stellen müsse, sonst würde das nichts mit einer Familie.«

»Ein forsches Mädchen. So was kann schon mal ein böses Erwachen geben.«

Marleen Schulte nickte nachdenklich. »Ja, Louisa war sehr zielgerichtet, was ihre Zukunft betraf. Sie kannte den Mann gerade mal zwei oder drei Wochen, bevor er auf Montage nach Amerika ging. Sie schien sich ihrer Sache sehr sicher zu sein.«

»Sie hat nicht zufällig gesagt, wie er heißt und wo er wohnt?«

»Benni. Es hieß immer nur Benni hier und Benni da. Ob der Name von Benedikt, Bernhard oder Benjamin kommt ...«, sie zog fragend die Schultern hoch, »keine Ahnung. Er kommt nicht aus Paderborn. Ich glaube, sie hat mal Bielefeld erwähnt.«

»Benni aus Bielefeld«, murmelte Aßmann und kritzelte den Namen auf seinen Notizblock. »Hat Schwester Louisa gesagt, wann und wo er heute landet?«

»Nein, sie war selbst enttäuscht, dass er ihr zum Rückflug nur vage Angaben gemacht hat. Sie wusste nur, dass es am 15. Oktober sein würde, irgendwann in den Abendstunden. Sie hätte ihn gern abgeholt und hatte sich die Begrüßungsszene schon so schön ausgemalt.« Sie zog fröstelnd die Schultern hoch. »Das ist einfach unvorstellbar. Was kann da nur passiert sein?«

»Das ist in der Tat die Frage«, sagte Aßmann mehr zu sich selbst. »Was hat Louisa veranlasst, in dieses Haus zurückzukommen? In ein Haus, in dem sie nichts mehr zu tun hat, wenn Frau Brehmer versorgt ist.« Er klopfte nachdenklich mit dem Kuli auf seinen Block. »Haben Sie eine Ahnung, ob sie noch jemanden hier kannte?«

»Sie ist sicherlich dem ein oder anderen mal im Aufzug oder auf der Treppe begegnet. Zweimal am Tag, siebenmal in der Woche hier hoch und wieder runter, da läuft man sich unwillkürlich über den Weg. Aber ich hatte nicht den Eindruck, dass sie mit jemandem im Haus befreundet war.«

»Auch nicht mit dieser Conchita im obersten Stock? Die muss ja auch eine junge Frau sein.«

»Nein. Ich kann mich noch an eine Szene erinnern, als wir uns vor einigen Tagen über Conchita Borquez unterhalten haben. Wir hatten mitbekommen, dass sie in die USA fliegt. Frau Brehmer hatte aus Spaß gemeint, dass es gewiss kein Zufall sei, dass Benni und Conchita gleichzeitig in Amerika sind. Es sollte wirklich nur ein Scherz sein. Frau Brehmer hatte nicht weiter darüber nachgedacht, aber Louisa wurde hellhörig und hakte ein paarmal nach. Wer Conchita sei und ob sie verheiratet sei. Nein – sie kannte Conchita sicher nicht.« Sie hielt Aßmann die Kaffeekanne hin. »Möchten Sie noch eine Tasse?«

»Gern. Ich habe selten einen so guten Kaffee getrunken. Von mir aus kann Frau Brehmer gern noch ein Stündchen schlummern.«

»Das müssen Sie nicht von Frau Brehmers Schlaf abhängig machen. Ich brühe Ihnen gern jederzeit frischen Kaffee auf. Aber bitte bringen Sie beim nächsten Mal bessere Nachrichten mit. Dann sind die Themen sicherlich um einiges angenehmer.« Sie lächelten sich über den Tisch hinweg an.

Aus dem Pflegebett kam stakkatoartiges Schnarchen. Es ebbte ab und ging nach einer langen Ausatemphase in eine Atempause über. Frau Schulte stand auf. »Ich muss ihr etwas Sauerstoff geben. Nach dem Beruhigungsmittel sind ihre Atempausen noch länger als sonst.« Sie drehte das Rad einer Sauerstoffflasche auf, justierte es auf einen Liter und steckte der schlafenden Frau vorsichtig einen Plastikschlauch in die Nasenlöcher.

»Der Hausarzt sagte, dass manche Beruhigungsmittel eine sogenannte retrograde Amnesie bewirken und es gut sein könne, dass sie sich vielleicht gar nicht mehr an Louisas Tod erinnert, wenn sie wach wird.« Sie setzte sich wieder zu Aßmann an den Tisch. »Ob Sie Ihre Fragen wohl so stellen könnten, dass Gudrun sich nicht wieder aufregt?«

»Ich werde mir die größte Mühe geben. Wenn ich mir Frau Brehmer so anschaue, scheint es allerdings unwahrscheinlich, dass sie in naher Zukunft wach wird.«

»Es könnte sich noch hinziehen. Das fürchte ich auch. Nur gut, dass sie schon gefrühstückt hatte, bevor wir diese schlimme Nachricht bekamen. Mit dem Insulin ist das immer so eine heikle Sache, wenn sie nichts isst. Vielleicht schauen Sie später noch mal vorbei? Nachmittags ist sie sowieso deutlich aufgeräumter. Mein Angebot auf eine Tasse Kaffee steht. Ich würde mich sehr freuen. Außerdem wüsste ich gern, was nun wirklich mit Schwester Louisa passiert ist. Wir haben sie während des letzten Jahres ins Herz geschlossen.«

»Ja, natürlich.« Aßmann nickte erfreut über die unverbindliche Möglichkeit für ein Wiedersehen. Dass dies ein Neustart, wie es so schön in seinem Horoskop geheißen hatte, werden würde, bezweifelte er. Es würde jedenfalls nicht klappen, wenn er nicht in irgendeiner Form auf die locker eingeworfenen Avancen reagierte. Es kam ihm vor, als sei ihm unter Simones permanent schlechter Laune das Talent für eine harmonische Plauderei mit dem weiblichen Geschlecht abhandengekommen. »Sie sagten, Schwester Louisa lebte allein«, nahm er den Faden wieder auf. »Wissen Sie etwas über ihre Familie?«

»Die Eltern sind bei dem Tsunami damals in Thailand ums Leben gekommen.« Marleen Schulte atmete schwer aus. »Sie erwähnte mal eine ältere Schwester. Aber sie hat keinen Kontakt zu ihr. Den Grund dafür kenne ich nicht. Sie ist vor ein paar Jahren ausgewandert.«

»Darf ich raten? Amerika?«

»Nein, Louisa hat erzählt, dass ihre Schwester das gesamte Erbe der Eltern in eine Schafzucht in Neuseeland gesteckt habe. Ich erinnere mich noch so genau, weil Frau Brehmer daraufhin meinte, dass sie das Geld auch in der Lüneburger Heide in eine Heidschnuckenherde hätte investieren können.«

Aßmann kritzelte zu »Benni aus Bielefeld« noch »Schwester in Neuseeland« und setzte seufzend ein Ausrufezeichen hinter »Neuseeland«. Gespräche mit fremdsprachigen Kollegen waren immer eine besondere Herausforderung für ihn. Er würde Borchert darauf ansetzen. Der trällerte den ganzen Tag lang irgendwelche englischen Lieder vor sich hin. »Gut. Ich denke, mein Kollege hat mittlerweile Louisas Adresse. Wir werden uns dort umschauen. Vielleicht klärt sich alles auf, wenn wir in ihrer Wohnung einen Abschiedsbrief finden oder wenn auf dem Anrufbeantworter eine Nachricht von diesem Benni ist. Möglicherweise taucht er sogar dort auf.«

Sein Handy klingelte – »Dominik nervt«. »Bela, wir sind

so weit. Die Tote, Louisa Steffens, wohnte in Elsen im Quinhagen, in der Nähe des Fußballstadions. Kommst du runter?«

»Ich bin in zwei Minuten da.« Aßmann erhob sich und zog eine Visitenkarte aus der Innentasche seiner Jacke. »Sie haben uns sehr geholfen. Gemütsbeschreibungen von Menschen vor ihrem Tod sind enorm wichtig, auch wenn in diesem Fall im Moment nichts zusammenpassen will. Falls Ihnen irgendetwas einfällt, und scheint es noch so unbedeutend, dann rufen Sie mich bitte an.« Er reichte ihr das Kärtchen. »Und die Befragung von Frau Brehmer«, er warf einen verschmitzten Blick zum Pflegebett, »holen wir bei einem Tässchen Kaffee nach.«

»Gewiss«, lächelte Frau Schulte. Sie zupfte an seinem Oberhemd. »Sie dürfen aber nicht nur Kaffee trinken. Bitten Sie Ihre Frau, etwas fettreicher zu kochen. Für Ihre Größe sind Sie zu mager, wenn ich Ihnen das sagen darf.«

»Ich kann es ihr gern ausrichten«, antwortete Aßmann, »es wird sie aber nicht sehr interessieren. Ich bin seit Kurzem Selbstversorger. Und Kochen ist für mich ein Buch mit sieben Siegeln. Ich schmiere mir lieber ein Brot, da kann nichts anbrennen.«

»Ach, wie schade.« Sie ging zur Garderobe, kramte in einem bunten Leinenbeutelchen und zog einen Flyer heraus. »Vielleicht kann ich da ein wenig Abhilfe schaffen. Heute Abend startet in der VHS mein neuer Kochkurs speziell für Männer – mit dem Motto: Kochen ist keine Hexerei. Wenn Sie Lust haben, schauen Sie doch einfach mal vorbei.«

***

*Die erste und eigentlich entscheidende Erinnerung an meine Mutter sind ihre Augen – vor Glück leuchtend, wenn sie einen Mann an der Angel hatte, oder zu Tode betrübt, wenn sie mal wieder sitzen gelassen worden war.*

*Wenn sie vor Glück leuchteten, dann vibrierte geradezu die Wohnung vor guter Laune und Ekstase. Die Musik lief auf voller Lautstärke, meine Mutter wackelte dazu mit ihrem Hintern. Sie wirbelte durch die Zimmer, räumte auf und brachte im selben Moment alles wieder durcheinander. Auf dem Herd köchelte ständig irgendein Lieblingsgericht von einem Kerl. Und in der Luft hing ein für meine kindliche Nase undefinierbares Geruchsgemisch von Parfüm und Sex.*

*Ich wurde in diesen Phasen unsichtbar. Mich gab es gar nicht oder nur auf dem Papier: »Ach ja, da war doch noch was, meine sechsjährige Tochter, aber die spielt in ihrem Zimmer. Wir sind ganz unter uns.«*

*Ich war nicht allein in meinem Zimmer. Dumbo, der Elefant, Heidi, der Alm-Öhi und Alice im Wunderland leisteten mir per Videokassette Gesellschaft. Am besten fand ich Pippi Langstrumpf. Mit ihr hätte ich gern getauscht. Sie machte sich ihre Welt, widdewidde wie sie ihr gefällt. Oft wünschte ich mich irgendwohin, wo es keine Männer gibt. Wo meine Mutter nur für mich da gewesen wäre. Am besten auf eine einsame Insel. Nur meine Mutter und ich. Dort hätte sie mich nicht gleich nach der Schule mit dem Schultornister auf dem Rücken in mein Zimmer geschoben, mir einen flüchtigen Kuss auf die Wange gedrückt und den Zeigefinger auf die Lippen gelegt, damit ich bloß still bin.*

*Die Phasen mit ihren todtraurigen Augen gefielen mir besser. Das Leben verlief dann ruhig – keine Gute-Laune-Musik in unserer Wohnung, kein »Schnell-schnell, du musst jetzt in dein Zimmer«. Ich durfte am Küchentisch meine Hausaufgaben machen und abends zusammen mit ihr fernsehen. Manchmal setzte sie sich sogar zu mir an den Tisch, als wolle sie lesen, was ich schreibe oder rechne. Aber in Wirklichkeit starrte sie nur mit leeren Augen auf mein Heft. Es interessierte sie nicht, ob ich gute oder schlechte Noten nach Hause brachte. Ob ich in der Schule geschubst worden war und am Knie blutete oder für einen Ausflug noch Getränke brauchte. Sie versorgte meine Wunden, aber nur die äußerlichen.*

*Es gab nur eins, was in dieser Zeit von äußerster Wichtigkeit war: das Schellen des Telefons oder die Klingel an der Haustür. Manchmal war ich kurz davor, das Telefon kaputt zu machen oder die Haustürschelle abzustellen, nur um diese Momente länger auszukosten, in denen ich sie für mich hatte.*

*Wie ich das gehasst habe. Ihr Geruch nach einer Nacht während ihrer guten Zeit ist in mein Hirn eingebrannt. Noch schlimmer als der Gestank war allerdings dieser Ausdruck ihrer Augen. Es sollte wohl Liebe sein. War es aber nicht. Es war ein Ausdruck stupiden und billigen Glücks.*

*Immer und immer wieder dasselbe billige Spiel. Ein Kerl bändelte mit ihr an, ließ sie schmoren, bis sie gefügig war wie ein hungriger Hundewelpe, und lebte sich dann sexuell eine Zeit lang an und mit ihr aus, bis er ihrer überdrüssig war. Dumm, so dumm war sie. Wie so viele Frauen.*

# DREI

»Alles in Ordnung?« Gerke schaute irritiert, als sich Aßmann mit einem wohligen Seufzer in den Autositz fallen ließ. Er kannte seinen Kollegen während der Arbeit nur konstant genervt und angespannt.

»Ja, alles gut. Hast du was dagegen, wenn wir, bevor wir nach Elsen fahren, kurz an meiner Wohnung einen Stopp machen? Sie liegt fast auf dem Weg.«

»Fast auf dem Weg ist gut. Das ist so, als würden wir vom Erdgeschoss zum Dachboden einen Umweg durch das Kellergewölbe machen. Aber von mir aus … Hast du was vergessen?«

»Ich habe mir überlegt, dass ich wegen Siegfried und Roy besser den Hauptstromschalter ausstellen sollte.«

»Warum? Hast du Angst, dass die beiden die Mukke zu laut aufdrehen?«

»Idiot. Wenn sie ein Stromkabel annagen, und das wäre nicht das erste Mal, kann es im ganzen Haus zu einem Kurzschluss kommen. Vor zwei Monaten sind alle Fische im Aquarium meines Nachbarn eingegangen, weil die Sauerstoffpumpe ausfiel.«

»Scheiße. Soll ich mit Blaulicht fahren?«

Aßmann verdrehte die Augen. »Nein. Aber den Stress möchte ich nicht noch mal erleben. Wenn Simone sich getraut hätte, sie anzufassen, hätte sie die beiden vor Wut im Klo runtergespült.«

»Na ja, *die* Gefahr besteht ja immerhin nicht mehr.« Gerke sah auf seine Uhr. »Jogi hat uns für elf Uhr beim Pflegedienst w-a-w angemeldet. Die Chefin will die engsten Mitarbeiterinnen von Schwester Louisa für eine Befragung zusammentrommeln.«

Er setzte den Blinker und bog in den Piepenturmweg ein. Mit gespielter Besorgnis beugte er sich vor und starrte durch die Windschutzscheibe. »Es steigen noch keine Rauchsäulen aus deinem Haus. Wir kommen früh genug, Bela.«

Aßmann stöhnte auf. »Bitte, lieber Gott, gib mir Kraft, diesen Kollegen auch noch am Wochenende zu ertragen.«

»Der liebe Gott hätte besser auf dich aufpassen sollen, als dich deine Simone vor den Traualtar geschleift hat.«

Aßmann faltete die Hände wie zum Gebet und schwieg. Wo Dominik recht hatte, hatte er recht. Der Wagen war noch nicht völlig zum Stehen gekommen, da stürmte er schon den Aschepfad zum Haus hinauf. Er achtete darauf, dass die Haustür wieder fest ins Schloss fiel, nachdem auch Gerke eingetreten war. »Falls Siegfried und Roy aus meiner Wohnungstür entwischen, wenn ich jetzt aufschließe, können sie so zumindest nicht auch noch zur Haustür hinaus.«

Gerke tippte sich an die Stirn. »Leuchtet ein.«

Aßmann schlüpfte schnell durch seine Wohnungstür und zog seinen Kollegen hinter sich her. »Pass auf, wo du hintrittst.« Er schaltete das Deckenlicht an.

»Ach, du Scheiße.« Gerke stand mit offenem Mund im Flur und sah sich um. »Wie sieht es denn hier aus?«

»Ich wollte Simones Sachen am Wochenende zur Müllverbrennung bringen.« Aßmann stieß mit der Schuhspitze gegen ein paar Kartons, die im Flur gestapelt waren. Zwei schwarze Küttelchen rollten vom obersten Karton und plumpsten auf den Fußboden. »Ah, sie haben auf die Arztromane gemacht!«, rief er begeistert. »›Schwester Britta muss sich entscheiden‹ – schon der Titel ist beschissen.«

»Das meinte ich gar nicht.« Gerke deutete auf ein Stück Tapete, das sich von der Wand löste, und ein paar Wollfransen, die sich auf dem Teppichboden kringelten. »Ich dachte, das mit der Wohnungsrenovierung sei ein Scherz gewesen.«

»Nein, war es nicht. In die anderen Räume schaue ich lieber erst gar nicht. Und jetzt sind die beiden wieder wie vom Erdboden verschluckt.« Aßmann sah sich ratlos um.

»Wahrscheinlich eher vom Sofa verschluckt.« Gerke zupfte mit spitzen Fingern weiße Flöckchen aus dem Innenleben der Couch. »Ich könnte dir unseren Kater Don Bosco vorbeibringen. Dann hätte der Spuk hier ein schnelles Ende.«

»Nein, danke.« Aßmann ließ den Hauptschalter des Stromanschlusses zurückklicken. Das Flurlicht ging aus, und dem Bi-Ba-Butzemann des Kindersenders erstarb die Stimme.

»Du weißt aber schon, dass jetzt Kühlschrank und Gefriertruhe abtauen?«

»Da ist sowieso nichts Gescheites mehr drin.«

»Lüften kannst du wahrscheinlich im Moment auch nicht, oder?« Gerke schniefte vernehmlich.

Aßmann öffnete die Tür und schob seinen Kollegen durch den Spalt wieder hinaus. »Nein, Dominik, kann ich nicht. Aber du musst es ja auch nicht ertragen.«

»Ist in Schwester Louisas Auto schon nach ihrem Handy gesucht worden?« Aßmann trommelte ungeduldig mit den Fingern auf den Oberschenkeln, während sie an der Ampel Heinz-Nixdorf-Ring Richtung Elsen standen. »Gibt es bei Finke was umsonst? Wo wollen die Leute alle hin? Das ist ja die reinste Völkerwanderung.«

»Im Möbelhaus gibt es irgendeine Rabattaktion auf Küchen, falls der SCP heute siegen sollte.«

»Dann würde es mich nicht wundern, wenn Simone auch hier unterwegs ist.« Aßmann ließ sein Fenster hoch.

»Das Handy ist nicht aufzufinden«, kam Gerke auf seine Frage zurück. »Ihr Wagen ist nahezu steril. Die Kriminaltechnik hat ihn vorsichtshalber mitgenommen. Was war bei dir? Konntest du dieser alten Dame etwas entlocken?«

»Die alte Dame hat den kompletten Haxtergrund abgesägt, während ich da war. Da erwarte ich mir nicht mehr viel, wenn sie irgendwann aufwacht. Ihre Betreuerin, Frau Schulte, konnte mir aber einiges berichten. Sie hatte den Eindruck, dass Louisa nur für den Moment der Rückkehr ihres Freundes aus den USA gelebt hat. Ein halbes Jahr lang hat sie ihr Wiedersehen geplant. Unvorstellbar, was sie sich als Begrüßungsgeschenk unter anderem überlegt hatte. Eine Liebesgondel im Riesenrad!«

»Gibt es so was? Sollte man in so einem Ding nicht möglichst ruhig sitzen? Da könnte man mir drei nackte Schönheitsköniginnen dazupacken – halbjährige Abstinenz hin oder her –, es würde nichts passieren. Ts, Liebesgondel.«

»Es war wahrscheinlich nur zum Appetitholen gedacht. Mit Champagner und Kanapees vielleicht.«

»Trotzdem schönen Dank.«

»Louisa hat eine Schwester in Neuseeland. Borchert könnte sich gut darum kümmern.« Aßmann zückte sein Handy. »Borchert? Hör zu: Ruf mal bitte bei der Einwanderungsbehörde in Neuseeland an und lass sie nach einer Frau recherchieren, die, na, sagen wir mal, zwischen dreißig und vierzig Jahre alt ist, mit Mädchennamen Steffens heißt und die nach dem Tsunami in Thailand eingewandert ist. Was? Keine Ahnung.« Er sah Gerke an. »Wann war der Tsunami?«

»2004.«

»2004, Borchert. Was? Weiß ich doch nicht, wie viele Menschen jährlich nach Neuseeland auswandern. Was für ein Heuhaufen? Ach, du machst das schon. Hau rein.« Seufzend sah Aßmann aus dem Seitenfenster. »Gleich müsste der Quinhagen kommen. Bitte, lieber Gott, lass es dort vor aufmerksamen Nachbarn nur so wimmeln.« Sie bogen ab. »Mist – hier steht ja kaum ein Haus.«

»Du solltest dem lieben Gott mal wieder eine Kerze im Dom anzünden, Bela.«

»Warum?«

»Er hat im Moment einfach kein Ohr für dich. Ich fürchte, es ist das kleine Häuschen dort hinten.«

»Wäre ja auch zu schön gewesen.« Aßmann starrte düster vor sich hin.

»Borchert hat übrigens angedeutet, dass seine Frau ausziehen wird, wenn er wieder das ganze Wochenende arbeiten muss.«

»Dann kann er sich gern in Simones Tatortliste eintragen. Es wird sie in ihrer Meinung zu unserer Berufsphilosophie bestätigen.« Aßmann nahm das Trommeln wieder auf. Schließlich atmete er geräuschvoll aus, als habe er einen innerlichen Kampf verloren. »Kannst du Englisch, Dominik?«

»Na ja, meine Lehrer waren von meinem Sprachtalent nicht immer hundertprozentig überzeugt, aber um Borcherts Ehe zu retten …«

Aßmann zog noch einmal sein Handy hervor und drückte die Wahlwiederholung. »Borchert? Was? Natürlich weiß ich, dass du noch nichts erreicht haben kannst. Für wie blöd hältst du mich? Um zwölf ist Besprechung im Präsidium. Danach kannst du gehen. Sag das deiner Frau.«

Sie stiegen aus. Gerke pfiff beim Anblick des Vorgartens anerkennend durch die Zähne. »Schwester Louisa scheint einen grünen Daumen gehabt zu haben.« Er hob den Deckel der grünen Tonne und schnupperte kurz. »Der Rasen ist frisch vertikutiert, das Unkraut gerupft, der Gehweg gefegt, die Rabatten in Reih und Glied – alles wie geleckt.«

Das kleine Backsteinhaus schien dem Titelbild eines Ferienkatalogs entsprungen, wie es da von einem Meer weiß blühender Astern und roter Rosenstöcke umgeben stand.

Die Kommissare warfen einen Blick in die offene Garage, bevor sie zur Haustür weitergingen. Aus Reflex drückte Aßmann auf die Stahlklinke. Sie sprang auf. Verblüfft sahen sie sich an. Im selben Moment schoss eine Katze mit vorwurfsvollem Miauen durch den Türspalt hinaus ins Freie. Aßmann wich erschrocken zurück. »Hoppla, hier hat es aber jemand eilig.« Er drückte die Tür ganz auf und ging hinein.

Gerke rümpfte die Nase. »Wir kommen wohl zu spät. Das Vieh hat irgendwohin geschissen. Da roch es ja in deiner Wohnung noch besser.«

Aßmann ignorierte die Bemerkung seines Kollegen. Sie arbeiteten seit fast zehn Jahren zusammen und wussten, was sie aneinander hatten. Er war froh, dass Gerke wieder zu alter Bissigkeit gefunden hatte. Nach dem Krebstod seiner Frau vor fünf Jahren hatte er lange gebraucht, um überhaupt eine Gefühlsregung zeigen zu können – egal, ob positiver oder negativer Natur. Mittlerweile hatten er und seine Tochter Leonie ihren Lebensrhythmus gefunden. Und Aßmann wusste genau, dass sein Kollege – egal, wie cool er tat – dafür sorgen würde, dass die Katze in Zukunft versorgt war, wenn sie hier wegfuhren.

»Jemand zu Hause? Hallo?« Aßmann zögerte, einen Versuch war es wert: »Benni?« Wie befürchtet, bekam er keine Antwort. Dieser Benni aus Bielefeld war ein Mysterium, und die Umstände um Louisas Tod waren suspekt, auch wenn er noch nicht von Mord sprechen wollte. Routiniert zogen er und Gerke sich die Einmalhandschuhe über, bevor sie eintraten.

Der Geruch der tierischen Hinterlassenschaft trübte den guten Eindruck, den die Einrichtung bot. Die Katze hatte erfolglos versucht, ihr Geschäft im Blumentopf eines großen Ficus zu verscharren. Gerke fasste die Pflanze am Stamm und beförderte sie samt Übertopf hinaus auf den Rasen. Danach konnten sie sich besser auf ihre Arbeit konzentrieren.

Sie folgten einer Kette aus Teelichtern, die von der unverschlossenen Haustür durch den Flur drei Stufen hinauf ins Wohnzimmer führte, wo sie auf dem Couchtisch in ein riesiges Herz mündete. Auf dem Sideboard waren Knospen roter Rosen zu drei Wörtern zusammengelegt. Gerke beugte sich darüber. »Louisa und Benni.« Er nahm das Foto, das dahinter aufgestellt war und Louisa in inniger Umarmung mit einem Mann zeigte. »Jetzt können wir uns immerhin schon mal ein Bild von diesem Supermann machen.« Ein glückliches, verliebtes Pärchen – mehr gab das Foto im Moment nicht her.

»Wir nehmen es mit.« Aßmann stieg über die Teelichter. Er wählte Louisas Handynummer, die er von Frau Schulte bekommen hatte. Sie lauschten, aber außer dem Tropfen eines Wasserkrans war nichts zu hören. »War ja klar. Der Teilnehmer ist im Moment nicht erreichbar.« Sie gingen nach nebenan. Auf dem Küchentisch stand ein Tablett mit zwei langstieligen Sektgläsern. Um sie herum waren runde Schokostückchen zu zwei ineinandergreifenden Kreisen gelegt. »Was ist das denn für ein Kunstwerk?«, fragte Aßmann mit hochgezogenen Augenbrauen.

»Ich würde sagen, dass es sich hierbei um die Anspielung auf zwei Eheringe handelt.« Gerke öffnete den Kühlschrank.

»Der Sekt ist auch schon kalt gestellt. Wir beide sind für so viel Romantik einfach zu alt, Bela.«

»Vor allem sind wir für dieses Tempo zu alt. Die beiden kannten sich gerade zwei oder drei Wochen, bevor er für ein halbes Jahr weg ist. Früher hat man schon allein diese Zeit gebraucht, bis man sich den ersten Kuss gab.«

»Das ist jetzt nicht dein Ernst.«

»Na ja, drei Wochen ist vielleicht etwas übertrieben. Aber eine solche Inszenierung nach so kurzer Zeit würde mich eher abschrecken. Das ist hollywoodreif.«

»Vielleicht hatten sie wilden Telefonsex und dabei festgestellt, dass sie wunderbar zusammenpassen.«

»Dominik, bitte.«

»Kann doch sein.«

»Du hast ja recht, aber hier riecht es doch förmlich nach … Ich kann es nicht recht ausdrücken. Aber auch abgesehen von der Katzenscheiße stinkt das hier gewaltig. Guck dich doch mal um. Die Türen sind unverschlossen, eine Einladung an den dümmsten Einbrecher. Der Wasserhahn ist halbherzig abgestellt.« Er drehte den Kran über der Spüle zu, und augenblicklich hörte das Tropfen auf. »Der Strauß Rosen sollte doch gewiss ins Wasser.« Sechs langstielige Rosen lagen neben einer halb mit Wasser gefüllten Glasvase. Ihre Blätter zeigten bereits deutliche Anzeichen des Verwelkens. Im Durchgang zum Vorratsraum stand das leere Katzenklo, die Tüte Katzenstreu war danebengelehnt und hätte nur noch angehoben werden müssen, um das saubere Klo zu befüllen. »Sie hat alles stehen und liegen lassen und das Haus verlassen.« Er öffnete den Backofen. »Eine fertig gebackene Pizza«, zählte er weiter auf und schloss die Tür wieder. »Zum Glück hat sie den Ofen noch ausgestellt.«

Sie gingen zurück in den Flur. »Ah, hier haben wir vielleicht mehr Glück.« Gerke zog das Festnetztelefon aus seiner Ladestation und tippte darauf herum. Er lauschte. »Bela, wo bleibt dein Spruch?«

»Welcher Spruch?«

»Dein ›Bitte lieber Gott, lass …‹. Bitte, lieber Gott, lass diesen Benni daraufgesprochen und sie abserviert haben, zum Beispiel.«

»Ich habe die Hoffnung aufgegeben. Wie du vorhin schon richtig festgestellt hast, ist der liebe Gott heute anscheinend anderweitig beschäftigt.« Aßmann hatte Louisas Handtasche gefunden und kramte vorsichtig darin herum. »Selbst wenn er Schluss gemacht haben sollte, bliebe immer noch die Frage, warum sich Louisa gerade von *diesem* Hochhaus stürzen sollte. Wäre es eine Kurzschlusshandlung gewesen, wäre sie doch nicht erst wieder in die Stadt zurückgefahren. Es gibt hier in der Gegend genug Autobahnbrücken.« Er zog einen Terminkalender aus der Tasche.

»Der Anrufbeantworter ist schon mal leer«, seufzte Gerke. Er tippte weiter. »Keine ausländischen Nummern. Das kann doch alles nicht wahr sein.«

»Haben wir schon die Verbindungen bei der Telefongesellschaft angefordert?«

»Ja, vom Festnetz und vom Handy. Aber das kann dauern, heute ist Samstag.«

Aßmann lehnte sich gegen die Kommode und blätterte in dem Terminkalender. »Viel hat sich bei ihr die letzten sechs Monate nicht getan. Arbeitszeiten, Wochenenddienste, Zahnarzttermin. Letzte Woche war sie anscheinend beim Gynäkologen. Für heute, den 15. Oktober, ist ein dickes rotes Herz eingezeichnet. Ab Montag drei Wochen Urlaub.«

Er ließ die Seiten zurückflattern. »Dienste über Dienste. Frau Schulte sagte, sie habe das letzte halbe Jahr keinen Urlaub genommen, um ihn für Benni aufzusparen. Anscheinend hat sie in dieser Zeit auch eine Menge Überstunden gemacht.« Am 19. März hielt er die langsam fallenden Seiten auf. »Hier ist auch ein dickes rotes Herz. Anscheinend hat sie ihn an diesem Tag kennengelernt. ›Benni‹ mit tausend Smileys.«

»Am Wochenende des 19. März haben die Osterferien angefangen«, überlegte Gerke.

»Woher weißt du das so genau?«

»Als alleinerziehender Vater eines schulpflichtigen Kindes hast du alle Ferientermine im Kopf, glaub mir. Leonie und ich sind an jenem Samstag in einen Centerpark nach Holland gefahren.«

»Und Louisa hat in diesen zwei Wochen, in denen du mit deiner Tochter johlend die Wasserrutsche runter bist, anscheinend die glücklichste Zeit ihres Lebens verbracht. Schau dir diese Smileyflut an.« Er hielt seinem Kollegen den Kalender hin.

»Wahnsinn. So ein Verhalten passt zu einem verliebten Teenager, nicht zu einer gestandenen Frau.« Gerke tippte auf den Arzttermin von letzter Woche. »Vielleicht hat sie eine schlimme Nachricht bekommen. Womöglich war sie krank, sehr krank, und hat den Befund gestern gekriegt?«, überlegte er.

»Kann ich mir nicht vorstellen.« Aßmann schob den Terminkalender in die Innentasche seiner Jacke. »Lass uns auf die Forensik warten, bevor wir in die falsche Richtung ermitteln.«

Er spürte eine Berührung und sah an sich hinab. Die Katze war wieder hereingekommen und strich ihm um die Beine. Mit einem kläglichen Maunzen lief sie weiter in die Küche und hockte sich vor ihren leeren Napf.

»Sie hat Hunger.« Gerke ging zum Kühlschrank, in dem sie vorhin das Nassfutter hatten stehen sehen. Er füllte ihr das Schälchen und goss auch gleich den Wassernapf bis zum Anschlag voll. »Ich mache ihr das Katzenklo fertig. Wer weiß, wann dieser Benni auftaucht und sie das nächste Mal rauslässt. Wie sollen wir mit diesem Phantom überhaupt verbleiben?«

Sie stiegen die Treppe ins obere Stockwerk hinauf. »Wir werden einen Posten hier abstellen müssen, der ihn abfängt, wenn er kommt«, überlegte Aßmann. »Ohne die Liste mit den Telefonverbindungen werden wir nicht an seine Personalien kommen. Sollte er bis morgen Mittag noch nicht eingetrudelt sein und die Nachbarn uns keine Hinweise geben können, werden wir ihn über die Medien suchen lassen. Wir haben ja jetzt sein Foto.«

Gerke öffnete die erste Tür, das Badezimmer. In der Waschmaschine schwamm Wollwäsche in der Lauge und wartete darauf, manuell in den Abpumpgang geschaltet zu werden. Er stellte sie aus. »Bevor die Maschine noch einen Kurzschluss verursacht.« Er schaute in den Spiegelschrank über dem Waschbecken. Auf einem Samtkissen lag eine Spange, in der eine Haarsträhne klemmte. Offensichtlich nicht Louisas Haare, dafür waren sie zu kurz und zu dunkel. Er nahm sie heraus und schloss das Schränkchen. Ihrer beider Blicke trafen sich im Spiegel.

»Bisher war es nur kitschig. Langsam wird's unheimlich. Haare auf einem Samtkissen.« Gerke zog ein Plastiktütchen hervor und steckte die Spange hinein. »Ich kenne das nur von Babylocken, die in ein Fotoalbum geklebt werden.«

Das Medizinschränkchen über der Toilette brachte keine Hinweise auf schwerwiegende Erkrankungen der Toten. Etwas Verbandsmaterial, eine Schachtel Aspirin und ein paar Erfrischungstücher waren alles, was Louisa zum Erhalt der Gesundheit benötigt hatte.

In einem kleinen Büro hinter der nächsten Tür stand ihr Laptop. »Es würde mich nicht wundern, wenn der auch noch eingeschaltet ist – Gesetz der Regelmäßigkeit«, brummte Aßmann und tippte auf die Entertaste. Das Gerät summte leise, und das Foto von Benni und Louisa, das sie bereits unten im Wohnzimmer hatten stehen sehen, baute sich als Hintergrundbild auf. »Siehst du.« Aßmann zog den Netzstecker. »Den nehmen wir auf jeden Fall mit. Johanna kann sich damit beschäftigen. Das Passwort braucht sie schon mal nicht zu knacken.«

»Das zu knacken hätte ich mir auch zugetraut«, antwortete Gerke trocken. »Ich will tot umfallen, wenn es nicht ein zweisilbiger Männername ist.«

Sie gingen weiter zum Schlafzimmer, wo sich ein Haufen Bettwäsche auf dem Fußboden türmte, offenbar hatte Louisa die Decken und Kissen neu beziehen wollen. Die frische Wäsche lag auf dem Bett bereit. Der Kleiderschrank stand offen, eine Schublade war herausgezogen. BHs und Slips, hauptsächlich in Rot und Schwarz, quollen heraus. Es sah aus, als habe Louisa etwas gesucht und danach die Dessous nur halbherzig wieder zurückgestopft.

Aßmann seufzte. »Wir werden keinen Abschiedsbrief finden. Es gibt keinen. Wenn sie nicht in der Pathologie läge, würde ich sagen, sie ist auf dem Weg nach Frankfurt oder Düsseldorf, weil sie einen Anruf von ihm gekriegt hat.«

»Der Anruf kann ja gekommen sein. Davon gehe ich auch aus. Aber was hat sie veranlasst, zurück in die Innenstadt zu fahren?« Gerke trat ans Fenster und deutete auf die Häuser im Hintergrund. »Zum Klinkenputzen haben wir jetzt keine Zeit mehr. Wir müssen zur Pflegedienstleitung. Sollen sich die Kollegen darum kümmern.«

Aßmann sah seufzend auf die Uhr. »Eigentlich wollte ich um diese Zeit im Café Röhren sitzen.«

»Hat dir das dein Horoskop suggeriert?«

»Nein, es hat nur gesagt, dass ich wegen eines Neustarts die Augen aufhalten soll.«

»Das werden wir heute Abend gemeinsam tun. Du glaubst gar nicht, was sich in Paderborns Nachtleben alles entdecken lässt, besonders auf Libori.«

# VIER

Frau Backhaus fuhr sich mit den Fingern an den Hals und sortierte ihre dreilagige Perlenkette. Mit energischen Schritten führte sie Aßmann und Gerke den Gang entlang zu den Büroräumen des w-a-w. »Wie kann denn so was nur passieren? Man stürzt doch nicht so mir nichts, dir nichts von einem fremden Balkon? Und dann auch noch zu Beginn seines Jahresurlaubs.«

Die Kommissare warfen sich einen irritierten Blick zu.

»Kommen Sie, meine Herren, die Kollegen von Louisa sind schon eingetroffen.« Sie hielt ihnen eine Tür auf und tastete nervös nach der dicksten Perle in der Kette. »Unser Pflegedienst umfasst achtzehn Mitarbeiter«, erklärte sie unaufgefordert, »die Teilzeitkräfte eingerechnet. Aber im Unterschied zum Pflegepersonal in Krankenhäusern oder Pflegeheimen sind unsere Mitarbeiter, sagen wir es mal etwas überspitzt, Einzelkämpfer; soll heißen, sie sind zum größten Teil allein unterwegs. Es ist also verständlich, dass sie sich untereinander nicht so gut kennen, als würden sie in einer Schicht arbeiten, nicht wahr?« Zustimmung heischend wandte sie sich zu den Kommissaren um.

»Logisch«, pflichtete ihr Gerke bei.

»Wir haben regelmäßige Besprechungen, jeden zweiten und vierten Dienstag im Monat, und ich lege großen Wert auf Teilnahme. Sie sind sich also nicht völlig fremd. Zu den besonders pflegeaufwendigen Patienten müssen sie sowieso zu zweit fahren. Es gibt immer ein Quartett, das sich gegenseitig im Urlaub oder im Krankheitsfall vertritt. Diese vier müssen sich untereinander absprechen und kennen sich somit auch besser. Das Quartett von Louisa habe ich heute hierhergebeten. Bitte schön …« Frau Backhaus öffnete eine weitere Tür, legte ihre Hand wie schützend auf die Perlen und ließ Aßmann und Gerke an sich vorbei in den Raum treten. »Wobei es sich jetzt natürlich nur noch um ein Trio handelt.«

Louisas Kollegen, zwei Frauen und ein Mann, saßen am runden Tisch des Konferenzzimmers und unterhielten sich leise. Als die Kommissare eintraten, verstummten sie und sahen ihnen entgegen. Eine der beiden Frauen fuhr sich mit dem Jackenärmel über die rote, verquollene Nase und schniefte vernehmlich. Der Mann schob ihr mit einem Augenrollen eine Packung Tempos über den Tisch.

»Frau Birke, Frau Mahlmann und Herr Rohde«, stellte Frau Backhaus ihre Mitarbeiter vor und ließ für einen Moment von der Perlenkette ab, um auf die drei zu deuten. »Das sind die Herren Kommissare Aßmann und Gerke.«

Aßmann zog sich einen Stuhl heran, während sich Gerke seitlich an eine Fensterbank lehnte. »Es tut uns leid, Sie am Wochenende zu behelligen, aber die Umstände um Schwester Louisas Tod machen es leider erforderlich.«

Die Frauen nickten stumm.

»Muss sowieso gleich arbeiten«, brummte Rohde, »mein Wochenende ist also so oder so im Eimer.«

Für einen Moment herrschte Schweigen. Seine Kolleginnen, die mehr Betroffenheit an den Tag legten, rutschten unbehaglich auf ihren Stühlen herum.

Rohde sah in die Runde. »Na ja, ist doch wahr«, verteidigte er sich. Er strich sich über die Halbglatze, die ihn älter wirken ließ, als er dem Gesicht nach war.

»Was ist wahr?«, hakte Aßmann nach.

»Na ja, weil … ach, schon gut, war nicht so gemeint. Es ist nur … Louisas Tod geht mir nicht so nah wie …« Sein Kopf zuckte zur Kollegin mit der verquollenen Nase. »Nora heult ja schon, wenn ihr eine Fliege in den Kaffee fällt.« Er verschränkte die Arme vor dem strammen Bauch. »Natürlich ist das alles schlimm, es tut mir ja auch leid, aber Louisa hat mir einfach zu viel Ärger eingebrockt, als dass ich jetzt hier sitzen und heulen könnte.«

»Zum Beispiel?«, ermunterte Aßmann ihn, fortzufahren.

»Na, erst muss ich wegen ihr die kompletten Osterferien durcharbeiten, weil Madame plötzlich über ihre große Liebe gestolpert ist und nicht mehr aus den Federn kommt. Dann hat sie so lange rumgemault, bis ich auch noch in den Herbstferien arbeiten muss, obwohl ich schulpflichtige Kinder habe – sie nur einen übergewichtigen Kater. Meine Frau ist jetzt allein mit den Kindern an die See gefahren. Und –«

»Also, was sind das denn für neue Töne«, fuhr Frau Backhaus dazwischen. »Was reden Sie denn da, Herr Rohde? Louisa hat das letzte halbe Jahr durchgearbeitet und Ihnen alle Dienste abgenommen.«

»Ich habe sie nie darum gebeten.«

»Sie war eine ausgezeichnete Kollegin und Pflegekraft. Die Patienten haben sie sehr gemocht. Auf sie war in jeder Hinsicht Verlass und –«

Aßmann hielt sie mit einer Geste von weiteren Lobeshymnen auf die Verstorbene ab. »Lassen Sie ihn bitte ausreden, Frau Backhaus. Die berufliche Seite eines Menschen deckt sich nicht immer mit der privaten, wie wir gerade sehen. Kannten Sie Louisa Steffens näher, Herr Rohde?«

»Nicht so nah, wie sie es gern gewollt hätte.«

Frau Birke und Frau Mahlmann starrten ihn an.

»Wie meinen Sie das?« Gerke stieß sich von der Fensterbank ab und setzte sich ebenfalls an den Tisch. »Nach unserer Kenntnis hatte sie einen Freund.«

»Ja, jetzt, zum Glück, aber davor ...« Rohde scharrte nervös mit den Füßen. Offenbar hatte er mehr preisgegeben als gewollt.

»Klären Sie uns bitte auf, Herr Rohde. Hatte sich Schwester Louisa Hoffnungen gemacht, dass aus Ihnen beiden etwas werden könnte?«

»Hoffnungen.« Rohde lachte freudlos. »Hoffnungen ist leicht untertrieben.« Er wich Gerkes Blick aus. »Also gut«, seufzte er schließlich. »Sie geben ja doch keine Ruhe.«

»Berufskrankheit«, lächelte Gerke.

»Letztes Jahr, ich war neu hier im Pflegedienst, fragte mich Louisa nach einer Dienstbesprechung, ob ich ihr helfen könne. Sie hatte sich einen Rasenmäher gekauft und konnte ihn nicht allein aus dem Auto heben. Da ihr Haus halbwegs auf meinem Heimweg liegt, habe ich zugesagt. Kaum hatte ich das Ding aus ihrem Wagen, da stand sie mit zwei Gläsern und einer Sektflasche in der Hand neben mir. Sie habe bereits eine Pizza in den Backofen geschoben, und wenn ich wolle, könne ich die Nacht bei ihr schlafen. Äh …« Rohde kratzte sich am Ohr und sah fragend in die Ferne, als sei er noch immer verwundert über das Angebot. »Ich habe ihr klargemacht, dass ich glücklich verheiratet und Vater von zwei Kindern sei. Worauf sie antwortete, dass das eine das andere nicht ausschließe.«

Frau Backhaus gab unartikulierte Laute von sich, die sowohl Zweifel an Rohdes Ausführungen als auch Entsetzen über Louisas Anbiedern hätten ausdrücken können. Die Perlen klirrten aneinander. Aßmann legte ihr besänftigend die Hand auf den Unterarm.

»Sie gab keine Ruhe. Unter der Bedingung, dass sie mich ohne weiteres Theater fahren lässt, habe ich schließlich auf der Hollywoodschaukel ein Glas Sekt mit ihr getrunken. Sie hat noch mehrmals versucht, mich zum Bleiben zu überreden. Wenn ich gewollt hätte, ich glaube, sie hätte nackt für mich auf dem Rasen getanzt. Total irre, die Frau. Na ja, ich habe mir noch ein zweites Glas Sekt aufquatschen lassen, danach bin ich gefahren. Als ich zu Hause ankomme, steht meine Frau mit verschränkten Armen in der Haustür. Eine Louisa habe gerade angerufen. Ich hätte meine Jacke bei ihr vergessen. Ob sie sie morgen mit zur Arbeit bringen solle oder ob ich abends wieder vorbeikäme. Sie roch meine Sektfahne und knallte mir eine.« Rohde legte die Hand auf die linke Wange und spürte dem Moment der Strafe nach. »Ich habe drei Monate gebraucht, bis ich das Sofa im Hobbykeller wieder gegen das Ehebett eintauschen durfte. Und dass mir meine Frau seitdem nicht gerade größtes Vertrauen entgegenbringt, können Sie sich denken. So, und jetzt wundern Sie sich bitte nicht, warum ich nicht wie ein Häufchen Elend hier sitze und über Louisas Tod lamentiere.«

»Das haben Sie in der Tat deutlich gemacht«, bestätigte

Aßmann. »Auch auf die Gefahr hin, dass ich mich bei Ihnen unbeliebt mache: Wo waren Sie gestern, als Louisa starb?« Im Geiste schickte er eine Bitte an den lieben Gott, dass sich Rohdes Antwort mit dem Zeitpunkt von Louisas Tod decken würde, ohne dass er diesen genannt hatte. Denn das würde bedeuten, dass Rohde den Todeszeitpunkt kannte, und das wiederum würde bedeuten …

Rohde schaute ihn verblüfft an, dann verzog sich sein Gesicht zu einem breiten Grinsen. »Wenn Sie mir den Todeszeitpunkt nennen, Herr Kommissar, dann kann ich Ihnen auch sagen, wo ich war.«

Nach zehn Jahren gemeinsamen Ermittelns spürte Aßmann förmlich, wie Gerke in seinem Rücken belustigt mit der Zunge schnalzte – netter Versuch, Bela.

Er erwiderte Rohdes Lächeln. »Verzeihung, wo waren Sie gestern Abend zwischen einundzwanzig und dreiundzwanzig Uhr?«

Rohdes Grinsen wurde noch breiter. Er beugte sich vor, fuhr mit der Hand in seine Gesäßtasche und holte eine Geldbörse hervor. »Ich muss Sie furchtbar enttäuschen, Herr Kommissar, aber um die Uhrzeit bin ich …« Er unterbrach sich. »Jetzt hätte ich beinahe ›leider‹ gesagt, dabei muss ich ›zum Glück‹ sagen, eine Menge Geld beim Kegeln losgeworden.« Er reichte Aßmann eine Quittung. »Drei Pumpen und zwei Klingeln – macht fünf Gedecke für zehn Personen.«

Aßmann pfiff durch die Zähne. »Über zweihundert Euro. Mein lieber Scholli, ein teures Hobby. Da lob ich mir meinen Wanderverein, bei dem ich nur Strafe zahlen muss, wenn ich eine Abkürzung gegangen bin. Ah, Sie kegeln beim Michael im Königskeller.«

»Ja, ist am praktischsten. Die Bahnen liegen direkt an der Zentralstation. Egal, wie spät es geworden ist, danach geht's rein in den Nachtbus und ab nach Hause.«

Aßmann nickte zustimmend. Er kannte die Bahnen und auch den Wirt vom Königseck. Er und Gerke waren erst kürzlich dort versackt, als sie anlässlich Gerkes sechsunddreißigsten

Geburtstags auf einer Kneipentour durch Paderborn bei ihm Station gemacht hatten. Er sah nach dem Datum der Quittung. »Wie heißt Ihr Kegelverein?«

»›Voll daneben‹.«

»Dem Namen haben Sie gestern anscheinend alle Ehre gemacht. Aber gut. Und Sie enttäuschen mich nicht, Herr Rohde, wir müssen diese Frage einfach stellen.«

»Schon gut.« Rohde nahm das Friedensangebot gnädig an. »Kann ich die Quittung wiederhaben? Nur für den Fall, dass meine Frau komische Fragen stellt.«

»Sicher.« Aßmann reichte ihm den Zettel. »Wann haben Sie Louisa zuletzt gesehen?«

Rohde dachte nach. »Das war letzten Dienstag bei der Dienstbesprechung.«

Frau Backhaus blätterte in ihren Unterlagen und bestätigte seine Aussage.

»Da habe ich sie auch zuletzt gesehen«, schniefte Nora Birke. »Wenn ich das gewusst hätte …«

»Was dann?« Gerke beugte sich vor. »Hätten Sie irgendwas verhindern können, Frau Birke?«

»Nein. Wer denkt schon an so was. Aber vielleicht hätten wir … na ja, nicht immer genervt reagieren sollen, wenn sie von ihrem Freund erzählt hat.«

»Ts, und weil es keiner mehr hören konnte, ist sie in den Tod gesprungen? Das glaubst du doch selbst nicht, Nora. Wir hatten es doch alle satt. Benni hat dies gesagt, und Benni würde es so machen. Benni schläft nur in Shorts und nimmt lieber ein Bad statt einer Dusche. Wissen Sie was? Dieser Benni ist in meinen Augen ein ganz armes Schwein.« Rohde wischte sich ärgerlich das Haar aus der Stirn. »Jetzt sag du doch auch mal was, Rike, dir ist es doch nicht anders ergangen als uns.«

Rike Mahlmann räusperte sich. »Genervt«, erklärte sie, »war ich auch, das muss ich leider zugeben. Louisa war mächtig anstrengend. Wenn sie einen erst mal in den Krallen hatte, bei gemeinsamen Patientenfahrten zum Beispiel, dann war man ihren kindischen Schwärmereien ausgeliefert.« Sie sah Rohde an. »Jetzt verstehe ich, warum du unbedingt die Schicht mit mir tauschen wolltest. Du wolltest vermeiden, Louisa bei den Schlüsselübergaben ständig über den Weg zu laufen. So war ich diejenige, die am meisten mit ihr zu tun hatte.«

»Schlüsselübergaben?«, fragten Aßmann und Gerke gleichzeitig.

Frau Backhaus mischte sich ein. »Lassen Sie mich das erklären, meine Herren. Viele Patienten sind nicht in der Lage, die Tür zu öffnen, wenn der Pflegedienst kommt. Sie können ihr Bett nicht verlassen, und die Angehörigen sind mitunter bereits bei der Arbeit. Für diese Fälle – und natürlich für den Notfall – haben wir ihre Haustürschlüssel. So hat das Personal ungehindert Zutritt zu den Wohnungen. Das erfordert selbstverständlich ein hohes Maß an Vertrauen. Wir hüten diese Schlüssel wie unsere Augäpfel. Wenn jetzt eine Pflegekraft ein freies Wochenende hat, in Urlaub geht oder krank ist, muss der Schlüssel an die Vertretung abgegeben werden, mit Unterschrift. So wandert der Schlüssel regelmäßig zwischen dem Personal, in diesem Fall hauptsächlich zwischen Louisa Steffens und Rike Mahlmann.«

»Und meistens holt sich der Diensthabende den Schlüssel zu Hause vom Kollegen ab«, ergänzte Rike Mahlmann. »Das wolltest du wahrscheinlich verhindern, nicht wahr, Sascha?«

»Genau«, sagte Rohde. »Das Sofa im Hobbykeller ist verdammt unbequem.«

»Dann haben wir das auch geklärt. Folglich müssten Sie jetzt die Schlüssel der Patienten von Frau Steffens haben, richtig, Frau Mahlmann?«, fragte Gerke.

»Ja, Sascha und ich werden sie in den Herbstferien versorgen.«

»Es gibt von jeder Wohnung nur einen Schlüssel?«

»Ja.«

»Haben Sie für Frau Brehmers Wohnung in der Warburger Straße auch einen Schlüssel?«

»Nein. Frau Brehmer ist zwar bettlägerig, aber sie hat an ihr Telefon eine Verbindung zur Tür gekoppelt und kann alles selbst bedienen. Außerdem ist ihre Betreuerin zu den Pflegezeiten fast immer da und öffnet uns.«

»Gibt es in diesem Haus in der Warburger Straße noch einen Patienten, den Sie versorgen?«

»Nein, nur Frau Brehmer.«

»Sie haben also keinen Schlüssel zu irgendeiner der anderen Wohnungen in diesem Haus?«

»Nein.«

»Schwester Louisa auch nicht?«, hakte Gerke noch mal nach.

»Jedenfalls keinen Schlüssel, der dem Pflegedienst ausgehändigt wurde. Was sie privat in dem Haus treibt – trieb«, Rohde zuckte mit den Schultern, »keine Ahnung.«

»Kommen wir auf gestern zurück«, nahm Gerke den Faden wieder auf. »Sie haben sich also abends die Dienstschlüssel von Frau Steffens aus dem Quinhagen geholt?« Er sah Rike Mahlmann an.

»Ja.« Sie nickte.

»Um wie viel Uhr war das?«

»Oh.« Frau Mahlmann kratzte sich am Hinterkopf. »Ich habe nicht auf die Uhr gesehen. Um acht Uhr habe ich meinen letzten Patienten in Elsen. Das dauert ungefähr zwanzig Minuten. Von dort bis in den Quinhagen sind es keine zwei Minuten. Ich müsste kurz vor halb neun bei ihr gewesen sein.«

»Louisa war zu Hause?«

»Ja, klar.«

»Was machte sie gerade?«

Rike Mahlmann lachte kurz auf. »Fragen Sie mich lieber, was sie gerade *nicht* machte. Louisa war mit tausend Sachen gleichzeitig beschäftigt. Rosen für die Vase zurechtschneiden, Wäsche sortieren, eine Teelichterkette legen. Zwischendurch rannte sie hoch und zog die Bettwäsche ab. Ach ja, das Katzenklo hat sie auch sauber gemacht. Sie bot mir ihre Pizza an, weil sie meinte, vor Aufregung keinen Bissen runterzukriegen. Dazwischen schaute sie circa alle dreißig Sekunden auf ihr Handy und steckte es enttäuscht wieder weg.«

»Zu dem Zeitpunkt hatte sie also ihr Handy noch?«

»Definitiv.«

»Und sie wusste noch nicht, wann ihr Freund landet?«

»Nein, sie war total gestresst deswegen. Irgendwann in den späten Abendstunden, habe er gesagt.«

»Hat sie in der Zeit, in der Sie da waren, andere Anrufe gekriegt, auf Festnetz oder Handy?«

»Nein.« Rike Mahlmann überlegte kurz. »Nein, ich habe nichts dergleichen mitbekommen.«

»Und sie hat auch nicht erwähnt, später noch mal wegzuwollen?«, hakte Aßmann weiter nach.

»Keine zehn Pferde hätten Louisa aus dem Haus bekommen, bevor nicht dieser Benni angerufen hätte.«

»Gut, weiter. Wie lange haben Sie sich bei ihr aufgehalten?«

»Länger, als ich wollte. Louisa hatte in ihrem Chaos das Schlüsselbund vom w-a-w verlegt. Wir mussten erst ihren Abend rekonstruieren, um herauszufinden, wo sie es hingelegt haben könnte. Wir fanden die Schlüssel schließlich im Abstellraum zwischen den Blumenvasen. Ich habe ihr noch einen schönen Urlaub gewünscht, dann bin ich sofort weg. Dieses Gewusel dort hat mich total kirre gemacht.«

»Können Sie die Zeit eingrenzen? Wann sind Sie weggefahren?«

Frau Mahlmann holte tief Luft und stieß sie geräuschvoll aus. »Also, dieses Rumgesuche hat schon eine Weile gedauert. Ich kann es nur ungefähr sagen … oder, Moment mal.« Sie setzte sich abrupt auf. »Doch, ich weiß es ziemlich genau. Vom Quinhagen bis nach Hause brauche ich an einem Freitagabend höchstens fünf bis sechs Minuten. Ich schalte immer sofort den Fernseher an, wenn ich da bin, ziemlich laut sogar. Auf die Weise höre ich den Krach und Streit aus der Nachbarwohnung nicht so sehr. Dort geht am Wochenende die Post ab. Fragen Sie Ihre Kollegen. Die geben sich erst die Kante, und dann bringen sie sich fast um.«

»Und im Fernseher liefen gerade die Nachrichten …?«, vollendete Gerke den Zeitplan.

»Nein, ich hatte RTL an. Gestern Abend lief ›Wer wird Millionär?‹.«

»Ist das so was Phantastisches, dass man sich genau erinnert?«, wunderte sich Aßmann.

Rike lachte. »Nein. Das allein wohl nicht, stimmt. Aber als ich den Fernseher anstellte, wurde gerade die Eine-Million-Frage gestellt, und ich hätte sie beantworten können. Das hat man ja dann doch nicht alle Tage, nicht wahr? Und …«, sie hob den Zeigefinger, »der Kandidat hat sie falsch beantwortet und ist auf fünfhundert Euro runtergefallen. Danach war die Sendung sofort zu Ende. So. ›Wer wird Millionär?‹ geht bis einundzwanzig Uhr fünfzehn. Das war die letzte Frage, also muss ich gegen einundzwanzig Uhr fünf zu Hause gewesen sein.«

»Abzüglich der Fahrzeit müssten Sie also gegen einundzwanzig Uhr bei Louisa weggefahren sein«, folgerte Gerke.

Sie legte die Stirn in Falten. »Ja, das kommt ungefähr hin.«

»Sie hätten bei der Polizei anfangen können.« Aßmann lächelte. »Aber jetzt haben Sie mich neugierig gemacht: Wie lautete denn die Eine-Million-Frage?«

»Moment, das kann ich Ihnen sagen, samt den vier Antwortmöglichkeiten.« Rike schloss die Augen und legte den Zeigefinger auf die Nasenwurzel. »Welche Vorzeichen hat die D-Dur-Tonleiter im Quintenzirkel? A) Fis, Cis und Gis B) B, Es und As C) Fis und Cis oder D) Fis, Cis, Gis und Dis?«

»Hört sich für mich alles wie Abkürzungen von giftigen Pflanzen an.« Aßmann kapitulierte. »Wenn ich das wüsste, säße ich wahrscheinlich nicht hier, sondern würde meine Violine für ein Konzert bei den Wiener Philharmonikern stimmen.«

»Na ja, ich weiß es auch nur, weil mein Vater Musiklehrer war und Geigenunterricht gegeben hat. Seine Schüler mussten die Tonleitern bis zum Erbrechen aufsagen. Antwort C ist richtig, Fis und Cis.«

»Gut, abschließend können wir also festhalten, dass Sie Frau Steffens gegen einundzwanzig Uhr verlassen haben und dass sie zu jenem Zeitpunkt zwar hektisch und nervös, aber ansonsten putzmunter war, richtig?«

»Ja, so ist es.«

»Dann danken wir für Ihre Hilfe. Es war sehr aufschlussreich, einschließlich der kleinen Tonleiterlehre. Falls Ihnen noch irgendetwas einfällt, was zur Aufklärung von Frau Steffens Tod beitragen könnte, scheuen Sie sich bitte nicht, uns anzurufen.« Gerke legte vier Visitenkarten auf den Tisch und verabschiedete sich.

Frau Backhaus begleitete die beiden Kommissare den Gang entlang aus dem Gebäude hinaus. »Ich wusste gar nicht, dass die Polizei sich auch für Selbstmorde interessiert.«

»Bei eindeutigen Selbstmorden sind wir auch schnell raus aus dem Fall. Da liegt es meistens bei den Angehörigen, die Hintergründe aufzuarbeiten, Freunde, Ehepartner, Chefs. Die Liste der möglichen Auslöser ist lang. In Louisas Fall gibt es allerdings noch zu viele Ungereimtheiten, als dass wir ihn als ›normalen‹«, Gerke malte mit Zeige- und Mittelfinger Gänsefüßchen in die Luft, »Selbstmord zu den Akten legen könnten.« Er hielt die Tür auf und ließ Aßmann an sich vorbeigehen. »Hat Louisa vielleicht Probleme mit anderen Patienten gehabt? Oder sind schon mal Beschwerden über sie eingegangen?«, fragte er, schon draußen auf dem Bürgersteig stehend. »Fällt Ihnen irgendetwas ein, was ihr Sorgen bereitet haben könnte?«

»Nein, nichts. Sie war eine vorbildliche Mitarbeiterin.«

Die Kommissare hoben zum Abschied die Hand und warfen einen letzten Blick auf Frau Backhaus' Perlenkette, die als dicker glitzernder Klumpen vor ihrer Brust baumelte.

***

*Es gab Tage, da lauschte ich schon unten im Hausflur, ob bei uns das Radio läuft. Laute Musik war scheiße, keine Musik war gut. Aber auch darauf war irgendwann kein Verlass mehr. Als ich sechs Jahre war und zur Schule ging, hatte meine Mutter anscheinend das Gefühl, dass ich jetzt alt genug sei, um allein bleiben zu können. Zunächst ein paar Stunden, aber schon bald über Nacht. Keine Musik konnte dann durchaus auch bedeuten, dass sie nicht da war und ich nur einen Teller mit kalt gewordenem Mittagessen in der Küche vorfand.*

*Ganz schlimm war es, wenn ich vergessen hatte, meinen Schlüssel einzustecken. Ich kam zwar noch ins Haus, weil die Eingangstür meistens über Tag offen stand, aber vor unserer Wohnung war Schluss. Ich musste warten. Unsere Nachbarin Frau Unger hat sich immer furchtbar über meine Mutter aufgeregt, wenn sie mich dort auf den Treppenstufen sitzen sah. Sie nahm mich dann mit in ihre Wohnung und machte mir im Winter eine heiße Schokolade. Im Sommer bekam ich eine Kugel Schokoeis. Am Anfang war es mir noch peinlich, aber später hoffte ich, dass Frau Unger bald nach Hause kommen und mich auf den Stufen würde sitzen sehen. Ich habe sie sogar mal gefragt, ob ich nicht vielleicht ganz bei ihr bleiben könnte. Meine Mutter hätte bestimmt nichts dagegen gehabt. Sie hat mich daraufhin ganz komisch angesehen und irgendwas von Verantwortung und zu alt geredet. Mir war es egal, wie alt sie war. Hauptsache, ihre Augen trieften nicht vor Glück, und das taten sie nicht. Sie hatten immer denselben Ausdruck. Vielleicht etwas mitleidig, aber das war okay. Manchmal hörte ich sie in der Küche mit irgendwelchen Freundinnen oder Verwandten telefonieren. »Jetzt hat sie das arme Kind schon wieder allein gelassen. Beim nächsten Mal, ich schwöre es dir, werde ich das Jugendamt einschalten.«*

# FÜNF

Gerke saß mit verschränkten Armen an seinem Platz und beobachtete Aßmann.

Es war immer dasselbe Ritual. Für jeden neuen Fall ordnete er seinen Schreibtisch neu. Er schob unerledigte Akten beiseite und baute die Indizien auf – Louisas Bilderrahmen, den Laptop, ihren Terminkalender und ein Foto von der Leiche im Strauch. Um mehr Platz zu haben, stellte er den Blumentopf mit der Grünlilie, die Borcherts Frau jedem der vier Kollegen zum Einzug in das neue Büro geschenkt hatte, auf Gerkes Schreibtisch. Sie landete jedes Mal dort, bis der Fall gelöst war.

»So, jetzt fehlen uns nur noch der Befund aus der Pathologie, die Ergebnisse der Spurensicherung, die Anrufliste von ihrem Handy mit der Nummer von diesem Benni und«, Aßmann stöhnte leise, »das Gespräch mit der Schwester in Neuseeland.« Er sah auf die Uhr. »Ich mach erst mal der Spusi Dampf unterm Hintern. Johanna, nimm schon mal den Laptop unter die Lupe. Ich bin gleich wieder da.«

»Geht klar, Chef.« Johanna salutierte scherzhaft und verschwand zu Borchert hinter die halbhohe Glasabtrennung, die ihre Schreibtische von denen ihrer Vorgesetzten trennten.

Gerke gesellte sich zu den beiden und spendierte eine Runde Pfefferminzdrops. »Wie war's bei euch? Habt ihr noch was Interessantes herausbekommen?«

»Eine der beiden Frauen im zweiten Stock heißt auch Aßmann«, flüsterte Borchert und reckte den Hals, um sich zu vergewissern, dass der Chef außer Hörweite war.

»Hast du eine Ahnung, wie viele Aßmanns es in Paderborn gibt?«, erwiderte Gerke und warf vorsichtshalber auch einen Blick durch die Glastür.

»Sie wird aber auch mit scharfem S geschrieben«, beharrte Borchert.

Gerke seufzte. »Hilft uns das ermittlungstechnisch im Fall Louisa Steffens irgendwie weiter?«

Borchert sackte in seinen Stuhl zurück und verneinte.

»Gut. Wenn dir etwas an einem freien Nachmittag mit deiner Frau liegt, dann reite gleich bitte nicht auf dem Namen der Dame herum.«

Johanna sah von Louisas Laptop auf. »Habe ich was verpasst?«

Gerke zögerte kurz. »Der Chef ist seit Kurzem solo, möchte aber nicht darauf angesprochen werden, klar?«

»Ja, klar, kein Problem.« Die Kommissaranwärterin blickte nachdenklich auf ihren Schreibtisch. »Das erklärt natürlich einiges.«

»Nämlich?«

»Na ja. Er ist so dünn geworden und traurig. Ich hab schon befürchtet, dass er krank ist.« Sie wandte sich wieder der Tastatur zu. »Er wird schon wieder eine neue Frau finden.«

»Aha. Die Prognose wird ihn freuen.«

Borchert klappte den Mund auf, schloss ihn aber wieder, als Gerkes strenger Blick ihn traf.

Aßmann rauschte herein. »So, die Spusi schickt in ein paar Minuten alles rüber. Lasst hören, was habt ihr rausgekriegt? Borchert, fang an. Bei wem warst du?«

»Ich war zuerst im zweiten Stock bei den beiden Frauen.«

»Okay, die können wir abhaken, weiter.«

»Moment, Chef, da gibt's durchaus etwas Interessantes zu berichten.«

Aßmann sah Hilfe suchend zu Gerke.

»Die Frauen haben was beobachtet«, beeilte sich Borchert auf Gerkes Räuspern hin zu präzisieren. »Das könnte uns ermittlungstechnisch weiterbringen.«

»Dann lass hören.«

»Also, die Damen, Frau Herbst und Frau Aßmann, waren gestern Abend in diesem China-Restaurant im Erdgeschoss. Sie hatten vergessen einzukaufen und, ja … ist ja auch egal, warum.«

»Wahrscheinlich hatten sie Hunger«, half Gerke ihm weiter.

»Genau. Sie hatten Hunger. Gegen Viertel nach neun haben sie bezahlt, weil sie auf halb zehn noch Gäste in ihrer Wohnung erwarteten.« Fast ängstlich sah er von Gerke zu Aßmann und zurück.

»Und weiter?« Es war mehr als deutlich, dass Aßmann das Thema möglichst schnell abhaken wollte.

»Beim Bezahlen haben sie noch einen Glückskeks bekommen, dann sind sie hoch zu ihrer Wohnung.«

»Hört sich dramatisch an, Borchert.«

»Na ja, jedenfalls will sich die Aufzugtür gerade schließen, da quetscht sich diese Schwester Louisa noch mit hinein. Sie war sehr außer Atem und schien beunruhigt. Frau Herbst und Frau Aßmann kennen sie vom Sehen. Sie fragten sie, ob etwas vorgefallen sei und ob sie helfen könnten. Schwester Louisa verneinte, wirkte aber extrem erregt. Frau Herbst bot ihr, um sie aufzuheitern, ihren Glückskeks an. Frau Aßmann hatte ihren Keks schon im Restaurant aufgegessen.«

Aßmann verdrehte die Augen, Gerke wandte sich schmunzelnd ab.

»Schwester Louisa habe den Glückskeks nicht gewollt. Im zweiten Stock sind die Damen ausgestiegen, Louisa sei weitergefahren.«

»Das ist wirklich interessant«, lobte Gerke.

»Heute Morgen, als du bei ihnen angeschellt hattest, wussten sie noch nicht, wer dort unten liegt, sonst hätten sie gleich etwas gesagt. Aber sie hatten Schwester Louisa nicht mehr auf dem Schirm.«

»Louisa Steffens muss sich unmittelbar, nachdem Rike Mahlmann sie verlassen hat, auf den Weg zur Warburger Straße gemacht haben. Und zwar in einem erregten Zustand. Irgendwer oder irgendwas muss sie aus ihrem Haus gelockt haben, aus dem sie, laut Frau Mahlmann, keine zehn Pferde gekriegt hätten, ohne dass dieser Benni sich meldet«, überlegte Gerke.

»Folglich muss er sich gemeldet haben«, sagte Aßmann. Er

schlug mit der Handfläche auf den Schreibtisch. »Wir brauchen die Anruflisten des Handys, verdammt noch mal.«

Borchert hob den Zeigefinger wie ein Schüler. »Falls es jemanden interessiert, was in dem Glückskeks stand, den Schwester Louisa verschmähte. Frau Herbst hat ihn heute Morgen gegessen.« Er rollte einen schmalen Papierfetzen auseinander. »An den Scheidewegen des Lebens stehen keine Wegweiser.«

»Wohl wahr, sonst hätte gewiss für Schwester Louisa ein Stoppschild am Balkongeländer gestanden«, bestätigte Gerke. »Was war mit dem Lehrer in der vierten Etage? Hat er etwas beobachtet?«

Borchert ließ seine Hand sinken und deutete ein Verneinen an. »Der lebt in einer anderen Welt.«

»Soll heißen?«

»Lehrer Böckle hadert mit fünfundsiebzig Jahren noch immer mit seinem Rentnerdasein und korrigiert alles, was ihm zu Ohren kommt. Ich dachte immer, ich spräche ein gutes Deutsch. Aber ich musste meine Fragen dreimal umformulieren, bis er sie grammatikalisch und stilistisch für würdig befand, beantwortet zu werden. Er empfahl mir das Buch ›Gewönne doch der Konjunktiv‹ von Wolf Schneider, und dann solle ich noch mal bei ihm vorsprechen.«

»Ich hoffe, du hast dich durchgesetzt, Borchert.«

»Soweit es mir möglich war. Der Typ hatte was von einem bissigen Wachhund, der den deutschen Sprachschatz hütet. Wusstet ihr, dass Qualität von Qual kommt? Also auf jeden Fall kann dieser Mann gar nichts von Schwester Louisas Sturz mitbekommen haben. Er lässt pünktlich um sechs seine Rollläden runter, damit ihn die Leuchtreklamen draußen nicht stören, wenn er sich eine Quizshow nach der anderen reinzieht, um sich geistig mit dem Rest der Welt zu messen.«

»Noch so ein Rätselkönig«, stöhnte Aßmann. »Dann wird er sicherlich auch die Eine-Million-Frage bei Jauch richtig beantwortet haben.«

»Stimmt«, staunte Borchert, einen Moment irritiert. »Er hat

sich furchtbar darüber aufgeregt, wie man eine so leichte Frage für eine Million Euro stellen kann. Als er anfing, über den Quintenzirkel im Dur-Moll-System zu dozieren, und mich strengstens ermahnte, wegen der enharmonischen Umdeutung das Cis nicht mit dem Des zu verwechseln, habe ich mich freundlich verabschiedet.«

»Wow, Borchert, das war eindeutig Schwerstarbeit. Du hast dir deinen freien Nachmittag wahrhaft verdient.«

»Außerdem habe ich die Nummer von Frau Steffens Schwester in Neuseeland herausgefunden«, fuhr Borchert stolz fort. »Die Einwanderungsbehörde in Auckland war äußerst kooperativ und hat mir innerhalb kürzester Zeit alle in Frage kommenden Nummern zugefaxt.« Er reichte Aßmann den Zettel, der von oben bis unten mit Zahlen bedruckt war. In der fünften Reihe war eine Zahlenkolonne rot gemarkert. »Es grenzt an ein Wunder, dass bereits der fünfte Anruf ein Treffer war.«

Aßmann strahlte.

»Allerdings hatte ich nur den Lebenspartner der Dame in der Leitung«, fuhr Borchert fort. »Seine Frau sei draußen bei den Schafen, und er erwarte sie erst gegen Mitternacht zurück.«

»Das erledige ich dann schon. Wann ist in Neuseeland Mitternacht?«

»Die sind zehn Stunden voraus. Jetzt ist es hier zwölf, also in zwei Stunden.«

»Okay, schönen Feierabend, Borchert. Grüß deine Frau.«

Zufrieden lehnte sich Aßmann zurück. »Wenigstens etwas, mit dem man weiterarbeiten kann.« Er trommelte mit den Fingerkuppen einen Marschrhythmus auf die Armlehnen seines Schreibtischsessels und schielte sehnsüchtig zur Tür. »Wieso brauchen die heute alle so lange?«

»Es sind vier Wohnungen und das Dach. Wer weiß, wie viele Quizfragen die Spusi dem Lehrer richtig beantworten musste, um reinzukommen.« Gerke zog sich Louisas Terminkalender heran und blätterte darin. »Wie war es bei Sven Petzke, Jogi? Ist ihm noch was eingefallen?«

Johanna winkte ab. »Als ich im Krankenhaus ankam, hatte sich der Typ bereits selbst entlassen. Der diensthabende Arzt meinte, wenn ich die umliegenden Kneipen der Reihe nach abginge, hätte ich gute Chancen, bald auf ihn zu treffen. So war es auch. Ich fand ihn am Westerntor in diesem …« Sie blätterte in ihren Unterlagen.

»Kump?«, half Gerke ihr weiter. Ein Schatten legte sich auf seinen Blick. Der Kump, die gemütliche Brasserie, war einmal erster Anlaufpunkt für ihn und Pia gewesen. In seiner Mittagspause – und waren es nur zehn Minuten – hatten sie sich dort getroffen und an der großen Fensterfront gesessen, die Hände ineinander verschlungen und nichts von dem hektischen Treiben am Westerntor mitbekommen. Sie hatten nur Augen füreinander gehabt.

»Ja, genau. Im Kump. Der Kellner versuchte vergeblich, ihn möglichst unauffällig hinauszubefördern. Und nein, ihm war nichts mehr eingefallen, im Gegenteil. Er hing über dem Tresen und hatte sich den hässlichen Anblick von gestern Abend bereits wieder schön gesoffen. Er schwärmte dem Barkeeper von einer wunderschönen Fee vor, die eigentlich zu ihm auf den Balkon schweben wollte, aber dann den Einstieg verfehlt habe.«

»Großer Gott, bitte nimm mir heute Abend die Weinflasche weg«, sagte Aßmann.

»Heute Abend bist du mit mir unterwegs, Bela. Schon vergessen? Wenn wir eine Fee einfangen, dann eine lebendige.« Gerke stand auf und winkte in Richtung Glastür, wo Dr. Hübsch gerade den Finger zum Anklopfen hob. »Komm rein, Doc. Wir warten schon sehnsüchtig.«

»Ich fürchte, ich muss euch enttäuschen, meine Herren.« Dr. Hübsch lehnte den ihm angebotenen Platz ab. »Das lohnt sich nicht, ich wollte euch nur den Weg in die Pathologie ersparen, denn da gibt es absolut nichts zu zeigen oder zu erklären. Ich habe noch nie eine so gesunde Tote auf dem Tisch gehabt. Nichts. Noch nicht einmal ein Pickel im Gesicht.«

»Keine Abwehrspuren? Keine Kratzer? Was ist mit den Fingernägeln?«

»Mit einem rubinroten Nagellack überzogen, darunter Spuren von Ton.«

»Ton? Hat sie getöpfert? Wir haben im Haus nichts dergleichen gesehen.«

»Zum Töpfern wäre dieses Material auch höchst ungeeignet. Es wird häufig als Katzenstreu benutzt. Feine Staubpartikel finden sich auch auf ihrer Bluse und an der Jeans.«

Gerke tippte sich an die Schläfe. »Alles klar – das Katzenklo. Was ist mit fremden Haaren?«

»Nur Katzenhaare.«

Aßmann warf resigniert seinen Kuli auf den Schreibtisch. »War sie wenigstens ein kleines bisschen schwanger?«

»Nicht die Spur.«

»Nach Spermaspuren zu fragen erübrigt sich wohl auch?«

»Du sagst es.«

»Ist es möglich, dass sie, anatomisch gesehen, keine Kinder hätte kriegen können?«

»Anatomisch gesehen, Bela, hätte sie in ihrem Leben eine ganze Kita-Gruppe füllen können. Hormonell habe ich jetzt noch keinen Befund. Ach ja, das Drogenscreening läuft natürlich auch noch. Das dauert ein paar Tage, aber ganz ehrlich, ich glaube nicht daran. Es sind keine Einstichstellen oder sonstigen Anzeichen für Drogenkonsum vorhanden.«

»Es gibt doch so komische Pilze, die Wahnvorstellungen hervorrufen können?«, überlegte Gerke laut.

»Halluzinogene Pilze.« Hübsch nickte. »Aber ihr Magen war so leer wie eine ausgepresste Zitrone.«

»Das ist in der Tat herzlich wenig, was du zu bieten hast. Vielen Dank, dass du uns den Weg erspart hast.« Aßmann begleitete den Doc zur Tür, wo in diesem Moment der Bericht der Spurensicherung hereingereicht wurde.

»Endlich.« Noch im Stehen blätterte Aßmann die Seiten durch. »Ha, nicht zu fassen. Warum einfach, wenn's auch kompliziert geht?«

»Jetzt sag schon.« Gerke nahm ihm die Blätter aus der Hand. Seine Augen flogen über den Text. »Die Wohnung im fünften Stock«, stöhnte er und griff sich an die Stirn. »Dort, wo eigentlich zurzeit niemand wohnt: Finger- und Schuhabdrücke von Louisa Steffens auf dem Balkon.« Er sah auf. »Die Wohnungstür war aber verschlossen, und sie hatte keinen Schlüssel bei sich.«

»Dann muss sie wohl jemand reingelassen haben. Hast du nicht gesagt, die Mieterin sei in den USA?«

»So wurde es mir berichtet.«

»Man kommt nicht mal eben von Amerika rüber, um seine Wohnung für einen Selbstmord zur Verfügung zu stellen.«

»Das wäre ähnlich verrückt wie auf dem Dach eine Räuberleiter als Hilfe zu bauen.«

»Einbruchspuren?«

»Nichts. Warte mal, hier steht, dass es nur Abdrücke von den beiden Daumen gibt, und zwar an der Unterseite der Metallbrüstung.« Gerke sah auf. »Wenn ich ein Geländer anfasse, um es zu überspringen«, er hielt seine Hände vor sich, als würde er etwas umgreifen, »dann sollten auf der anderen Seite der Rundung die Abdrücke der restlichen Finger zurückbleiben, oder sehe ich das falsch?«

»Das siehst du absolut richtig. Was sagt uns das, Johanna?« Aßmann sah zu der jungen Frau hinüber, die sie mit offenem Mund über den Deckel des Laptops hinweg anstarrte. Es klang wie die alles entscheidende Frage in der Abschlussprüfung zum Kriminalkommissar.

»Jemand hat das Geländer notdürftig abgewischt«, antwortete sie prompt.

Aßmann wies mit dem Finger in ihre Richtung. »Bravo, so ist es, Johanna. Wer hat sonst noch einen Schlüssel?«

»Nach Aussage des Hausmeisters nur er selbst.«

Ohne ein weiteres Wort nahmen Gerke und Aßmann ihre Jacken und wandten sich zum Gehen. In der Tür drehte Gerke sich noch einmal um. »Jogi, bitte guck, ob du diese Conchita Borquez erreichen kannst. Und mach Druck, dass wir die

Ortungen von Louisas Handy bekommen. Hast du eigentlich jemanden vor ihrem Haus postiert?«

»Heymann ist bis um acht da. Dann löse ich ihn ab und bleibe über Nacht.«

»Okay, vielleicht kannst du zwischendurch mal nach der Katze sehen? Ihr Futter steht im Kühlschrank. Wenn sich dieser Benni bis morgen Abend nicht eingefunden hat, müssen wir den Tierschutz informieren.«

»Geht klar, Chef.«

## SECHS

»Hat die Spurensicherung was vergessen?« Hausmeister Klinke drückte auf den blau untermalten Knopf E5 und ließ Aßmann und Gerke an sich vorbei in den Aufzug.

»Nein, im Gegenteil, sie hat was gefunden«, antwortete Gerke. »Und wenn Sie uns die Wohnung von Frau Borquez aufgeschlossen haben, können Sie uns den Schlüssel gleich dalassen.«

»Ich weiß nicht, ob ich das darf.«

»Seien Sie unbesorgt, Sie dürfen. Die Wohnung wird vorerst versiegelt.«

»Ach, dann ist es dort oben passiert?« Herr Klinke fummelte den Wohnungsschlüssel von seinem Bund und reichte ihn Gerke.

»Kannten Sie Frau Borquez näher?«, fragte der statt einer Antwort.

Der Hausmeister zuckte mit den Schultern. »Die einen Hausbewohner kennt man besser als die andern. Die älteren bleiben schon mal auf einen Plausch stehen. Die jüngeren, wie Frau Borquez, sind an Gesprächen mit einem Hausmeister weniger interessiert und rauschen meist grußlos an einem vorbei. Es sei denn, es gibt etwas in ihren Wohnungen zu reparieren. Dann ist man plötzlich die wichtigste Person auf der ganzen Welt.«

»Gab es bei Frau Borquez etwas zu reparieren in der letzten Zeit?«

»Nein, überhaupt nicht.«

»Waren Sie in ihrer Abwesenheit mal in der Wohnung?«

»Nein. Warum sollte ich?«

»Wann waren Sie zuletzt dort?« Aßmann wanderte im Aufzug in kleinem Radius umher.

»Na, Sie stellen Fragen.« Herr Klinke kratzte sich hinter dem Ohr. »Ich glaube, am Tag ihres Einzugs. Und der ist sicher schon einige Jahre her. Ich müsste in den Unterlagen nachschauen.«

»Seitdem nicht mehr?«

»Nein, red ich chinesisch, oder was? Ich laufe schließlich nicht den ganzen Tag im Haus herum und frage, wo ich helfen kann. Immerhin habe ich noch einen anderen Job.«

»Und der wäre?«

»Ich helfe ab neunzehn Uhr beim Wung.«

»Bei wem?«

»Bei dem Chinesen unten in der Küche.«

»Ach so. Haben Sie gestern auch geholfen?«

»Klar, am Wochenende ist das meiste los.«

»Wie lange waren Sie in der Küche?«

Klinke zuckte wieder mit den Schultern. »Bis Schluss war, so gegen dreiundzwanzig Uhr. Ich verstehe Ihre Fragerei nicht. Bringen Sie mich etwa mit diesem Balkonsturz in Verbindung? Stehe ich jetzt, weil ich der Hausmeister mit dem dicken Schlüsselbund bin, unter Generalverdacht? Nach dem Motto, der Mörder ist immer der Hausmeister? Dann fragen Sie mich doch auch gleich, warum der alte Bertram aus dem zweiten Stock mit seinen achtundneunzig Jahren letzte Woche gestorben ist.«

»Ganz ruhig, Herr Klinke. Wir müssen diese Fragen stellen, ja, auch weil Sie der Mann mit dem dicken Schlüsselbund sind. Bei Ihnen besteht nun mal die größte Chance, Auskünfte über die Wohnungen und ihre Bewohner zu bekommen. Vielleicht hat mal jemand bei Ihnen nach Frau Borquez' Wohnungsschlüssel gefragt, zum Beispiel.«

»Nein, ich würde auch den Teufel tun und ihn einfach herausgeben.«

»Sehen Sie, das ist doch eine ganz einfache Aussage. Und Frau Borquez hat ihren Schlüssel auch nicht bei Ihnen zur Aufbewahrung abgegeben, solange sie fort ist?«

»Nein, wenn sie mir nicht zufällig am Tag ihrer Abreise über den Weg gelaufen wäre, hätte ich gar nicht gewusst, dass sie weg ist. Sie war vollkommen überfordert mit ihrem

Gepäck. Das dürre Klappergestell hat auf jeder Seite zwanzig Kilo geschleppt und noch ein Kosmetikköfferchen obendrein. Und das in Schuhen mit Kirchturmspitzen als Absätze. Ich habe ihr die Koffer auf die andere Straßenseite zur Bushaltestelle getragen. Sie sagte, sie wolle zu ihrem Freund in die Staaten.«

»Heute Morgen hieß es noch, sie wolle dort modeln.«

»Ja, der Typ hat ihr dort wohl einen Job als Model besorgt.« Der Aufzug hatte die letzte Etage erreicht. »Es war alles recht konfus. Diese dürren Gestalten werfen sich doch alle irgendwelche Pillen ein, um noch das letzte Grämmchen Fett wegzuschmelzen. Wenn man nur noch Chemie im Magen hat, kann man nicht mehr klar denken. Die werden alle huschig im Kopf … Das war aber jetzt meine Meinung als Mensch, nicht als Hausmeister.« Sie waren vor Conchitas Wohnung angekommen. »Hier, die letzte auf der Etage ist es.«

Aßmann sah den Gang zurück. »Sehr interessant. Hat Frau Borquez gesagt, wann genau sie zurückkommt?«

»Sie sagte, dass die Miete vorerst weiterliefe. Wahrscheinlich hätte sie einen Nachmieter, der in Kürze einziehen wollte. Sie würde sich melden.«

»Auch wenn Sie nicht den ganzen Tag im Haus herumlaufen und Ihre Hilfe anbieten, haben Sie vielleicht dennoch den ein oder anderen Besucher von Frau Borquez gesehen?«

»Klar, diese wandelnden Farbkästen fallen ja auf. Aber die sehen alle gleich aus. Wenn Sie mir ein Gruppenfoto zeigen würden, ich könnte sie nicht auseinanderhalten.«

»Und männliche Besucher?«

»Eher selten. Zum Schluss lief so ein komischer Vogel mit Cowboyhut öfter hier oben rum. Ansonsten kann ich mich an keinen erinnern. Aber das will nichts heißen. Abends bin ich schließlich beim Wung in der Küche.«

»Hm, hm.« Aßmann nickte. »Noch eine Frage: Wer wohnt hier nebenan?«

Herr Klinke überlegte kurz. »Das müsste das Ehepaar Meyers sein.« Er trat einen Schritt zurück und zählte die Wohnungstüren auf der Etage. »Ja, das sind die Meyers, ein älteres Ehepaar, so um die siebzig.«

»Gut.« Gerke steckte den Schlüssel ins Schloss. »Sie haben uns sehr geholfen. Vielen Dank.«

Herr Klinke schob die Hände in die Taschen seines Kittels und wandte sich zum Aufzug.

»Eine letzte Frage habe ich noch!«, rief Aßmann hinter ihm her. »Woran ist der alte Bertram aus dem zweiten Stock denn nun gestorben?«

Der Hausmeister drehte den Kopf und schien kurzfristig zu überlegen, ob er sich über die Frage aufregen sollte. Aber dann erwiderte er Aßmanns entschuldigendes Lächeln. »Dazu kann ich nur die Aussage des Hausarztes zitieren: Ich hatte schon befürchtet, dass der liebe Gott den armen Bertram vergessen hat.« Er hob kurz die Hand zum Abschied, bevor sich die Aufzugtüren vor ihm schlossen.

Aßmann und Gerke betraten Conchita Borquez' Wohnung. Von der kleinen Garderobe aus war der Balkon in der Verlängerung des Wohnzimmers zu sehen. Sie schauten sich aber zunächst im Eingangsbereich um. Gleich links ging es ins Bad. Gerke betätigte den Wasserhahn am Waschbecken. Stotternd spuckte er die ersten Tropfen aus, bevor sauberes Wasser nachlief.

»Hier hat sich schon länger niemand mehr die Hände gewaschen«, stellte er fest.

Dasselbe Resultat fand sich in der Dusche. Auf dem Waschbeckenrand lagen eine ausgequetschte Zahnpastatube und ein Fädchen Zahnseide. Der Deckel des Treteimers darunter stand auf. Leere Puderdosen, Körperlotionen und Duschgels türmten sich darin. Mit spitzen Fingern zog Gerke ein paar Flaschen heraus, bis er auf den Boden sehen konnte, rümpfte die Nase und stopfte alles wieder hinein.

Gleich neben dem Bad kam man in ein kleines Schlafzimmer. Wie bei Louisa Steffens war auch hier die Bettwäsche abgezogen. Es lagen aber keine neuen Bezüge bereit. Die Schränke waren zum größten Teil leer. Nur ein paar dicke

Wollpullover, eine Thermohose und eine Winterjacke fanden sich ordentlich zusammengefaltet im Regal. Die Oberflächen der Möbel waren gleichmäßig mit einer hauchdünnen Staubschicht bedeckt. »Und Staub hat hier auch schon länger niemand mehr gewischt.«

Im Übergang zum Wohnzimmer befand sich eine Mini-Küchenzeile. Bis auf zwei Konservendosen der Firma Weight Watchers und eine angebrochene Packung Knäckebrot war sie leer. Nachdem sie alle Schubladen und Ablagen abgesucht hatten, ohne etwas zu finden, das ihnen weiterhalf, nahmen sie sich das Wohnzimmer vor. Es wirkte halbherzig aufgeräumt, genauso wie der kleine Schreibtisch vor dem Fenster. Im Papierkorb lag zusammengeknülltes Geschenkpapier mit vielen bunten Flugzeugen darauf. Gerke nahm es an sich und faltete es auseinander. Ein kleiner Zettel flatterte heraus.

»*Have a nice time in the US.* Die goms«, las er vor. »Sie scheint ein Abschiedsgeschenk bekommen zu haben – von den goms, wer auch immer das ist.« Er sah sich nach Aßmann um, der vor einem Highboard stand und die Oberfläche inspizierte. »Kennst du die goms?«

»Noch nie gehört. Hört sich an wie die Klimbims. Ein Familienname?«

»Glaube ich nicht, goms ist kleingeschrieben.« Gerke steckte den Zettel ein.

»Das heißt bei dem heutigen Rechtschreibschlamassel nichts mehr. Schau mal hier«, forderte Aßmann seinen Kollegen auf. »Fällt dir etwas an der Kommode auf?«

Gerke trat näher. »Durchaus, die Oberfläche wurde vor Kurzem abgewischt. Es liegt nur noch etwas Staub an den Ecken, so, als habe jemand eilig darübergewischt.«

»Hat die Spurensicherung was dazu geschrieben?«

Gerke blätterte in den Unterlagen. »Keine Fingerabdrücke, minimale Spuren von Ton. Da haben wir wieder das Katzenstreu.«

»Gut, dann können wir also festhalten, dass Louisa nicht schnurstracks von der Wohnungstür zum Balkon gegangen ist, sondern noch einen Zwischenstopp an der Kommode eingelegt hat.« Aßmann durchwühlte die Schubladen.

»An den Knäufen der Kommode sind nur die Fingerabdrücke, die sich überall in der Wohnung finden, wahrscheinlich von Conchita Borquez«, las Gerke weiter. »Louisa muss also etwas obendrauf abgestellt oder angeschaut oder weggenommen haben.«

»Ja, und wo ist das jetzt? Haben wir denn wirklich nichts unten auf dem Rasen in der Nähe der Leiche gefunden?«

»Außer einigen Haufen Hundekot älteren Datums nicht.«

Aßmann seufzte und schob die Schubladen zu. »Lass uns auf den Balkon gehen.«

Sie zogen die Tür auf und traten hinaus. Ohne das Geländer zu berühren, schauten sie in die Tiefe. »Es ist nicht zu verstehen«, brummte Aßmann beim Anblick der Forsythie. Er ließ offen, ob er den schrecklichen Aufschlag in den Strauch meinte oder die Tatsache, dass Louisa gerade diesen Balkon als Sprungschanze gewählt hatte. »Und wo will die Spusi hier Schuhabdrücke gefunden haben?« Er sah sich suchend um. »Der Boden sieht aus wie geleckt.«

Wieder blätterte Gerke in seinen Unterlagen. »Der Abdruck ist hier«, er zeigte auf einen großen Blumenkübel in der Ecke des Balkons. »Sie ist erst hier hoch«, er stieg auf den Kübelrand, »hat sich am Geländer festgehalten«, er legte seine Hände um die Stange, »und ist dann rüber, was ich nicht demonstrieren möchte.« Er sprang auf den Fußboden zurück. »Die Version, dass sie gestoßen worden sein könnte, wird immer unwahrscheinlicher. Sie wird kaum auf den Blumenkübel gestiegen sein nach dem Motto: Warte kurz, ich klettere hinauf, dann kannst du mich leichter runterstoßen.«

Aßmann hörte sich Gerkes Selbstmordtheorien mit Stirnrunzeln an. »Das mag alles stimmen. Aber solange wir keinen plausiblen Grund finden, warum sie gerade aus dieser Wohnung gesprungen ist, weigere ich mich, das Ganze als Selbstmord abzuhaken. Jemand muss mit Louisa hier gewesen sein und hinter ihr abgeschlossen haben. Vielleicht wollte sie raus und wurde daran gehindert. Vielleicht wurde sie bedroht oder gezwungen zu springen? Und wo, bitte schön, ist ihr Handy? Nach Frau Mahlmanns Aussage war es geradezu an ihrem Ohr festgetackert. Lass es mal durchschellen, Dominik.«

Sie glaubten nicht daran, es wirklich klingeln zu hören. Es wäre ihnen vermutlich wie das Glöckchen am Heiligabend vorgekommen.

»Der Teilnehmer bla, bla …«, schnaubte Gerke.

Aßmann beugte sich über den Schuhabdruck in der Blumenerde, als sein eigenes Handy klingelte. »Johanna? Gibt's was Neues?« Er lauschte eine Weile und betastete dabei die Blumenerde rund um den Abdruck. Schließlich beendete er das Gespräch und richtete sich auf. »Auf Louisas Laptop sei nichts Besonderes zu finden, sagt Johanna. Anscheinend war sie gefühlte zehntausend Mal auf der Lufthansa-Seite und hat sich nach Flügen in die USA erkundigt. Sonst waren da nur ein paar Bestellungen bei Amazon, ein Haufen Selfies und Angebote von Reiseanbietern zu den Kanaren für zwei Personen. Eine Buchung war für den 22. Oktober vorgemerkt.«

»Anscheinend hat sie immer wieder mit dem Gedanken gespielt, Benni nachzureisen.«

Auf dem Nachbarbalkon wurde die Tür aufgeschoben. Das Ehepaar Meyers trat heraus und hielt die Nasen in die Luft, als wollten sie die Temperatur erschnuppern. Herr Meyers stellte sich umständlich einen Klappstuhl auf. Bevor er sich setzte, entdeckte er die Männer nebenan. »Oh, heute ist aber reger Betrieb auf Conchitas Balkon.« Er nickte Aßmann und Gerke freundlich zu. Seine Frau wirkte weniger begeistert. Sie stellte sich mit verschränkten Armen neben ihn.

Aßmann hielt ihnen seinen Ausweis entgegen. »Guten Tag, Aßmann mein Name. Das ist mein Kollege Gerke. Wir untersuchen den Tod von Frau Steffens.«

»Das habe ich mir gedacht. Ihre weiß verhüllten Kollegen waren auch schon da. Ist die Frau denn von Conchitas Balkon gesprungen?«

»Davon müssen wir zurzeit ausgehen. Haben Sie gestern

Abend etwas mitbekommen? Gab es vielleicht Streit in der Wohnung?«

»Wir waren die letzte Nacht bei unserer Tochter in Bad Driburg und haben auf die Enkelkinder aufgepasst. Sie und unser Schwiegersohn haben außerhalb groß gefeiert«, antwortete Frau Meyers. Für sie schien das Thema damit erledigt zu sein. Sie wandte sich ab und wurschtelte an einem Liegestuhl herum.

»Wir sind erst heute Morgen nach dem Frühstück wiedergekommen und haben dabei den Bahnhof dort unten vorgefunden«, ergänzte Herr Meyers, als habe es sich bei den Ermittlungen am Tatort um die Ankunft eines Staatsgastes gehandelt.

»Und kannten Sie die junge Frau, die diesen Bahnhof verursacht hat?«

Meyers wiegte den Kopf. »Kennen ist zu viel gesagt. Sie war die Pflegerin der alten Frau Brehmer. Sie kam entweder morgens in aller Herrgottsfrühe oder am frühen Abend. Eine nette Person. Mehr weiß ich eigentlich nicht von ihr.«

»Haben Sie Frau Steffens schon mal in Frau Borquez' Wohnung oder auf dem Balkon gesehen?«

»Nein, nie. Die passte auch nicht hierher, zu Conchita – oder den anderen Mädchen.«

Frau Meyers hatte ihren Liegestuhl endlich in die richtige Position gebracht. Sie ließ sich hineinsinken, gab einen abfälligen Laut von sich und schaute demonstrativ in die Ferne.

»Wie meinen Sie das? Kennen Sie Frau Borquez näher? Duzen Sie sich?«

»Nein, nein.« Meyers rang offensichtlich nach Worten. Sein Kinn ruckte in kleinen Bewegungen nach hinten. »Aber Frau Borquez ist ein Model, und diese Frau Steffens war ein …«

»… anständiges Mädchen«, beendete seine Frau den Satz, ohne den Kopf zu drehen.

Ihr Mann seufzte. »Die Conchita war auch anständig. Sie hat immer die Aufzugtür aufgehalten, wenn sie mich kommen sah.«

»Wahrscheinlich hat sie es genossen, wenn du sie während der Fahrt wie das siebte Weltwunder angeglotzt hast. Ich bin jedenfalls froh, dass sie erst mal für länger verreist ist. Wenn sie wiederkommt, wird es hoffentlich zu kalt sein.«

Aßmann und Gerke wechselten einen kurzen Blick. »Zu kalt wofür, Frau Meyers?«

Statt einer Antwort kam wieder der abfällige Laut aus dem Liegestuhl. Herr Meyers fühlte sich bemüßigt, das abweisende Verhalten seiner Frau zu erklären. »Die Conchita und ihre Freundinnen haben gern ein Sonnenbad auf dem Balkon genommen.« Er lächelte. Seine Schultern bewegten sich, als würde er herzlich lachen, ohne dabei einen Ton von sich zu geben.

»Sonnenbad genommen, Sonnenbad genommen«, äffte ihn seine Frau nach. »Sie haben kein Sonnenbad genommen, sie haben sich zur Schau gestellt. Das Einzige, was die anhatten, war das Radio.«

Herrn Meyers' Augen bekamen bei der Erinnerung daran einen feuchten Glanz. »Na ja, sie sagten, sie müssten das so machen wegen der nahtlosen Bräune. Die Modelagenturen würden großen Wert darauf legen. Das ist doch verständlich, nicht wahr? Diese weißen Striche auf der Haut stören doch bei den Aufnahmen.«

»Papperlapapp. Das ist nicht verständlich, das ist obszön. So was macht man nicht. Sollen sie doch in ein Solarium gehen …«

»Warum sollten sie Geld für ein Solarium ausgeben, wenn sie es auf dem Balkon umsonst haben können? Du gehst auch nicht in einen Waschsalon, wenn du waschen willst. Du benutzt die eigene Maschine.«

»Welch billiger Vergleich, Werner.«

Im Hintergrund klingelte ein Telefon. Da ihr Mann keine Anstalten machte, dranzugehen, quälte sich Frau Meyers aus ihrem Liegestuhl hoch und ging zurück in die Wohnung.

Er sah kurz hinter ihr her, dann winkte er die Kommissare näher an die Brüstung heran. Noch einmal sah er sich um, zog dann schnell sein Portemonnaie aus der Gesäßtasche und kramte zwischen den Geldscheinen herum. »Meine Frau stellt sich da immer etwas an«, murmelte er leise. »Dabei machen die Mädels wirklich eine gute Figur. Wenn nicht sie, wer dann könnte die Hüllen fallen lassen? Schauen Sie hier.« Erneut warf er einen raschen Blick zur Tür, dann reichte er den Kommissaren ein Foto rüber. »Ich habe sie heimlich geknipst, unter dem Sonnenschirm hindurch. Sehen sie nicht lecker aus?«

Aßmann nahm das Bild und beugte sich mit Gerke darüber. Sie hatten nicht das Gefühl, dass das Foto unbemerkt aufgenommen worden war. Die Mädchen schienen sich der Linse durchaus bewusst gewesen zu sein, taten aber unbeteiligt und prosteten sich mit einem Glas Sekt in der Hand zu.

»Die mit der Sonnenbrille in den Haaren ist die Conchita«, erklärte Meyers stolz, als würde er das erste Milchzähnchen seines Enkels präsentieren.

»Wann ist das Foto entstanden?«, fragte Aßmann.

»Am 2. August. Es war mein siebzigster Geburtstag. Meine Frau war gerade in der Stadt, um für die Kaffeetafel den bestellten Kuchen abzuholen.«

»Da haben Ihnen die Mädels aber ein nettes Geburtstagsgeschenk gemacht.«

Meyers lachte sein lautloses Lachen.

Das Foto zeigte drei Frauen. Zwei von ihnen lagen oben ohne in ihren Stühlen und stemmten die Füße gegen das Balkongeländer. Die dritte saß mit dem Rücken zur Kamera, beugte sich gerade vor und griff nach ihrem Handy.

»Ein schönes Foto«, lobte Aßmann, »leider sind die Gesichter nicht ganz scharf.« Herr Meyers hatte den Fokus auf andere Körperteile gelegt.

Aus der Wohnung näherten sich die Schritte seiner Frau, offenbar hatte sie das Telefonat beendet. Schnell streckte er die Hand aus und zappelte mit den Fingern, um das Bild zurückzubekommen. In genau diesem Moment trat sie wieder heraus auf den Balkon.

»Stell dir vor, der Meinolf hängt schon seit drei Stunden

über der Kloschüssel.« Sie lachte schadenfroh. »Da hat unser Schwiegersohn wohl wieder etwas zu tief ins Glas geschaut.«

Herr Meyers zog seine Hand flink zurück und tat so, als würde er Schmutz vom Geländer wischen.

Aßmann schob das Foto unter den besorgten Blicken Meyers' in seine Jackentasche. »Hat die Conchita mal erwähnt, wohin oder zu wem sie genau fliegt?«

Ohne das Foto im Portemonnaie schien sich Herr Meyers nicht mehr richtig konzentrieren zu können. Seine Frau half ihm weiter. »Die wollte diesen Cowboy heiraten. Wenn wir Glück haben, bleibt sie gleich drüben.«

Herr Meyers sackte vollends in sich zusammen.

»Haben Sie den Mann gesehen? War er mal in der Wohnung?«, fragte Gerke.

»Und ob ich den gesehen habe – Big Boss hat sie ihn immer genannt. Er hat ein paar Wochen in ihrer Wohnung gelebt. Hatte immer einen speckigen Cowboyhut auf. Ich vermute, den hat er noch nicht einmal im Bett abgelegt. Noch besser als sehen konnte man ihn allerdings hören. Seine Stimme schallte schon aus dem Aufzugschacht, wenn er noch irgendwo im dritten Stock unterwegs war. Wo sie ihn kennengelernt hat, weiß ich nicht. Wahrscheinlich irgendwo beim Nacktbaden.«

»Irene, bitte. Mach die Mädchen nicht so schlecht.«

»Dann haben Sie vielleicht das ein oder andere Gespräch mitgekriegt?«, fragte Aßmann.

Die Meyers winkten gleichzeitig ab. »Erst mal können wir nur ein paar Brocken Englisch, und außerdem hat er immer gesprochen, als habe er eine heiße Kartoffel im Mund – absolut unverständlich. Nein, da können wir Ihnen nicht weiterhelfen.«

»Tja, dann bedanke ich mich für die freundliche Auskunft«, lächelte Aßmann und klopfte dabei wie nebenbei auf seine Jackentasche. »Sie haben uns sehr geholfen.«

Frau Meyers ließ sich mit einem säuerlichen »Nichts zu danken« wieder in ihren Liegestuhl nieder.

Aßmann nickte Meyers aufmunternd zu. Er senkte die Stimme. »Sie bekommen es bald zurück, versprochen. Wir brauchen es nur für ein paar Recherchen.«

Sie verließen den Balkon.

»Hoffentlich werden wir im Alter nicht auch so«, stöhnte Gerke und schob die Tür mit einem heftigen Ruck zu.

Aßmann lachte. »Ich kenne deine Nachbarin ja nicht, Dominik, aber ich kann der Versuchung einer hundertfünfzig Kilo schweren Frau, die den lieben langen Tag mit dem Oberkörper im Aquarium hängt und dementsprechend stinkt, gut widerstehen.« Er sah auf die Uhr. »Lass uns zum Präsidium zurückfahren. Es wird Zeit, mit Louisas Schwester in Neuseeland zu telefonieren.«

***

*Heute denke ich oft, die Paderborner hätten die ollen Knochen vom Liborius in Le Mans lassen sollen. Als wäre das Reisen damals nicht mühsam genug gewesen, schleppten sie im Jahr 836 das Gerippe eines Heiligen quer durch Europa – bischöfliches Freundschaftsgeschenk hin oder her. Andererseits … wäre es nicht Liborius gewesen, dann müsste sicher ein anderer Heiliger herhalten, um die Stadt in einen neuntätigen Ausnahmezustand zu versetzen. Und zugegeben, als Kind war ich fasziniert. Ich liebte Libori.*

*Bald ist es wieder so weit – Herbstlibori, der kleine Bruder vom großen Fest, aber nicht weniger grell. Am liebsten würde ich verschwinden. Raus aus Paderborn, weg von dem schrillen Kirmestrubel. All die Jahre ist es mir gelungen, meinen Urlaub in diese Woche zu legen und wegzufahren – außer 2011.*

*Und dieses Jahr muss ich es wieder aushalten. Ich muss die Erinnerung an die größte Enttäuschung meiner Kindheit aushalten. Nichts war seitdem mehr wie zuvor.*

*Es war kurz vor meinem zehnten Geburtstag. Meine Mutter hatte fest versprochen, mit mir auf den Liboriberg zu gehen. Es war für uns Kinder das Fest der Feste. Im Sommer Libori, im Herbst Herbstlibori. Und nichts hatte einen derart hohen Stellenwert wie die Karussells.*

*Je wilder, desto besser. Mit zehn Jahren ging man nicht mehr zum Ponyreiten. Man fuhr auch nicht mehr in den kleinen bunten Autos durch das Kindermärchenland oder schaukelte auf dem antiken Pferdekarussell.*

*Mein Favorit waren die Fliegenden Tassen. Immer vier Tassen auf einem Teller, der sich hochschraubte und oben in Schieflage ging. Dann drehte sich jede Tasse um sich selbst, mit einer Geschwindigkeit, dass einem Hören und Sehen verging. Da bekam man blaue Flecken, weil man durch die Fliehkraft gegen das Metall gedrückt wurde. Aber das war egal. Das Beste war, dass immer zwei in einer Tasse sitzen mussten. Meine Mutter und ich, ganz nah beieinander für zwei oder drei Minuten. Und sie musste den Arm um mich legen, um mich festzuhalten. Am liebsten wäre ich immer sitzen geblieben und Runde um Runde weitergeflogen. Es war das Highlight eines jeden Jahres. Ich liebte es.*

*Nach der Schule hatte ich es normalerweise nicht eilig, nach Hause zu kommen. Anders an diesem Tag. Die Fliegenden Tassen warteten, und ich brannte darauf, mich mit meiner Mutter in die Luft schrauben zu lassen. Ich stolperte die Treppen hinauf und schellte an der Wohnungstür Sturm. Einen Schlüssel brauchte ich heute nicht, meine Mutter musste da sein. Sie hatte es versprochen. Während ich wartete, spürte ich mein Herz gegen die Rippen klopfen. Ich lauschte an der Tür. Im Prinzip wäre in diesem speziellen Fall Musik gut gewesen, weil sie dann bester Laune gewesen wäre. Keine Musik bedeutete, dass sie auf das Telefon lauschen und die Wohnung nicht verlassen würde. Hinter der Tür war es vollkommen still. Mit einer bösen Vorahnung nahm ich den Tornister von den Schultern und suchte nach meinem Schlüssel. Meine Finger zitterten, als ich ihn ins Schloss steckte. Im Flur rief ich nach ihr, es kam keine Antwort. Ich ging in die Küche. Auf dem Tisch stand ein Teller mit Nudeln in Tomatensoße. Auf der Soße hatte sich eine Haut gebildet. Wir wollten doch auf der Kirmes essen. Einen Hamburger oder Pommes und danach ein Softeis. Warum stand das Essen da? Den Zettel, der danebenlag, sah ich erst, als ich mich auf den Küchenstuhl fallen ließ. »Tut mir leid, Schatz, ich musste kurzfristig meine Schicht tauschen. Wir gehen morgen.«*

*Morgen konnte ich nicht. Es war Schulfest, und ich musste bei der Sport-Olympiade mitmachen. Wenn sie mir einmal zuhören würde, hätte sie das gewusst. Aber da sie sowieso nie mit zu den Schulveranstaltungen ging, hatte sie meine Termine auch nicht im Kopf. Sie hatte gar nichts von mir im Kopf. Im Jahr zuvor hätte sie glatt meinen Geburtstag vergessen, wenn ich sie nicht gefragt hätte, ob ich Carla einladen darf.*

*Ich war wütend. Dann würde ich eben allein gehen. Ich ging in mein Zimmer und kramte mein Erspartes hervor. Für ein paarmal Fliegende Tasse würde es reichen. Und ein Eis würde ich mir auch gönnen. Ich war fest entschlossen, mir den Nachmittag nicht verderben zu lassen.*

*Ich habe mir ein Ticket geholt und mich in eine Tasse gesetzt. Als der Mann kam, um meinen Fahrschein zu kontrollieren, fragte er, ob ich allein sei. Ich sagte, dass meine Mutter gleich kommen würde. Er kontrollierte die anderen, und als das Karussell losfahren sollte und ich noch immer allein war, sagte er, dass ich aussteigen muss.*

*Ich bin weitergeschlendert. Ich würde später noch mal mein Glück versuchen. Schulkameraden kamen mir entgegen. Sie waren alle in Begleitung ihrer Eltern oder Freunde. Ich bin ihnen aus dem Weg gegangen. Hatte ich doch in der Schule geprahlt, dass ich heute mit meiner Mutter alle Karussells abarbeiten würde. Ich sah ihre lachenden Gesichter und hörte ihr Kreischen im Musikexpress.*

*Als ich wieder unter den Fliegenden Tassen stand und zuschaute, wie sich der Teller hochschraubte, sah ich sie plötzlich – meine Mutter. Sie saß mit einem Kerl in meinem Karussell. Ihre Haare wehten ihr durch den Fahrtwind ins Gesicht, der Mund war vor Ekstase weit geöffnet. Sie klammerte sich an den Mann wie ein kleines, hilfloses Kind, so wie ich es eigentlich bei ihr hatte tun wollen. Ihr Jauchzen und Juchen übertönte alle anderen Geräusche. Ich jedenfalls hörte nur sie, hörte nur, wie sie ihre Lebensfreude hinausschrie. Ich hielt mir die Ohren zu, wenn sie über mich hinwegbrauste.*

*Und während ich zuschaute, wünschte ich, die Haken, die ihre Tasse hielten, würden sich lösen, Stück für Stück, und dann mit einem Ruck aus der Verankerung springen. Ich sah sie durch die Luft schleudern. Ich wünschte es mir so sehr, dass ich es in meiner*

*Vorstellung deutlich sehen konnte. Die plötzliche Panik in ihren Augen, die Hände fest um den Tassenrand gekrallt. Ein letzter langer Schrei meiner Mutter, ein dunkles Brüllen des Kerls, und sie fliegen im hohen Bogen durch die Luft – direkt auf das Bayernzelt zu, wo sich die Besoffenen grölend in den Armen liegen. »Resi, i hol di mit mei'm Traktor ab …«*

*Die Verankerung hat gehalten – leider. Ich bin gegangen, bevor sie das Karussell verließen. Aber das Gefühl ist geblieben, das Gefühl, es nicht mehr ertragen zu können.*

*Zu Hause habe ich als Erstes meinen Zimmerschlüssel weggeworfen. Ich habe ihn im Klo runtergespült. Sollte sie doch toben, wenn sie nach Hause kam. Niemand würde mich mehr einsperren – nie mehr.*

*Obwohl meine Mutter es nicht gern sah, dass ich mich in ihrem Schlafzimmer aufhielt, bin ich hineingegangen. Ich habe mich mitten hineingestellt. Es roch nach kaltem Zigarettenrauch und süßem, billigem Parfüm. Das Bett war frisch bezogen. Es war immer frisch bezogen. Sie war allzeit bereit. Sie brauchte sich nur hineinfallen lassen.*

*Bis zu jenem Tag war es mein größter Wunsch gewesen, mich zu ihr ins Bett legen zu dürfen und mit ihr zu kuscheln. Carla durfte jedes Wochenende zu ihrer Mutter ins Bett. Und meistens endete es mit einer lustigen Kissenschlacht.*

*Das Bett meiner Mutter hatte seit jenem Nachmittag keine Anziehungskraft mehr auf mich, ich hatte kein Verlangen mehr, mit ihr zu kuscheln. Meine Kindheit war vorbei. Mit knapp zehn Jahren fühlte ich mich ihr mit einem Male entwachsen. Wo ich in der Frühe noch aufgekratzt durch die Räume gehüpft war, stand ich jetzt wie eine Marionette, der die Schnüre gekappt worden waren. Ich legte mich auf das frisch bezogene Bettzeug und starrte an die Decke. Die Kirmesmusik rauschte in meinen Ohren. Über mir kreisten die Fliegenden Tassen. Ich breitete die Arme aus, schloss die Augen und kreiste mit. Ich träumte. Träumte, dass ich mit meiner Mutter über Libori bummele, an den Buden Lose ziehe, einen Riesenteddy gewinne. Wir bummeln weiter, kaufen uns Pommes, schauen eine Weile dem Riesenrad zu und lauschen der nostalgischen Jahrmarktsorgel in der Liliengasse. Fremde Männer gehen an uns vorbei. Sie winken meiner Mutter zu, locken sie mit einer Flasche Bier in der Hand. Sie wehrt ab, legt liebevoll einen Arm um meine Schulter und geht mit mir weiter.*

*Der Traum war vorbei. Es würde auf immer und ewig ein Traum bleiben.*

*Ich stand auf, ging an ihren Schminktisch und durchwühlte die Döschen und Stifte. Ich begann, mich anzumalen. Die Augen schwarz, den Mund tiefrot. Ich besah mich im Spiegel, öffnete den Mund, so wie sie es im Karussell getan hatte, um einen lustvollen Schrei auszustoßen. Ich stieß einen stummen Schrei aus, die Lippen verzerrt, den Kopf weit zurückgelegt.*

*Ohne den Blick vom Spiegel zu lassen, tastete ich nach der Schachtel Zigaretten auf dem Tisch. Ich zog eine heraus, steckte sie an und paffte mein Spiegelbild an. Der Rauch brannte mir in den Augen. Ich wischte mit dem Handrücken über meine Lider und verschmierte alles.*

*Zigarettenasche fiel auf den weißen Flokati. Helle Fasern färbten sich schwarz. Ich betrachtete den Fleck, sah zu, wie die Asche verglühte, ohne weiteren Schaden anzurichten. Früher hätte ich mich gesputet, um schnell wieder alles in Ordnung zu bringen. Heute hatte ich das Gefühl, nichts mehr in Ordnung bringen zu müssen. Es führte zu nichts. Ich nahm das halb volle Whiskyglas, das zwischen den Schminksachen stand, schüttete den Inhalt auf den Fleck und verließ ihr Zimmer.*

*Später am Abend hörte ich sie mit jemandem nach Hause kommen. Ihr erster Weg führte sie zu meiner Zimmertür, um abzuschließen. Wie immer, wenn sie nicht allein gekommen war. Ich stellte mich schlafend. Sollte sie doch den Schlüssel suchen. Ich hörte sie leise schimpfen. Dann wieder kicherte sie, juchte, als würde sie durchgekitzelt. Die Stimmen wurden leiser. Sie zog sich mit dem Kerl in ihr Zimmer zurück. Aber auch das Zimmer würde sie heute nicht abschließen können. Wenn überhaupt, würde ich es abschließen, und zwar von außen … Ich lauschte, bis ihr Kichern in ein Stöhnen überging.*

*Ich tastete unter mein Kopfkissen, spürte das kleine Feuerzeug, das ich aus ihrem Schlafzimmer mitgenommen hatte, in meiner Hand und lächelte. Ich stand auf und ging in den Flur. Im Garderobenspiegel sah ich mein Gesicht. Es war noch immer verschmiert, als befände ich mich auf dem Kriegspfad.*

*Ich wiederholte den stummen Schrei. Vielleicht würden ihn bald alle hören …*

## SIEBEN

Die Übermittlungsverzögerung bei dem Ferngespräch brachte Aßmann an den Rand der Verzweiflung. Zunächst dachte er, Louisas Schwester würde wegen der späten Uhrzeit immer wieder einnicken. Wenn er nachsetzte, antwortete sie plötzlich doch, und sie sprachen gleichzeitig. Ihre Stimme klang, als habe Neuseelands Sonne ihre Stimmbänder versengt. Vielleicht war sie aber auch einfach müde.

»Sie haben sicher einen wichtigen Grund, anzurufen, wenn das Telefonat nicht bis morgen warten kann«, krächzte sie, als es endlich mit der Koordination klappte.

»Ich fürchte ja«, antwortete Aßmann. »Ich habe eine schlechte Nachricht für Sie.« Er wartete kurz, ob eine Reaktion vom anderen Ende der Welt kam.

»Hat man schon mal von der Polizei mitten in der Nacht eine gute Nachricht erhalten?«, rauschte es nach einer Weile durch den Hörer.

»Da haben Sie recht. Ich muss Ihnen leider mitteilen, dass Ihre Schwester Louisa tot ist.« Er zählte bis fünf, um nicht zu früh weiterzusprechen.

»Ach, dann hat sie es jetzt also endlich geschafft.«

Aßmann hatte schon viele unterschiedliche Reaktionen auf Todesnachrichten erlebt. Diese war neu. »Wie meinen Sie das?«

»Sie hat es schon mal versucht – mit achtzehn Jahren. Lassen Sie mich raten – es ist wegen eines Mannes, nicht wahr?«

»Das wissen wir noch nicht. Es ist aber nicht auszuschließen. Ich möchte Ihnen nicht zu nahe treten, aber dafür, dass Sie gerade die Nachricht vom Tod einer nahen Verwandten erhalten haben, reagieren Sie ziemlich … ungerührt. Entschuldigen Sie, wenn ich das so sage, vielleicht liegt es auch an der Verbindung.«

»Nein, die Verbindung hat damit nichts zu tun, Herr

Aßmann. Der Tod meiner Schwester berührt mich einfach nicht.«

»Darf ich mich nach dem Grund dafür erkundigen?« Nach dieser Frage musste Aßmann fast bis zehn zählen, bevor eine Antwort aus Neuseeland kam.

»Kennen Sie das Märchen von Aschenputtel, Herr Aßmann?« Frau Steffens Stimme klang noch eine Nuance rauer.

»Wer kennt das nicht?«

»Louisa ist meine Stiefschwester. Meine Mutter ist gestorben, als ich sechs Jahre alt war. Mein Vater heiratete relativ bald erneut. Seine zweite Frau brachte Louisa mit in die Ehe. Sie war ein Jahr jünger als ich. So fängt meine Aschenputtel-Geschichte an. Ich möchte sie nicht näher ausführen. Vielleicht noch das Ende: Es kam kein Prinz, der mich rettete.«

»Dann haben Sie also keine guten Erinnerungen an Ihre Schwester«, folgerte Aßmann vorsichtig.

»Nein.«

Er wartete, aber sie kam ihm nicht weiter entgegen.

»Wie geht es Ihnen heute?«

»Gut, hier in Neuseeland geht es mir gut. Ich habe meine Vergangenheit hinter mir gelassen und mir ein neues Leben aufgebaut.«

»Wären Sie trotzdem bereit, mir etwas mehr über Louisas Selbstmordversuch zu erzählen?«

Knistern und Rauschen im Hörer, vielleicht auch ein müdes Schnauben, Aßmann konnte es nicht eindeutig identifizieren. »Schauen Sie, es gibt noch Ungereimtheiten, sodass wir einen Mord nicht ausschließen können«, setzte er nach.

»Auch das würde mich nicht wundern.«

Zehn, neun, acht, sieben … Aßmann zwang sich zur Ruhe. Bei Frau Steffens Desinteresse am Tod ihrer Schwester befürchtete er, dass sie gleich auflegen könnte, wenn er sie zu sehr drängte. »Würden Sie mir das erklären, bitte.«

»Ich habe zu meiner Schwester seit über zehn Jahren keinen Kontakt mehr. Folglich bin ich nicht auf dem letzten Stand ihrer Befindlichkeiten. Aber da ich der Meinung bin, dass man einen Charakterzug nicht einfach wie ein durchgeschwitztes T-Shirt ablegen kann, vermute ich, dass sie zwischenmenschliche Probleme hatte. Ob man die Umstände von damals auf heute übertragen kann, überlasse ich Ihnen.«

»Gut, legen Sie los.«

»Meine Schwester war schon fast achtzehn, als sie ihren ersten Freund hatte. In der Schule galt sie als Klette. Wenn man ihr den kleinen Finger reichte, nahm sie gleich die ganze Hand. Mehr noch, sie verleibte sich den Menschen geradezu ein. Ich will Ihnen ein Beispiel nennen: Ein Junge bot ihr eine Mitfahrgelegenheit in seinem Auto zu einer Party an. Das Resultat war, dass er sie den ganzen Abend an der Backe hatte und sie sich als seine Freundin ausgab. Oder wenn ein Mitschüler sie bei einer Klausur abschreiben ließ, gestand sie ihm noch am gleichen Abend ihre Liebe. Sie hatte in der Schule den Beinamen »Uhu«, Sie wissen schon, wie der Klebstoff. Ein Junge aus der Parallelklasse hielt es dennoch tatsächlich ein Vierteljahr mit ihr aus. Er machte Schluss, weil sie ihm keine Luft zum Atmen ließ. Sie hat ihn eine Weile gestalkt, bis sie eine Ermahnung von der Schulleitung bekam. Als sie ihn kurz darauf im Freibad mit einem anderen Mädchen sah, hat sie sich mit Schlaftabletten vollgestopft.« Jetzt war es Frau Steffens, die in den Hörer lauschte. »Sind Sie noch da, Herr Aßmann?«

»Ja, ja, natürlich.« Er starrte auf das Foto von Louisa und Benni, das er aus ihrem Haus mitgenommen hatte. »Wer hat sie damals gefunden?«

»Mein Vater. Er hat sie in ein Krankenhaus geschafft, wo man ihr den Magen ausgepumpt hat. Anschließend wurde sie für ein paar Wochen zu einer Therapie in ein psychiatrisches Zentrum eingewiesen. Ich hatte in den folgenden Jahren aber nicht das Gefühl, dass sie ihr krankhaftes Verhalten überwunden hatte. Meine Eltern konnte sie vielleicht täuschen, aber ich war all die Jahre viel näher an ihr dran. Wir sind zur selben Schule gegangen. Mir konnte sie nichts vormachen. Vielleicht verstehen Sie jetzt, wieso ich mir auch vorstellen kann, dass jemand sie sich vom Hals schaffen wollte.«

»Das ist wohl nicht von der Hand zu weisen.« Das Haarbüschel auf dem Samtkissen flackerte kurz vor seinem inneren Auge auf. Ob sie es ihrem Benni abgeschnitten hatte, während er schlief? Männer hielten im Allgemeinen nicht allzu viel von solchen Gesten. »Ihre Beschreibung deckt sich mit der Aussage eines Arbeitskollegen von Louisa. Sie hatte allerdings in den letzten Monaten einen festen Freund. Wir konnten ihn bisher nur noch nicht ermitteln.«

»Darf ich Sie um einen Gefallen bitten, Herr Kommissar?«

»Ja, Frau Steffens?«

»Wenn Sie ihn gefunden haben, seien Sie gnädig mit ihm.«

Aßmann starrte Löcher in die Luft, nachdem er das Gespräch beendet hatte. Selten war ein Telefonat so kurios verlaufen. Ein Mensch bat um Nachsicht mit dem eventuellen Mörder der Schwester. Vielleicht gab es so was wie ein Aschenputtel-Syndrom?

Er war allein im Büro. Gerke war schon gegangen, er hatte seiner Tochter versprochen, mit ihr über die Kirmes zu ziehen, und wollte dabei unbedingt Ausschau nach einer Liebesgondel halten.

Auf Aßmanns Schreibtisch hatten sich zwei Posten gebildet. Auf der linken Seite waren Louisas Sachen drapiert, rechts lagen das von Herrn Meyers aufgenommene Balkonfoto und die guten Wünsche der goms. Er schob den Zettel mit der Telefonnummer von Louisas Schwester auf die linke Seite. Den Schlüssel zu Conchitas Wohnung, den sie von Hausmeister Klinke ausgehändigt bekommen hatten, legte er zwischen die beiden Posten. Er rückte den Schlüssel einige Millimeter hin und her, um ihn möglichst mittig zu platzieren.

Johanna kam zur Tür herein. »Und? Gibt es neue Erkenntnisse?«

»Louisa hatte bei ihren Mitschülern den Spitznamen ›Uhu‹.«

»Weil sie so gut im Dunkeln sehen konnte?«

»Nein, das bezog sich eher auf ihre guten Klebeeigenschaften. Sie war ihren männlichen Mitschülern gegenüber ziemlich aufdringlich. Und als ihre erste Liebschaft in die Brüche ging, hat sie Schlaftabletten genommen.«

»Das ist eine Einladung.«

»Wozu?«

»Ihren Tod auch in diese Schublade zu stecken.«

Aßmann rückte den Schlüssel einen Millimeter nach links. »Dazu bin ich noch immer nicht bereit. Hast du etwas über diese Conchita rausgekriegt?«

»Wie man's nimmt, nichts wirklich Bahnbrechendes.« Sie sortierte ihre Notizzettel. »Ich habe versucht, sie auf ihrem Handy zu erreichen – Fehlanzeige. Es ist ausgeschaltet. Ich werde es weiter versuchen. Dann habe ich verschiedene Modelagenturen angerufen. Conchita hatte einige Aufträge, war aber nie fest unter Vertrag. Die Gesprächspartner gaben mir durch die Blume zu verstehen, dass sie ihr keine großen Chancen einräumten, in die Fußstapfen von Heidi Klum zu treten. Ihr habe die Ausdauer und die Cleverness für eine große Karriere gefehlt. Ihre Eltern und ein Bruder leben in Detmold. Auch dort habe ich angerufen. Ich weiß nicht, ob die mich nicht verstehen wollten oder konnten. Jedenfalls haben sie, als ich den Namen ihrer Tochter erwähnte, einfach aufgelegt.«

»So was ist immer suspekt, Johanna. Ruf doch bitte Borchert an und sag ihm, dass er morgen eine nette Überlandfahrt mit seiner Frau nach Detmold machen soll. Er kann auf dem Rückweg das Freilichtmuseum und die Adlerwarte mitnehmen. Wenn seine Frau gut bei Puste ist, können sie auch noch auf den Hermann steigen.« Er schlug mit den Handflächen auf die Schreibtischplatte und stand auf. »Wir warten die kommende Nacht ab. Danach sehen wir weiter. Ich muss jetzt erst mal schauen, ob sich zu Hause noch etwas retten lässt. Setz mich bitte bei mir ab und dann leg dich noch etwas aufs Ohr, bevor du die Wache im Quinhagen ablöst.«

Als sie auf dem Heimweg die Warburger Straße kreuzten, überkam ihn ein unwiderstehliches Verlangen nach frisch aufgebrühtem Kaffee, einem freundlichen Gesicht mit Sommersprossen und einer lockeren Unterhaltung. Die Reihenfolge variierte etwas, eigentlich stand der Kaffee an letzter Stelle. Er ließ Johanna am Hochhaus anhalten. »Ich steige hier aus. Vielleicht hat die alte Dame endlich ihre Beruhigungsspritze ausgeschlafen. Falls heute Nacht nichts Besonderes passiert, sehen wir uns morgen um neun im Präsidium.«

Marleen Schulte hatte in den ersten Jahren nach dem plötzlichen Herztod ihres Mannes kein großes Interesse an einer neuen Beziehung gehabt. Mittlerweile hatte sich das geändert, aber sie wollte nichts übers Knie brechen. »Wenn der Richtige vor mir steht, werde ich es schon merken, Gudrun«, sagte sie immer zu Frau Brehmer, wenn die sie mal wieder animierte, sich nach einem Mann umzusehen. »Marleen, du kannst doch nicht immer bei mir alter Frau hocken. Geh tanzen, geh ins Kino, du musst unter Leute, sonst wird das nichts.« Wenigstens einmal die Woche kam dieses Thema zur Sprache. Marleen wehrte immer lachend ab. »So einfach ist das heute nicht mehr, Gudrun. Ich mag nicht auf Männerjagd gehen. So was lässt sich nicht erzwingen. Es muss alles passen, sonst bleibe ich lieber allein. Mach dir um mich keine Sorgen.«

Und heute Morgen, als ihr dieser Kommissar mit knurrendem Magen gegenübergesessen hatte, hatte sie zum ersten Mal das Gefühl gehabt, dass da jemand passen könnte. Diese Mischung aus berufsbedingter Zielstrebigkeit und vorsichtigem privaten Interesse hatte sie aufmerken lassen. Es ging eine Verletzlichkeit von ihm aus, die ihre Gefühlswelt in Aufruhr versetzte. Sie wollte ihn gern näher kennenlernen – seinen Humor, seine Art, sich behutsam heranzutasten. Hocherfreut hatte sie vernommen, dass er allein lebte. Wenn sich die Chance bieten sollte, diese Bekanntschaft zu vertiefen, sie würde sie ergreifen.

Voller Ungeduld hatte sie darauf gewartet, dass Frau Brehmer aufwachte. Er würde für ihre Befragung wiederkommen, da war sie sich sicher. Er würde selbst kommen, keinen Kollegen schicken. Allerdings hatte er nichts mehr von sich hören lassen …

Ihr Herz machte einen Freudensprung, als es an der Tür klingelte. Schnell warf sie noch einen prüfenden Blick in den Spiegel. »Du benimmst dich wie ein Teenager«, schalt sie sich selbst und eilte dennoch zur Tür. »Wenn das keine Gedankenübertragung ist«, lachte sie und unterdrückte den Impuls, Aßmann an der Hand in die Wohnung zu ziehen. Stattdessen forderte sie ihn mit ausgestrecktem Arm auf, einzutreten. »Ich wollte Ihnen gerade Bescheid geben, dass Gudrun nicht nur wach, sondern auch in der Lage ist, Fragen zu beantworten. Und …«, sie atmete tief ein, »vielleicht können Sie es riechen.«

»Sie haben frischen Kaffee gekocht – und gebacken.« Aßmann strahlte übers ganze Gesicht.

»So ist es, Apfelstrudel ohne Rosinen, obschon eigentlich welche hineingehören. Aber er wird auch ohne schmecken.«

»Sogar besser.« Er folgte ihr in die kleine Küche, wo sie Tassen und Teller auf ein Tablett stellte.

»Gudrun hat übrigens keine retrograde Amnesie. Sie konnte sich sofort an alles erinnern, als sie wach wurde. Zuerst befürchtete ich, dass sie sich wieder aufregt, aber sie ist jetzt zum Glück gefasster.« Sie goss den Kaffee in eine vorgewärmte Porzellankanne und holte ein Schälchen geschlagene Sahne aus dem Kühlschrank. »Und vor allen Dingen ist ihr noch etwas eingefallen, was für Sie wichtig sein könnte. Ich hatte es komplett vergessen. Aber das wird sie Ihnen sicher gern selbst erzählen. Sie müssen nur etwas Geduld mit ihr haben.«

»Das ist eine meiner Stärken.« Aßmann nahm das Tablett, das sie ihm entgegenhielt, und folgte ihr ins Wohnzimmer. Tief inhalierte er den Duft des Strudels unter seiner Nase. Ein Gedicht, hätte seine Großmutter gesagt, und das Kompliment galt auch für die Kuchenbäckerin.

»Backen ist meine Leidenschaft«, erklärte sie über die Schulter auf sein lang gezogenes »Hmm«.

Er lächelte, ruhte sein Blick doch mittlerweile auf ihren sanft schwingenden Hüften. Sie trug eine Marlene-Dietrich-Hose und einen eng anliegenden Wollpulli, der ihre wohlgeformte Figur unterstrich. Ihre grünen Augen blitzten vergnügt, als sie sich umdrehte und seinen Blick bemerkte. Er fühlte sich ertappt und räusperte sich. »Ich frage mich gerade, wie man seine Figur halten kann, wenn man tagtäglich solche Köstlichkeiten zaubert«, rettete er sich.

»Ich glaube, ich habe die Gene meiner Mutter geerbt. Sie ist gertenschlank, obwohl sie wahre Berge von Kalorienbomben verschlingt. Ich bin ihr sehr dankbar für dieses Erbe, denn Essen ist meine zweite Leidenschaft.«

»Da können Sie sich wirklich glücklich schätzen.« Aßmann wartete, bis sie mit flinken Händen den Tisch freigeräumt hatte.

Frau Brehmer ruhte mit geschlossenen Augen in locker aufgeschlagenen Kissen. Marleen Schulte hatte ihr das Kopfteil hochgestellt.

»Ich habe ihr Bett ans Fenster geschoben, damit sie besser hinaussehen kann. Der Blick reicht von hier bis zum Kassler Tor. Zu Libori ist dort immer besonders viel los.« Sie zog die Gardine auf und strich den Stoff glatt. »Gudrun sagt immer, ein Blick aus dem Fenster sei oft interessanter als jedes Fernsehprogramm.« Sie strich der alten Frau sanft über die Wange. »Gudrun, der Herr Kommissar ist da. Du wolltest ihm etwas erzählen. Erinnerst du dich?«

Frau Brehmer schreckte auf und streckte Aßmann lächelnd die zittrigen Hände zum Gruß entgegen.

Behutsam nahm er sie. Ein Skelett hätte kaum knochiger daherkommen können. »Guten Tag, Frau Brehmer. Ich bin froh, dass Sie sich ein wenig von dem Schreck erholt haben.«

Die alte Frau machte eine müde Handbewegung, als könne sie sich nur schwer mit Louisas Tod abfinden.

»Das Sprechen bereitet ihr Probleme. Seit dem letzten Schlaganfall ist sie mit den Gedanken immer weit voraus und kommt mit den Worten nicht hinterher. Bitte, setzen Sie sich.« Frau Schulte schenkte ihm Kaffee ein.

»Danke.« Er nahm den Kuchenteller entgegen und inspizierte ihn heimlich auf versteckte Rosinen, während Frau Schulte für Frau Brehmer Kaffee in eine Schnabeltasse goss. »Wir haben im Moment etwas Leerlauf, da wir auf die Anruflisten warten und dieser Benni noch immer nicht aufgetaucht ist. Aber wir wissen jetzt, dass Louisa vom Balkon im fünften Stock gesprungen ist.«

»Tatsächlich? Dann muss sie diese Conchita wohl doch gekannt haben. Ich hätte schwören können, dass dem nicht so ist. Komisch …« Sie gab Aßmann einen Klecks Sahne neben das Kuchenstück.

»Das muss auch nicht zwingend so sein. Aber was wollten Sie mir denn berichten, liebe Frau Brehmer? Vielleicht bringen Sie etwas Licht ins Dunkel?«

Sofort tanzten die Hände der alten Dame in der Luft, als müssten die Wörter wie reifes Obst vom Strauch gepflückt werden. »Das Geld«, begann sie ohne Einleitung, »sie hat so gejammert … und er hat geschimpft.« Ärgerlich ließ sie die Arme auf die Bettdecke sinken und setzte noch einmal an. Es war deutlich, dass sie noch viel mehr zu sagen versuchte, aber die Wörter kamen einfach nicht heraus. Frustriert ließ sie die Arme sinken.

»Hmm ja.« Aßmann sah sie ratlos an. Er schob sich ein Stück Kuchen mit zerflossener Sahne in den Mund und nuschelte Frau Schulte zugewandt: »Vielleicht können Sie helfen?«

Sie legte ihre Hand beschwichtigend auf Gudrun Brehmers Arme. »Ganz ruhig, ich erzähle es dem Kommissar, meine Liebe.«

Frau Brehmer seufzte dankbar.

»Dieser junge Mann aus Bielefeld, Benni, war noch gar nicht lange fort, vielleicht zwei Wochen, da erzählte Schwester Louisa uns, dass sie nicht bis zum Herbst auf ihn warten könne. Sie hatte über mehrere Jahre, ganz nach alter Manier, neben ihrem Bankkonto auch zu Hause Erspartes aufbewahrt. Dies Geld wollte sie nun nutzen und ihm nachreisen oder zumindest in seiner Nähe Urlaub machen. Als Benni am Abend angerufen und sie ihm eröffnet habe, ihn bald in den USA zu besuchen, sei er ziemlich ungehalten gewesen. Unter Tränen erzählte sie uns, dass er ihr mehr oder weniger verboten habe, ihm nachzureisen. Er sei auf Montage und könne nicht einfach wegen ihr freinehmen. Weil sie so furchtbar enttäuscht war und geweint hat, hat er ihr dann vorgeschlagen, das Geld für einen gemeinsamen Urlaub zu verwahren. Sie solle es wieder gut verstecken, und wenn er zurück sei, würden sie sich davon eine schöne Zeit machen.«

Sie warf Frau Brehmer einen fragenden Blick zu. »So ungefähr hat sie das erzählt, nicht wahr, Gudrun?«

Zwei knochige Zeigefinger tippten zustimmend in ihre Richtung.

»Louisa hat sich damit zufriedengegeben«, fuhr Frau Schulte fort. »Sie behielt das Geld, ich glaube, es waren über tausend Euro, und versteckte es wieder. Wir dachten uns, dass dieser Aspekt vielleicht wichtig für Sie ist. Im Grunde genommen hatte der junge Mann sicher recht, dass es wenig Sinn machte, ihm nachzureisen. Aber weil er im ersten Moment so wütend reagiert hat, war Louisa sehr enttäuscht. Später, als er ihr vorschwärmte, wie schön ein gemeinsamer Urlaub auf den Kanaren, den Balearen oder wo auch immer sein würde, hat sie sich beruhigt.«

»Hat sie Ihnen erzählt, wo sie das Geld versteckt hat?«

Frau Brehmer gluckste in ihren Becher. »Im Büstenhalter«, bekam sie auf Anhieb heraus.

Frau Schulte lachte. »Gudrun fand das Versteck sehr lustig. Louisa hält das Geld in einer Schublade mit ihrer Unterwäsche versteckt – in dem Körbchen eines roten BHs, der ihr zu klein geworden war.«

»Das wird ja immer verrückter.« Aßmann klopfte die Jacke nach seinem Handy ab. »In dieser Schublade habe ich heute Morgen auf der Suche nach einem Abschiedsbrief herumgekramt. Gut, ich habe jetzt nicht jedes, äh, Körbchen abgetastet. Wer rechnet denn mit so was? Aber es sollte mich doch sehr wundern, wenn ich tausend Euro übersehen hätte.« Mit Wohlwollen sah er, dass Frau Schulte ihm ein zweites

Stück Apfelkuchen auf den Teller schob. »Sie entschuldigen, ich muss kurz telefonieren.« Er fingerte sein Handy aus der Jackentasche. »Heymann? Aßmann hier, stehst du noch im Quinhagen? Gut, dann geh bitte kurz ins Haus in die obere Etage. Im Schlafzimmer steht eine Schranktür auf. Eine Schublade ist herausgezogen. Schau bitte mal nach, ob dort Bargeld versteckt ist. Ja, ich warte.«

Marleen Schulte nahm Frau Brehmer den Schnabelbecher ab und drückte ihr einen Keks in die Hand.

»Ja, Heymann? Ich weiß, dass da Unterwäsche drin ist. Ja, von mir aus auch Reizwäsche. Du sollst sie ja nicht anziehen, du sollst sie nur nach Geld durchsuchen.« Er räusperte sich und lächelte Frau Schulte peinlich berührt an. »Nichts? Das habe ich mir gedacht. Gut, geh wieder auf deinen Posten. Johanna löst dich um acht Uhr ab.« Er beendete die Verbindung.

»Ist das Geld etwa weg?«

»Es ist zumindest nicht mehr in der Schublade. Ich frage mich immer mehr, wer da im Hintergrund die Fäden zieht.« Noch einmal fuhr er mit der Hand in die Innentasche seiner Jacke. Er zog eine Kopie des Balkonfotos heraus und reichte es ihr. »Kennen Sie jemanden auf dem Bild? Nicht erschrecken, Conchitas Nachbar, Herr Meyers, brauchte anscheinend etwas Kontrastprogramm zu seiner Gattin. Das Foto ist sein ganzer Stolz.«

Eine leichte Röte stieg Frau Schulte vom Hals aufwärts und ließ ihre Sommersprossen verblassen. »Meyers, der alte Schwerenöter. Er hat Ihnen die Aufnahme einfach so gezeigt?«

»Ja, in einem von seiner Frau unbeobachteten Moment. Wenn er geahnt hätte, dass ich es erst mal behalte, wäre er sicherlich nicht so freigiebig gewesen. Er wird es schmerzlich vermissen.«

Sie studierte das Foto aufmerksam. »Von den Frauen kenne ich nur die mittlere, die mit der Sonnenbrille im Haar. Das ist Conchita Borquez. Die anderen kenne ich nicht. Die mit dem Rücken zur Kamera«, sie überlegte kurz, »was hat sie dort auf Höhe des Lendenwirbels?«

»Ein Tattoo«, erklärte Aßmann und ließ die flüssigen Sahnereste von einem letzten Kuchenbröckchen aufsaugen.

»Ja, aber was für eins, Herr Aßmann – ein weinendes Auge.« Sie legte das Bild auf den Tisch, konnte aber den Blick nicht davon lassen. »Ich habe noch nie ein so trauriges Auge gesehen.«

# ACHT

»Unter ›die Sau rauslassen‹ hatte ich mir eigentlich etwas anderes vorgestellt.« Gerke stand vor dem großen Spiegel im Korridor der Volkshochschule und rückte sich die Schürze zurecht. »Ich verstehe das nicht. Was ist nur in dich gefahren, Bela? Wir wollten ganz normal zusammen ausgehen. Ausgehen!« Er tippelte mit Zeige- und Mittelfinger durch die Luft. »Trinken, quatschen, von mir aus auch tanzen – aber das hier … ›Kochen ist keine Hexerei‹«, las er kopfschüttelnd den Ankündigungstext, der an der Tür zur Lernküche befestigt war. »Wenn mir heute Morgen jemand prophezeit hätte, dass ich jetzt hier stehe – und vor allem in welcher Montur! –, den hätte ich wahrscheinlich verhaftet.« Er tippte auf ein paar Mützen, die ordentlich zusammengefaltet auf der Theke lagen. »Und diese komischen weißen Türme werde ich ganz gewiss nicht aufsetzen.«

»Jetzt beruhige dich, Dominik. Die Schürze steht dir ganz hervorragend. Ich zitiere deine Worte: ›Einen schönen Mann entstellt nichts.‹ Und die Mütze musst du nicht aufsetzen. Ich glaube, sie ist nur als Gag für ein Gruppenfoto gedacht.«

»Das wird ja immer schöner. Vergiss es.«

»Im Übrigen wird deine Tochter bestimmt sehr dankbar sein, wenn sie mal etwas anderes als Fischstäbchen vorgesetzt bekommt. Du hast selbst gesagt, dass ihr in naher Zukunft wahrscheinlich Schwimmhäute wachsen werden, wenn du den Speiseplan nicht bald mal variierst.«

»Ja, aber deswegen musst du mich nicht zu einem Kochkurs zerren. Ein Koch*buch* hätte es auch getan.« Gerke warf den anderen Gestalten, die ebenfalls unbeholfen an ihren Schürzen herumnestelten, einen düsteren Blick zu. Gerade als er zur nächsten Schimpftirade ansetzte, betrat die Küchenchefin den Raum.

»Ach …« Er klatschte sich vor die Stirn und ließ die Hand

dort liegen, bis Marleen Schulte an ihm vorbei war und sich hinter die Küchenzeile gestellt hatte. »Warum sagst du das denn nicht gleich, Bela? Und warum der Umstand? Du machst den Kochkurs wegen dieser Frau mit?«

»Ich finde die Gelegenheit genial«, raunte Aßmann zurück. »Wie ich heute Morgen schon erwähnt hatte: Ich gehöre noch zu einer Generation, die sich an eine Beziehung langsam herantastet. Ich bin nicht der Typ, der mit der Tür ins Haus fällt. Hoppla, da bin ich, haben Sie heute Abend schon was vor, schöne Frau? Ich käme mir so dämlich dabei vor.«

»Diese Vorgehensweise erscheint mir aber doch reichlich umständlich – und unbequem.«

»Wenn es so schrecklich für dich ist, dann kannst du ja später einen Notfall-Anruf initiieren und frühzeitig verschwinden«, knurrte Aßmann.

»Du hättest mich vorher einweihen können«, gab Gerke zurück.

Marleen Schulte begrüßte ihre Kochschüler mit einer kurzen Ansprache, wobei sie den Kommissaren ein besonders warmes Lächeln schenkte.

Gerke lächelte mit dem unguten Gefühl zurück, dass sie seine Maulerei gehört haben könnte. Seine Augen flogen über den Speiseplan, den Frau Schulte für den heutigen Abend auf eine Wandtafel schrieb. »Hast du gelesen, was wir kochen? Eine gebundene Tomatensuppe mit Sahnerosette als Vorspeise, anschließend Putensteak mit Pilzen und Käse überbacken, dazu Röstinchen und frischen Salat. Zum Nachtisch gibt es Vanillecreme mit Schokohäubchen. Ich denke, ich sollte doch bleiben.«

Aßmann schnaufte angesichts der Aufgabe, ein solches Menü genießbar hinzukriegen. »Ich fürchte, ich werde mich fürchterlich blamieren. Was sind denn Sahnerosetten? Ich hätte besser doch mit der Tür ins Haus fallen sollen, dann wäre die Abfuhr zwar schmerzhaft, aber zumindest kurz gewesen.«

»Nicht doch, wir sind schließlich hier, um es zu lernen, und nicht, um ein Staatsbankett vorzubereiten.« Gerke rieb sich die Hände. »Für die Röstinchen und die Vanillecreme mit Schokohäubchen könnte ich sogar Leonie begeistern. Abschließend gibt's aber noch einen Absacker im Ulenspiegel. Den bist du mir schuldig, Bela.«

Gerke folgte Aßmann hinter den Herd. Das bisschen Rummurren gehörte bei ihnen zum guten Ton, er wäre ihm auch zu einem Nähkursus gefolgt oder hätte ihm zuliebe eine Turngruppe für Beckenbodengymnastik besucht. Ohne Aßmann würde er heute nicht mehr an vorderster Front ermitteln, sondern in irgendeiner Asservatenkammer vor sich hin vegetieren. Dessen war er sich absolut bewusst. Als er nach dem Tod seiner Frau den Dienst endlich wieder aufgenommen hatte, war er wie ein blasses Gespenst hinter Aßmann hergetapert. Wenn er sich tatsächlich dazu hatte aufraffen können, mitzuarbeiten, hatte er Fragen wiederholt, die von seinem Kollegen gerade gestellt worden waren, sodass die Leute irritiert geschaut hatten. Aßmann hatte seine Hand schützend über ihn gehalten. In seiner stoischen Art hatte er ihn zu den Ermittlungen geschleift und ihm Aufgaben gegeben, die er in seinem Zustand bewältigen konnte, bis er sich eines Tages wie ein nasser Hund geschüttelt und sein Schicksal wieder selbst in die Hand genommen hatte.

Entgegen Gerkes Befürchtungen wurde es ein netter Abend. Nicht nur, dass sie ein leckeres Essen zauberten, von dem Aßmann einfach nicht glauben konnte, dass es durch seine Hand entstanden war, sie lernten auch interessante Mitstreiter kennen. Es waren allesamt Männer, deren Kochambitionen höchst unterschiedlicher Natur waren. Die beiden Herren am Nachbarherd entpuppten sich als ein Comedyduo, das bei den Auftritten demnächst seine Gäste bekochen wollte. Ein anderer gab zu, mit seinen Kochkünsten die Nachbarin beeindrucken zu wollen, wofür sich Marleen noch eine besondere Menüfolge einfallen lassen wollte. Ein Vierter fragte nach einem aphrodisierenden Gericht, mit dem er sein Liebesleben wieder in Schwung bringen könnte. Frau Schulte konnte dem Mann in dieser Hinsicht allerdings keine allzu großen Hoffnungen machen. Man spräche Austern mitunter diese Wirkungsweise zu, aber schließlich waren Muscheln nicht jedermanns Sache und konnten den ein oder anderen schon mal vom Tisch vertreiben, ähnlich wie Rosinen.

Gerke gab die drohenden Schwimmhäute seiner Tochter zum Besten, und Aßmann gab zu, von einer Frau als zu mager eingestuft worden zu sein und dies ändern zu wollen. Er bat allerdings darum, von Austern, egal, wie nahrhaft, abzusehen. Und von Rosinen sowieso.

Es wurde viel gelacht, und kurz vor Zubereitung des Desserts waren Kochschüler und Köchin beim Du angelangt. Gerke schob sich gerade die letzte Ecke seines Röstinchens in den Mund, als sein Handy klingelte. Er murmelte mit vollem Mund eine Entschuldigung und wandte sich ab.

»Wenn das unsere Kollegin Johanna ist, sieht es schlecht mit dem Dessert aus«, seufzte Aßmann. Er wischte sich mit der Serviette den Mund ab. »Dann könnte unser USA-Heimkehrer aufgetaucht sein.«

Marleen stellte die leeren Teller zusammen. »Das wäre schade, aber leider wohl auch dein Job.«

Aßmann wunderte sich zum wiederholten Male, wie unterschiedlich die Reaktionen von Frauen auf seinen Beruf ausfallen konnten. Simone hätte in diesem Fall lautstark verkündet, wie ätzend es sei, mit einem Kommissar verheiratet zu sein, und alle in der Runde hätten ihr entrüstet beigepflichtet.

Gerke kam relativ schnell und zudem mit ernster Miene zurück.

»Vielleicht kannst du mir eine Portion Pudding mitkochen und verwahren, Marleen? Wenn ich darf, könnte ich morgen bei dir vorbeischauen und ihn essen. Diesen Berg von Kalorien sollte ich mir keinesfalls entgehen lassen.« Er stand auf. »Ist er aufgetaucht?«, fragte er Gerke.

»Nein, aber ich muss euch trotzdem verlassen. Leonie hat Bauchweh und möchte nach Hause. Tut mir leid, Bela.« Er drückte Aßmann auf seinen Stuhl zurück. »Kannst du dir bitte für den Rückweg ein Taxi nehmen? Der Umweg über den Piepenturmweg ist mir jetzt zu weit.«

»Ich, äh, ja, sicher.«

»Oder vielleicht kann einer der anderen dich mitnehmen?«

Marleen verteilte die Puddingrezepte in der Runde. »Wenn du Zeit hast, bis ich hier aufgeräumt habe, kann ich dich nachher zu Hause absetzen«, schlug sie vor.

»Klar hat er Zeit«, grinste Gerke. »Er hat nicht nur Zeit zum Warten – Kücheaufräumen gehört sozusagen zu seinen Kernkompetenzen, nicht wahr, Bela?«

»Äh, neuerdings ja.«

»Wenn ich mir einen Knoten in die Beine mache und den Kopf abschraube, könnte ich hineinpassen.« Aßmann umrundete Marleens kleinen weißen Scirocco.

Sie lachte entschuldigend. »An einen eins neunzig großen Mann habe ich beim Autokauf nicht gedacht.« Sie sah sich um. »Soll ich schnell schauen, ob von den anderen noch jemand da ist?«

»Nein, nein, es wird schon gehen. Bis zum Piepenturmweg ist es schließlich keine Weltreise.« Er überlegte kurz, welches Körperteil er zuerst in das Vehikel schieben sollte. Dann klappte er neben dem Wagen wie ein Taschenmesser zusammen und schob sich mit dem Hinterteil voran auf den Beifahrersitz. Drinnen musste er die Beine eng an den Körper ziehen und die Arme um die Knie legen.

Marleen unterdrückte ein Lachen und konnte an den Kreuzungen kaum an ihm vorbeischauen, ohne loszuprusten. »Wir sind gleich da, halte durch.« Sie fuhr hart an der Grenze des Erlaubten und stoppte den Wagen schließlich mit einem Ruck am Straßenrand. Er tickte mit der Stirn auf das Armaturenbrett.

»Ups, sorry, Endstation Piepenturmweg. Ausstieg in Fahrtrichtung rechts, falls du die Orientierung verloren haben solltest.«

»Vielen Dank für den Hinweis. Gut, dass wir da sind. Das

Schokohäubchen der Vanillecreme wollte sich nämlich gerade auf den Rückweg machen.« Aßmann suchte umständlich nach seinen Schlüsseln, was in der Position aber schier unmöglich war. Er stieg aus und kam um den Wagen herum zur Fahrerseite. »Danke fürs Bringen.«

Marleen stieg ebenfalls aus. »Kein Problem.«

Seufzend schaute er an der Hausfront empor. Zu gern hätte er sie auf ein Glas Wein in seine Wohnung eingeladen. Aber das wäre im Moment mehr als kontraproduktiv. Der gute Eindruck, den er als Kochschüler hinterlassen hatte, wäre augenblicklich verspielt. Siegfried und Roy genossen ihre Freiheit zweifellos in vollen Zügen und zogen eine Spur der Knabberverwüstung durch die Zimmer. Seine Kollegen hatten ihm schon die abenteuerlichsten Tipps zum Einfangen der Rennmäuse gegeben. Polizistin Ines hatte vorgeschlagen, eine Mäusedame als Köder in den Käfig zu setzen. Johanna hatte angeregt, dem Futter ein leichtes Schlafmittel unterzumischen. Dann könne man zupacken, während sie sich in Zeitlupe fortbewegten. Gerkes Vorschlag, Kater Don Bosco einzusetzen, war für Aßmann nach wie vor keine Option. Da liebäugelte er schon eher mit einer Mäusedame.

»Ich … ich würde dich sehr gern auf ein Glas Wein hineinbitten. Nur kann ich im Moment niemanden in meine Wohnung lassen. Ihr derzeitiger Anblick würde dich abschrecken.«

»So schlimm? Ist eine Bombe eingeschlagen?«

Aßmann schüttelte den Kopf. »Keine Bombe, aber die Ausmaße sind ähnlich katastrophal. Zum einen stehen Simones Auszugskartons noch im Flur, und zum anderen verunstalten Siegfried und Roy gerade meine Wohnung. Ich kriege sie einfach nicht zu fassen.«

»Oje, du kämpfst mit zwei halbwüchsigen Söhnen.«

»Gott bewahre, nein. Siegfried und Roy gehören zur Familie der Mongolischen Rennmäuse. Sie sind ausgebüxt und weigern sich standhaft, in ihren Käfig zurückzukehren.«

»Ein Kommissar, der zwei ausgebrochene Mäuschen jagt.« Sie legte den Kopf in den Nacken und lachte.

Aßmann schluckte beim Anblick ihres schlanken weißen Halses. Sollte sie ruhig über ihn lachen. Der Anblick war es wert.

»Entschuldige. Es ist nicht böse gemeint, aber die Vorstellung ist köstlich.«

»Macht nichts, ich kenne das schon. Meine Problematik trägt regelmäßig zur allgemeinen Erheiterung bei. Im Präsidium hat man schon eine Sammelbüchse aufgestellt, um mich finanziell bei den anstehenden Renovierungsarbeiten zu unterstützen.«

Marleen gluckste. »Ich kann dir beim Tapezieren gern helfen und würde mich für die Küchenfassade zuständig fühlen.«

»Ich werde dich beim Wort nehmen. Und wenn alles wieder schön ist, werden wir sie mit einem feudalen Menü einweihen, ja?«

Als sie nicht gleich antwortete, wurde ihm bewusst, was er da vorgeschlagen hatte. Es war keine einfach dahingesagte Floskel, kein Schöner-Abend-wir-sollten-das-irgendwann-mal-wiederholen. Sein Vorschlag beinhaltete mehr. Man bat keine attraktive Frau in seine Wohnung, um mit ihr ein Menü zu zaubern, das man gemeinsam als Candle-Light-Dinner genießen würde, nur um sie anschließend nie mehr wiederzusehen.

»Natürlich ohne Austern«, fügte er rasch hinzu.

Sie legte den Kopf zur Seite und nickte mit einem nachdenklichen Lächeln. »Ja, warum nicht? Ich denke, Austern werden nicht nötig sein.«

Ihre Augen spiegelten die Vorfreude auf einen angenehmen Abend bei einem guten Essen und einer Flasche Wein wider. Und vielleicht die weitere Intensivierung der Vertrautheit, die sich zwischen ihnen gesponnen hatte.

# NEUN

Gerke hatte recht behalten mit seiner Prophezeiung. Sie hatten eine echte Fee für ihn eingefangen, und Aßmann hatte sie, zumindest im Traum, noch in derselben Nacht mit in sein Schloss genommen.

Am nächsten Morgen klingelte ihn allerdings sein Handy brutal in die Wirklichkeit zurück. Er befand sich nicht in einem Himmelbett, und das sanfte Kitzeln an seiner Wange kam von keiner liebkosenden Frauenhand. Er hob die schweren Lider und schaute in Siegfrieds braune Knopfaugen. Der Mäuserich hockte neben ihm auf dem Kopfkissen und betrachtete ihn neugierig. Seine langen Barthaare kitzelten ihn unter der Nase.

»Bitte, lieber Gott, lass ihn nicht auf mein Kopfkissen geschissen haben.« Er unterdrückte einen Fluch und friemelte im Zeitlupentempo die Hand unter der Bettdecke hervor. Noch bevor er zupacken konnte, war Siegfried schon wieder in den Falten seiner Bettwäsche verschwunden. Aßmann wälzte sich herum, riss die Decken auseinander und schüttelte sie wie Frau Holle – vergebens.

Entnervt gab er auf. Johanna rief an. Es war erst sechs Uhr in der Frühe. Sofort meldete sich sein kriminalistischer Instinkt. Das Mädel hatte sicher diesen Benni an der Angel. Endlich würde Bewegung in die Sache kommen. Sollte Siegfried seine Freiheit noch ein paar Stunden genießen. »Johanna! Was gibt's? Ist unser Freund endlich eingetroffen?«

»Ja und nein, Chef. Wir haben ihn verpasst.«

»Wie konnte das passieren? Bist du eingeschlafen?«

»Nein!« Johanna war empört. »Aber Sie waren gestern schon zu spät da.«

»Verstehe ich nicht. Woher weißt du das?«

»Von einer Frau, die jeden Morgen mit ihrem Hund hier am Haus vorbeikommt. Ich habe sie angesprochen. Gassigänger weisen eine gewisse Regelmäßigkeit hinsichtlich Zeit und Ort auf, besonders in der Früh.«

»Leuchtet ein.«

»Wie ich vermutet hatte, führt ihr Weg tatsächlich jeden Morgen an Louisas Haus vorbei. Ich habe sie gefragt, ob sie diesen Benni kennt, und ihr das Foto von den beiden gezeigt. Sie konnte sich sogar sehr gut an ihn erinnern, da er sein Auto mehrmals ziemlich blöd vor dem Haus geparkt hat, sodass sie durch den Matsch gehen musste, um vorbeizukommen.«

»Und weiter?«

»Sie sagt, dass das Auto mehrere Monate nicht da gewesen sei. Umso mehr war sie erstaunt, es gestern Morgen plötzlich doch wieder dort stehen zu sehen, allerdings nur kurz. Auf ihrem Hinweg war es noch nicht da. Und als sie zehn Minuten später zurückkam, stand es da, und Benni eilte gerade aus dem Haus. Er habe einen etwas erschrockenen Eindruck gemacht, als er sie bemerkte, sei sofort ins Auto gestiegen und weggebraust.«

»Gestern Morgen? Wie passt das denn zusammen?« Aßmann schlurfte ins Bad. »Kann die Frau zufällig das Auto beschreiben?«

»Sie kann nicht nur das Auto beschreiben, einen dunkelblauen Passat, sie hat sich sogar das Kennzeichen gemerkt. Ich habe die Daten schon gecheckt. BI BI und sein Geburtsdatum. BI für Bielefeld ist klar, und das zweite BI steht für Benedikt Issenberg. Gerke ist schon auf dem Weg zu Ihnen, um Sie abzuholen.«

»Gut gemacht, Johanna. Dann werden wir dem Herrn jetzt mal auf die Pelle rücken.« Aßmann legte auf.

Beinahe euphorisch, weil die Ermittlungen endlich vorankamen, ging er ins Bad. Sicher würde der Fall bald aufgeklärt sein. Danach könnte er sich in Ruhe seinem Neustart widmen. Ob Marleen gern wanderte? Man würde sehen.

Wie sich das Gesicht gewandelt hatte, das ihm im Badspiegel entgegensah. Hatte er sein Spiegelbild gestern noch mit hohlen Wangen und dicken geröteten Augen geringschätzig betrachtet, so stimmte es ihn heute durchaus optimistisch. Der Strudel, das phantastische Abendessen und allen voran die Frau hatten seinem Aussehen offenkundig gutgetan. Er fuhr sich mit der Hand über das Kinn. Vielleicht sollte er den Dreitagebart, den er eigentlich aus Nachlässigkeit hatte wachsen lassen, behalten. Er gab ihm eine sportlich lockere Note, das gefiel ihm. Steif war gestern.

Während er sich die Zähne putzte, verfolgte er grimmig Siegfrieds Schwanzspitze, die unter dem Bett hervorlugte. Als wenn der Mäuserich wüsste, dass er jetzt keine Zeit hatte, um die Verfolgung aufzunehmen, spazierte er in aller Seelenruhe durch das Schlafzimmer. An seinen Barthaaren hingen kleine Staubflöckchen, ein Zeichen, dass sich nicht nur echte Mäuse, sondern auch ihre wolligen Namensvetter unter dem Bett befanden. Seufzend wandte er sich ab, um, mit der Zahnbürste im Mund, schon mal die Kaffeemaschine anzustellen. Eine Tasse musste sein. Er würde sie auf dem Weg nach Bielefeld im Auto trinken. Beim Blick aus dem Küchenfenster sah er, dass Gerke bereits vorfuhr. Er hielt ihm die gespreizte Hand hin, um ihm zu signalisieren, dass er noch fünf Minuten brauchte. Er rubbelte sich die kurzen Haare schnell mit einem Handtuch trocken und zog sich an. Ein letzter Rundumblick, den Hauptstromschalter wieder ausschalten und noch einen Schuss Milch für den Kaffee holen. Als er die Kühlschranktür öffnete, schlug ihm bestialischer Gestank entgegen. Die schon seit mehreren Tagen geöffnete Fischkonserve hatte den gestrigen Tag ohne Kühlung nicht überstanden. In seinem Kühlschrank stank es wie auf einem gestrandeten Fischkutter. Er hielt sich die Hand vor Nase und Mund und beförderte die Dose in den Abfall. Zum weiteren Entsorgen blieb ihm jetzt keine Zeit. Normalerweise hätte er alle Fenster auf Durchzug stellen müssen. Wenn er aus Bielefeld zurück und der Fall Louisa hoffentlich zu den Akten gelegt sein würde, hatte er alle Zeit der Welt, sich um seine Wohnung zu kümmern. Ansonsten würde er bald auf einer Müllhalde leben.

Er eilte mit seinem Kaffeebecher hinaus und stieg in Gerkes Wagen. »Guten Morgen. Wie geht es deiner Tochter?«

»Leonie? Ich hoffe doch gut. Mein letzter Kenntnisstand ist, dass sie heute mit ihrer Tante auf den Fischteichen paddeln will. Ich hoffe, ich kriege sie gesund und munter wieder. Meine Schwägerin Hetty hat Hummeln im Hintern. Es würde mich nicht wundern, wenn sie kentern.«

»Sonntags findet sich dort gewiss ein guter Schwimmer. Die Fischteiche sind ein beliebtes Ausflugsziel.«

»Danke, du hast eine ungemein mitfühlende Ader.« Gerke setzte den Blinker und ordnete sich in den Verkehr ein.

»Dann waren ihre Bauchschmerzen also nicht so tragisch?«

Gerke schnalzte mit der Zunge. »Bela! Sag jetzt bitte nicht, dass du dich von einem dieser hormongesteuerten Koch-Heinis hast nach Hause fahren lassen. Ich habe es extra anders eingefädelt und«, er hob den Zeigefinger, »auf unseren Kneipengang verzichtet.«

Aßmann hielt seinen Kaffeebecher mit beiden Händen und balancierte die Ruckelei beim Anfahren aus. »Leonie ist gar nicht krank?«

»Nein. Und wenn sie doch Bauchschmerzen hat, dann nur, weil meine liebe Schwägerin sie wieder mit Gummibärchen und Lakritze vollgestopft hat. Wie bist du nun nach Hause gekommen?«

»Marleen hat mich gefahren. Deine kleine Scharade war aber vollkommen überflüssig. Ich hätte schon irgendwie eine Gelegenheit gefunden, sie besser kennenzulernen.«

»Ja, nachdem du zehn Kochkurse absolviert hättest und ein Aufstieg zum Sternekoch wahrscheinlicher geworden wäre als ein Date mit ihr. Ich kenne dich, Bela. Hast du dich nun mit ihr verabredet?«

»Wir wollen gemeinsam bei mir kochen, wenn die Mäuse eingefangen sind. Und heute Nachmittag fahre ich auf ein Stück Kuchen bei ihr vorbei.«

»Immerhin ein Anfang«, brummte Gerke. »Und was halten wir jetzt von diesem Benni?«

Aßmann tastete nach seinem Pistolengurt, der ihn im Rücken drückte. »Meine Wunschvorstellung ist, dass er mit Louisa Schluss gemacht hat und sie vor Verzweiflung gesprungen ist. Wie Conchita Borquez' Wohnung da hineinpasst, soll er uns erklären. Und ich will einen Besenstiel fressen, wenn er sich gestern Morgen nicht das USA-Geld aus Louisas Haus geholt hat.«

Eine halbe Stunde später verließen sie die A 33 am Kreuz Bielefeld und bogen wenige Kilometer später in ein Neubauviertel ein.

»Bist du sicher, dass wir hier richtig sind?« Aßmann blickte überrascht auf die Umgebung. Sie befuhren im Schritttempo eine Spielstraße, ruckelten über Hinderniswellen und umkurvten bunt bepflanzte Blumenbeete mitten auf der Straße. Links und rechts reihten sich Doppelhaushälften, allesamt mit kleinen, adretten Vorgärten und Spielgeräten für die Kleinen.

»Ich fürchte, ja«, seufzte Gerke. »Vom Junggesellen Benni sollten wir uns verabschieden.« Sie hielten vor einem Reihenhäuschen mit einer gelb-roten Rutsche, einer Torwand und einem Sandkasten im Vorgarten.

»Vielleicht ist er Witwer.«

»Dann fresse *ich* einen Besenstiel. Wir werden es gleich erfahren, Bela.«

Sie stiegen aus und gingen zu dem roten Klinkerbau mit der Nummer 34a. Die Garage stand auf. Sie war leer. Zwei Kinderräder lehnten an der Hauswand.

Gerke kickte den Fußball, der auf dem Weg zur Haustür lag, zur Torwand.

Die Bewohner des Viertels schliefen an diesem frühen Sonntagmorgen noch. Die Familien hatten gestern das schöne Herbstwetter genutzt und sich draußen verausgabt. Hier würde erst in ein paar Stunden die Luft wieder mit Kindergejohle und Fahrradklingeln erfüllt sein.

Im Haus 34a regte sich nichts. Das Ding-Dong der Haustürschelle schien durch das ganze Viertel zu klingen.

»Das gibt's nicht. Ich sehe doch Licht im Flur.« Ärgerlich

hielt Aßmann den Klingelknopf gedrückt, womit er drei Häuser weiter hysterisches Hundegebell auslöste.

Die Tür des Nachbarhauses öffnete sich. »Bist du bescheuert, Benni? Wer, bitte schön, soll dir aufmachen in deinem eigenen Haus, du Idiot?« Ein Mann mit Strubbelfrisur und in Pyjamahose stand schlaftrunken auf der Fußmatte. Gähnend kratzte er sich im Schritt. »Oh, Besuch. Ich dachte schon, mein Nachbar hat seinen Schlüssel vergessen. Benni muss jeden Moment wiederkommen. Er ist dieses Wochenende mit Brötchenholen dran.« Er sah auf die Uhr.

»Da haben wir ja Glück«, freute sich Aßmann. »Wir hatten schon befürchtet, er sei noch in den Staaten.«

»Wo?« Der Nachbar hielt in der Kratzbewegung inne. »Benni in den Staaten? Das muss eine Verwechslung sein. Seit er vor zehn Jahren auf einem Flug in die Türkei über dem Bosporus notlanden musste, fährt er noch nicht mal mehr Cabrio. Benni in Amerika ... das ist der Gag der Woche.«

»Er war im letzten halben Jahr auch nicht auf Montage?«

»Auf Montage? Seit wann gehen Friedhofsgärtner auf Montage? Sind Sie sicher, dass Sie wirklich zu Benni wollen? Wer sind Sie überhaupt?«

Aßmann und Gerke zückten ihre Ausweise. »Wir haben nur ein paar Fragen an Herrn Issenberg. Dann sind wir auch schon wieder weg.« Gerke deutete nach drinnen. »Seine Familie scheint sich im Tiefschlaf zu befinden. Da rührt sich ja gar nichts.«

»Die sind nicht da. Es sind Herbstferien. Seine und meine Frau fliegen in den Oster- und Herbstferien immer gemeinsam mit den Kindern in die Türkei. Wir sind sozusagen zweimal im Jahr für zwei Wochen Strohwitwer.« Er grinste breit und überließ es der Phantasie der Kommissare, sich darunter etwas vorzustellen. »Dahinten kommt er.«

Vom anderen Ende der Straße näherte sich ein dunkler Passat. Als der Fahrer die Männer an seiner Haustür stehen sah, bremste er ab und zögerte, auf sein Grundstück zu fahren.

Gerke griff in die Hosentasche und fühlte nach seinen

Autoschlüsseln. Issenbergs Miene war anzusehen, welches Szenario er gerade in Erwägung zog. Was würde passieren, wenn er plötzlich Gas geben und davonbrausen würde? In Sekundenschnelle schätzte er ab, ob er gegen den fremden BMW vor seinem Haus eine Chance hätte. Letztendlich entscheidend, dass er blieb, war jedoch sein Nachbar, der ihm fröhlich zuwinkte und ihn wie ein Fluglotse auf sein Grundstück dirigierte. Er setzte den Blinker und fuhr in die Garage.

Betont gelassen schloss er sein Auto ab und schlenderte auf die Männer zu. »Kaum lässt man dich fünf Minuten allein, Schorsch, da findet schon die reinste Demo vor meinem Haus statt.«

»Ich konnte die Herren noch nicht davon überzeugen, dass sie hier falsch sein müssen. Sie meinen, du kommst frisch von einer Montagearbeit in den USA.« Krachend schlug er Issenberg auf die Schulter. »Du … in Amerika.«

Ein Schatten huschte über Issenbergs Augen. »Ja, sehr lustig.« Er drückte Schorsch die Brötchentüte gegen die Brust und warf einen desinteressierten Blick auf Aßmanns und Gerkes Ausweise. »Aber da haben sie den langen Weg von …«, er drehte sich nach dem Autokennzeichen des BMW um, »Paderborn umsonst gemacht.«

»Das wird sich zeigen.« Aßmann steckte seinen Ausweis ein. »Dürfen wir für einen Moment reinkommen?«

»Ins Haus?« In Issenbergs Augen flackerte Panik auf.

Schorsch prustete los. »Nein, Benni, in den Sandkasten. Was ist denn los mit dir? Hast du noch nicht Staub gesaugt? Dann könnt ihr auch gern bei mir rein.« Er hielt seine Haustür auf.

»Lass gut sein, Schorsch.« Issenberg steckte den Schlüssel ins Schloss. Er ließ die Kommissare eintreten, beeilte sich aber dann, sie im Flur zu überholen und in die Küche zu lotsen. Trotzdem konnte er nicht verhindern, dass Gerke im Vorbeigehen einen Blick ins Wohnzimmer warf, wo ein riesiger Karton auf dem Fußboden stand.

In der Küche räumte Issenberg mit beiden Händen Spielsachen vom Tisch. »Entschuldigung, ich hatte noch keine Zeit zum Aufräumen.« Er zog einen Hochstuhl zurück und schob stattdessen einen Hocker heran. »Bitte, nehmen Sie Platz.« Suchend sah er sich um. »Kaffee?«

»Nein, danke. Wir wollen keine Umstände machen. Seit wann ist Ihre Familie unterwegs?«

»Ich habe sie Freitagabend nach Düsseldorf zum Flughafen gefahren. Eigentlich hätten sie von Paderborn aus fliegen sollen, das wäre wesentlich einfacher gewesen. Aber wegen der Herbstferien war alles ausgebucht. Wir waren leider etwas spät dran. Na ja, sie sind gut gelandet, das ist die Hauptsache.«

»Wie viele Kinder haben Sie?«

»Drei, zwei Jungen, und das kleinste ist ein Mädchen.« Issenberg deutete zum Hochstuhl. »Aber Sie sind doch sicher nicht wegen meiner Kinder hier?«

»Stimmt.« Wie auf Kommando beugten sich Aßmann und Gerke gleichzeitig vor. »Wir kommen wegen einer gewissen Louisa Steffens. Sagt Ihnen der Name etwas?«

»Louisa … Louisa …« Issenberg schien in den hintersten Windungen seines Gehirns nach dem Namen zu suchen. »Louisa Steffens, hm, ne, sagt mir im Moment nichts.«

»Vielleicht können wir Ihrer Erinnerung etwas auf die Sprünge helfen«, sagte Gerke und legte das Foto von ihm mit Louisa in inniger Umarmung auf den Küchentisch.

Issenberg zog es mit der Spitze des Zeigefingers zu sich heran, sodass die anderen Finger das Papier nicht berührten. Sein sonnengebräuntes Gesicht zeigte keine Regung, nur am linken Auge zuckte ein Nerv. Er schob das Foto wieder von sich. »Sieht so aus, als ob ich sie doch kenne.«

»Das finden wir auch. Weiter.«

»Was weiter?«

»Herr Issenberg«, seufzte Aßmann. »Bitte strapazieren Sie unsere Nerven nicht unnötig. Es gibt genug Zeugen, die von der Beziehung zwischen Ihnen und Frau Steffens gewusst haben. Erst gestern Morgen sind Sie in aller Herrgottsfrühe an ihrem Haus gesehen worden.«

Issenberg stand auf und schloss das Fenster. »Ist ja nicht verboten, oder?« Er setzte sich wieder an den Tisch und schob seine Hände unter die Achseln. Eine Weile saßen sie sich so schweigend gegenüber. »Also gut«, schnauzte Issenberg schließlich und schnipste das Foto über den Tisch. »Sie hat mich wegen des Geldes angezeigt, stimmt's?«

»Wir wünschten, sie wäre dazu noch in der Lage«, antwortete Gerke.

»Hä? Was soll der Scheiß? Ich zahle es ihr zurück. Sie soll sich abregen.«

»Herr Issenberg, Louisa regt sich über gar nichts mehr auf. Wir sprechen hier von zwei verschiedenen Sachverhalten. Sie reden davon, dass Sie ihr Geld genommen haben – wir reden davon, dass Louisa tot ist.«

Issenbergs Hände fielen wie zwei Luftballons, denen man die Luft herauslässt, auf den Tisch. Für einen kurzen Moment wich seine bronzene Sonnenbräune einer grauen Maske. Er stieß einen Laut aus, der eher verblüfft als entsetzt klang. »Wie konnte denn das passieren?« Dem Klang nach hätte die Frage genauso gut an eines seiner Kinder gerichtet sein können, das es nicht mehr rechtzeitig bis zur Toilette geschafft und in die Hose gemacht hatte.

Aßmann schlug mit der flachen Hand auf den Tisch. »Jetzt lassen wir mal die Spielchen, Herr Issenberg. Entweder Sie arbeiten konstruktiv mit uns zusammen, oder wir werden Ihren Nachbarn und Ihre Frau in die Ermittlungen miteinbeziehen.«

Issenberg sah sich erschrocken um, als würde sein Nachbar mit dem Ohr am Fenster lauschen. »Ist ja gut.« Er stand noch einmal auf und zog die Gardinen zu. »Ich habe mit ihrem Tod aber nichts zu tun. Ich habe mich doch selbst gewundert, dass ich sie nicht erreichen konnte. Ein halbes Jahr lang liegt sie mir in den Ohren, dass sie mich so sehr vermisst. Und als ich endlich da bin, ist sie unauffindbar. Noch nicht einmal ans Handy ist sie gegangen. Ich habe es nahezu rund um die Uhr probiert.«

»Sie wollen uns also erzählen, dass Sie sie am Freitagabend weder gesehen noch gesprochen haben.«

»Das sage ich doch!«

»Und am Samstagmorgen?«

Issenberg seufzte. »Nachdem ich abends erfolglos versucht hatte, Louisa zu erreichen, bin ich in der Früh hingefahren. Natürlich habe ich mich über die Dekoration im Haus gewundert und mich gefragt, warum sie das alles veranstaltet und dann doch nicht da ist. Aber was sollte ich denn machen?«

»Und Sie haben sich nicht gefragt, was passiert sein könnte? Stattdessen nutzen Sie die Gelegenheit und lassen mal schnell tausend Euro mitgehen.«

»Ich gebe zu, bei dem Geld ist es etwas mit mir durchgegangen. Es war einfach zu verlockend.« Issenberg schenkte sich ein Glas Wasser ein und trank es in einem Zug leer. Er unterdrückte einen Rülpser und legte schnell die Hand vor den Mund. »Mir kam der Gedanke, dass sie vielleicht am Vorabend einen anderen Mann kennengelernt und für ihn alles hat stehen und liegen lassen. Bei mir war es damals ja auch hoppladihopp gegangen.«

»Hm, hoppladihopp.«

»Ja, und da ist mir das viele Geld eingefallen, von dem sie mir erzählt hatte. Und wenn schon im Bett nichts läuft, hab ich mir gedacht … Aber zu ihrem Tod kann ich nichts sagen. Ehrlich! Wie ist sie denn gestorben?«

»Sie ist von einem Balkon in die Tiefe gestürzt.«

»Einfach so?«

»Wohl kaum, sonst wären wir nicht hier. Vielleicht können Sie uns etwas über Ihre Beziehung erzählen«, schlug Gerke vor. »Wie hatten Sie sich eine Zukunft mit Louisa vorgestellt?«

»Gar nicht, Mann, ich wollte mit ihr damals, vor einem halben Jahr, einen netten Abend verbringen. Punkt. Ich habe sie im Capitol angebaggert, und sie hat mich prompt mit zu sich nach Hause genommen. Eine Nacht durchbumsen, mehr wollte ich nie.«

»Dann ist aber ordentlich was aus dem Ruder gelaufen.«

Issenberg bekam glasige Augen. »Das kann man wohl sagen. Die Frau hat im Bett ein wahres Feuerwerk gezündet. Da blieben keine Wünsche offen. Ich wäre schön doof gewesen, wenn ich es wirklich nur bei dem einen Mal belassen hätte.« Er starrte mit dreckigem Grinsen in sein leeres Glas, bis er sich besann, dass er nicht allein war. »Wissen Sie, ich werde von meiner Frau in dieser Beziehung nicht gerade verwöhnt. Bei drei kleinen Kindern bleibt der Mann häufig auf der Strecke. Kopfschmerzen, müde, die Periode – immer ist es etwas anderes. Und dann kommt da plötzlich so ein Häschen, das dir jeden Wunsch von den Augen abliest. Den Mann möchte ich sehen, der da Nein sagt. Gut, ich habe ihr nicht auf die Nase gebunden, dass ich eine Familie habe. Aber ich habe ihr auch nie die Ehe versprochen. Von mir aus hätten die kommenden zwei Wochen wieder so ablaufen können.«

»Und danach wären Sie wieder auf Montage gefahren.«

»So sieht's aus«, bestätigte Issenberg. »Louisa war nicht gerade die hellste Kerze auf dem Kuchen. Sie glaubte einfach alles, was ich ihr erzählte, und sie hätte auch wieder gewartet.«

»Und da haben Sie sich gedacht, so viel Naivität muss ausgenutzt werden.« Gerke schien durchaus Verständnis aufzubringen.

Issenberg hob theatralisch die Arme, als hätte es keine andere Möglichkeit für ihn gegeben.

»Sie sind ein Arschloch«, raunzte Gerke ihn an. »Entschuldigung, das musste raus. So, weiter. Wo waren Sie Freitagabend von einundzwanzig bis dreiundzwanzig Uhr?«

»Das habe ich doch schon gesagt. Ich habe meine Familie nach Düsseldorf gefahren. Der Flieger ging um neunzehn Uhr fünfundvierzig. Ich war gegen zehn zu Hause und habe bei Schorsch noch ein Bier getrunken, vielleicht auch zwei. Ich habe vergebens versucht, Louisa zu erreichen, dann bin ich ins Bett.«

»Ihr Nachbar hat seine Familie auch nach Düsseldorf gefahren?«

»Ja.«

Aßmann stand auf und ging Richtung Tür.

»Wo will er hin?«, fragte Issenberg irritiert.

»Ihr Alibi überprüfen«, erklärte Gerke.

»Oh Mann, dann hätte ich auch gleich der Bild-Zeitung ein Interview geben können«, stöhnte Issenberg.

Gerke war unbeeindruckt. »Sind Sie sicher, dass Ihre Frau nichts von Louisa wusste?«

»Nein, wie denn? Sie weiß nichts, und das muss auch so bleiben.«

»Wir werden auch das überprüfen.«

»Sind Sie wahnsinnig? Bitte, halten Sie meine Frau da raus. Sie war zu dem Zeitpunkt in der Luft. Ein besseres Alibi kann man doch gar nicht haben.«

Gerke musterte ihn einen Moment schweigend, dann hielt er ihm die offene Hand hin. »Kann ich mal Ihr Handy sehen? Wann haben Sie Louisa zuletzt gesprochen?«

»Mittwoch. Aber ich lösche sofort alle Kontakte zu ihr. Da werden Sie nichts finden.«

»Sie haben also nicht per SMS mit ihr Schluss gemacht?«

»Ich bin doch nicht blöd.«

»Wir werden uns die entsprechenden Daten besorgen. Besser, Sie sagen gleich die Wahrheit.«

»Das tue ich doch.«

Gerke tippte Louisas Handynummer ein und lauschte. Es tat sich nichts. Wenn es hier im Haus war, hatte er es lautlos oder ausgeschaltet.

Aßmann kam zurück. Er deutete mit dem Daumen über die Schulter ins Wohnzimmer. »Dieses Monstergeschoss von Flachbildschirm wandert Montag früh sofort zum Media Markt zurück. Ist das klar?« Er konnte die Enttäuschung darüber, dass der Nachbar Issenbergs Alibi brötchenkauend bestätigt hatte, schlecht verbergen. »Das Geld nehme ich auf Heller und Pfennig entgegen«, raunzte er.

»Ich muss Montag arbeiten.«

»Das ist mir scheißegal. Elf Uhr im Präsidium.« Demonstrativ energisch rückte er seinen Stuhl an den Tisch.

Gerke klopfte mit dem Foto auf den Tisch. »Kennen Sie

Freundinnen von Louisa? Hat sie irgendwelche Namen erwähnt?«

»Nein.«

»Waren Sie mit ihr mal in Paderborn in der Warburger Straße?«

»Nein, wir haben das Haus nie verlassen.«

»Nicht mal essen gegangen?«, hakte Gerke nach. »Bei einem Chinesen, zum Beispiel.«

»Nein. Sie wollte zwar manchmal mit mir raus, aber mir war die Gefahr zu groß, plötzlich irgendwelchen Bekannten über den Weg zu laufen.«

»Sie hatte erwogen, eine Riesenradgondel auf Libori zu mieten und mit Ihnen bei einer Flasche Sekt durch die Lüfte zu schweben.«

»Um Gottes willen, ich hätte mir die Seele aus dem Leib gekotzt.«

»Sagt Ihnen der Name Conchita Borquez etwas?«

»Conchita wer?«

»Borquez.«

»Nein, ich kenne nur eine Conchita Wurst.«

»Sie hat nie diesen Namen erwähnt?«

»Nein, gewiss nicht, den hätte ich mir gemerkt. Conchita … das klingt ja schon irgendwie …«

»Ja?«

»Nach Feuer im Arsch.«

»Ach so. Allmählich glaube ich tatsächlich, dass Ihr Eheleben nicht allzu prickelnd ist.« Gerke betrachtete ihn mitleidig.

Issenberg war sich nicht sicher, wie er Gerkes Miene deuten sollte. Er sagte nichts mehr zu diesem Thema. Ein Anraunzer reichte ihm.

»Können Sie sich irgendeinen Grund vorstellen, der Louisa veranlasst haben könnte, in den Tod zu springen?«

»Alles, was ich dazu sagen kann, ist, dass sie sich sehr auf meine bevorstehende Rückkehr gefreut hat. Vielleicht … vielleicht war sie krank oder so?«

Gerke winkte ab. »Sie strotzte vor Gesundheit. Sie hätten im Bett Ihre helle Freude an ihr gehabt.«

Dieser Aspekt schien Issenberg zum ersten Mal melancholisch zu stimmen. Für einen Moment blickte er versonnen aus dem Fenster. »Und im Kopf?«, fragte er plötzlich.

»Außer, dass sie auf Sie hereingefallen ist, gibt es dafür keinen Anhaltspunkt.« Gerke erhob sich. »Das war's fürs Erste. Bitte bemühen Sie sich nicht. Wir finden den Weg allein hinaus.«

***

*Sie war mir nicht leichtgefallen, die Liebe. Zu viel Dreck, Verzweiflung und Enttäuschung hatte ich bei meiner Mutter miterlebt, um überhaupt an so etwas wie Liebe glauben zu können.*

*Vielleicht hätte ich die Chance gehabt, das alles hinter mir zu lassen, wenn ich Roland nicht begegnet wäre. Sein Verrat hat mich endgültig überzeugt, dass es sie gar nicht gibt, die große Liebe. Sie ist eine leere Worthülse – eine Umschreibung für Ausnutzen und Sichausnutzen-Lassen. Was die Menschen daran so glücklich macht, ich habe keine Ahnung. Umso mehr frage ich mich immer wieder, wie ich nur so dumm sein konnte, auf Roland hereinzufallen? Ich wusste es doch besser. Warum habe ich mich nur so blenden lassen? Liebe ist eine Krankheit. Da purzeln ein paar Hormone durcheinander, und schon ist das Chaos in Gang gesetzt. In meiner hormonellen Störungsphase habe ich mir wohl eingebildet, eine Ausnahme zu sein, und vor allem, den Ausnahmemann gefunden zu haben. Ein Realitätsverlust, der jäh und brutal am Morgen meiner Hochzeit endete.*

*Und wieder war es Libori. Ich hatte mich gegen den Termin gewehrt. Zu viel Schmerz war für mich mit dem Ereignis verbunden. Aber Roland hatte darauf bestanden. Für ihn schien es die optimale Zeit für eine Vermählung zu sein. Hochzeit an Libori. Gibt es für einen Paderborner etwas Größeres? Er würde sich gleich nach der Zeremonie im Standesamt mit seinen Kumpeln auf den Rathausplatz begeben und dort eine Runde an der Bierbude ausgeben. Ich versuchte, es auszublenden. Es sollte der schönste Tag meines Lebens werden.*

*Während ich mich noch in meinem schulterfreien Kleid vor dem Spiegel drehte und die Kosmetikerin letzte Unebenheiten mit der Puderquaste beseitigte, stand Roland plötzlich hinter mir. Er bemühte sich gar nicht erst, es mir schonend beizubringen. Er habe die ganze Nacht wach gelegen und sei zu der Erkenntnis gelangt, dass er Caroline mehr liebe als mich und nur mit ihr glücklich werden könne.*

*Zuerst dachte ich an einen schlechten Scherz. Er wollte mich wegen meiner Bedenken, an Libori zu heiraten, wohl auf den Arm nehmen! Aber als ich in seine Augen sah, wusste ich, dass er es ernst meinte. Und ich sah dort auch, was genau er an Caroline liebte. Es war nicht die Frau. Sie besaß keinen Liebreiz. Sie war humorlos und dumm. Aber sie hatte einen entscheidenden Vorteil. Ihr Großvater hatte ihr vor Kurzem ein beträchtliches Erbe hinterlassen. Neben einer Stange Geld hatte sie ein Haus in Paderborns bester Wohnlage geerbt, mit Blick auf das Paderquellgebiet, ruhig und zentral gelegen. Ich höre seine Stimme noch heute, wie er den Immobilienwert beeindruckt wiederholt, sehe ihn noch vor mir, wie er gedankenverloren dabei mit Daumen und Zeigefinger an der Unterlippe zupft.*

*Stumm vor Entsetzen starrte ich ihm durch das Fenster nach. Die dumme Ziege hatte auch noch die Frechheit, draußen vor dem Haus auf ihn zu warten. Ich sah, wie sie sich in die Arme fielen, als käme er gerade nach Jahrzehnten der Kriegsgefangenschaft nach Hause. Und ihre Augen; es war, als sähe ich in die Augen meiner Mutter, diese vor Glückseligkeit triefenden Augen. Ich hätte den ganzen Tag draufschlagen können.*

*Am Anfang war ich gar nicht in der Lage, überhaupt irgendetwas zu empfinden außer Wut über meine eigene Dummheit. Ich war genauso bescheuert gewesen wie meine Mutter. Aber das Gefühl der Ohnmacht sollte mich nicht erdrücken, so wie es sie erdrückt hatte. Mich ließ man nicht so stehen, mich legte man nicht einfach ab wie eine getragene Unterhose, deren Blümchenmuster durch zu viel Waschen verblasst war. Mich dürstete nach Vergeltung. Wenn ich sie nicht erfahren hätte, wäre ich an meiner Wut erstickt.*

*Während ich noch darüber nachdachte, auf welche Art ich meine Rachelust befriedigen sollte, schlug das Schicksal ganz allein zu, mit voller Wucht, besser hätte ich es nicht planen können. Das*

*Verräter-Pack war gerade zwei Wochen verheiratet, da rotteten sich in Carolines Kopf ein paar Klümpchen zusammen, blockierten die Blutzufuhr zum Gehirn und sprengten innerhalb von Sekunden das junge Glück. Sie hatte einen Schlaganfall mit allem Drum und Dran. Vom Glücksfall zum Pflegefall …*

*Jetzt hat Roland den Salat. Er hat eine Frau, die er im Rollstuhl durch die Gegend schiebt, der er den Hintern abwischen muss, der der Sabber aus den Mundwinkeln läuft und die nur noch unartikulierte Laute von sich geben kann. Ist das nicht wunderbar? Das ist grausamer als der Tod. Immerhin kann er sie durch Paderborns beste Wohnlage schieben. Ist doch auch was.*

*Eigentlich war ich nie sportlich ambitioniert, aber um mir diesen erbärmlichen Anblick nicht entgehen zu lassen, habe ich angefangen zu joggen. Er schiebt sie zweimal am Tag durch das Quellgebiet. Ich laufe dann fröhlich an ihnen vorbei, winke ihnen zu und wünsche ihnen einen schönen Tag. Ich weiß nicht, ob sie mich überhaupt wahrnimmt, aber er sieht meinen gesunden, beweglichen Körper, der sich des Lebens erfreut. Das wäre sein Preis gewesen!*

*Heute Morgen, als er mit ihr bei den Enten stand und sie wie ein kleines Kind Brotkrumen werfen ließ, habe ich gleich neben ihm meine Dehnübungen gemacht und ihm dabei einen tiefen Blick in mein Dekolleté gewährt. Er konnte den Blick nicht abwenden. Ich glaube, er hätte sich am liebsten gleich auf mich gestürzt. Er soll es spüren, jeden Tag soll er spüren, welch fatalen Fehler er gemacht hat. Und wenn er einen anderen Weg wählen wird, um meinem Anblick zu entfliehen, werde ich ihm folgen. Für den Rest seines Lebens werde ich ihn büßen lassen.*

## ZEHN

»Langsam verzweifle ich an dem Fall.« Aßmann drehte genervt seine Runden im Büro. Zwischendurch blieb er stehen und ordnete die Indizien auf seinem Schreibtisch zu neuen Häufchen. Conchitas Wohnungsschlüssel lag immer in der Mitte, mal wies der Bart auf Louisas Stapel, mal auf Conchitas. »Wir sind genauso schlau wie vorher – nein – eigentlich sind wir dümmer. Dass dieser Kerl jetzt endlich da ist, obwohl er nie weg war, hat uns keinen Deut weitergebracht. Und diese Telefonlisten geben auch nichts her. Gar nichts.« Er warf den Stapel Blätter von sich, der bei ihrer Rückkehr schon auf ihn gewartet hatte. »Nur die Anrufe, die Issenberg zugegeben hat. Mittwochs der letzte und dann erst wieder zu einem Zeitpunkt, als Louisa schon tot war. Es ist zum Kotzen.«

»So unsympathisch Issenberg rüberkommt, so unschuldig scheint er zu sein.« Gerke verschränkte die Hände hinter dem Kopf. »Wenn kein Anruf sie aus dem Haus gelockt hat, dann muss es ein Besucher gewesen sein.«

»Aber auch der Besucher hätte nur ein extrem enges Zeitfenster gehabt. Die Kollegin hat gesagt, dass sie um neun Uhr bei ihr weg ist. Der Besucher und sie hätten sich geradezu die Klinke in die Hand geben müssen. Laut Handyortung loggt sich Louisas Handy nämlich schon um einundzwanzig Uhr vierundzwanzig in die Mobilfunkzelle ein, die die Warburger Straße versorgt. Da wurde sie schließlich auch von den Frauen im Aufzug gesehen. Knapp zehn Minuten später, um einundzwanzig Uhr dreiunddreißig, empfängt der Sendemast nichts mehr. Das würde bedeuten, sie stellt ihr Handy ab. Sie stellt ihr Handy ab und springt. Wie bescheuert ist denn das? Es muss definitiv jemand bei ihr gewesen sein. Und derjenige muss auch ihr Handy haben.« Aßmann schob den Schlüssel in die Vertikale. »Wenn es diesen Besucher gibt, womit kann er Louisa in Conchitas Wohnung gelockt haben – in eine Wohnung, zu deren Mieterin sie keinerlei Kontakt hatte?«

»Wenn Issenbergs Frau zu dem Zeitpunkt nicht gerade Deutschland auf dem Luftweg verlassen hätte, würde ich in diese Richtung ermitteln. Sie hat rausgekriegt, dass ihr Mann sie betrügt, fährt hin und klärt Louisa auf.«

»Bis dahin kann ich dir folgen. Ich könnte mir sogar noch vorstellen, dass sie jemanden damit beauftragt, um nicht selbst in Erscheinung zu treten. Wer ahnt denn, dass sich Louisa vor Enttäuschung gleich in den Tod stürzt. Trotzdem kriegen wir die Kurve zu Conchita nicht. Warum diese Wohnung?«

»Wir müssen warten, bis Borchert aus Detmold zurück ist. Unsere einzige Chance wird Conchita sein – oder diese goms.« Gerke zog sich das Grußzettelchen heran.

»Hieß das Scheusal bei ›Herr der Ringe‹ nicht so?«, fragte Aßmann.

»Du warst in ›Herr der Ringe‹?«

»Ich musste mit Simone in einem Kino-Spezial alle drei Teile hintereinander ansehen. Ich glaube, ich habe immer noch Schwielen am Hintern.«

»Das Scheusal hieß Gollum. Und ich kann mir nicht vorstellen, dass sich jemand allen Ernstes nach dieser Figur benannt haben könnte – zumindest nicht in Modelkreisen.«

Aßmann seufzte. »Warten wir also auf Borchert.«

Borchert hatte die Angewohnheit, beim Betreten des Büros jeden einzelnen Kollegen fröhlich mit Namen zu grüßen. In sehr seltenen Fällen eilte er allerdings grußlos an ihnen vorbei, geradewegs in Aßmanns und Gerkes Büro. Dann musste man zusehen, dass man mit seinem Kaffee schnell aus dem Weg kam.

Aßmann sah ihn schon von Weitem mit fliegendem Mantel durch den Gang stürmen. Er ließ sich in seinen Stuhl sinken. »Bitte lieber Gott, lass ihn nicht nur Durchfall haben.«

***

*Vor drei Tagen am Frankfurter Flughafen*

Stöhnend richtete sich Conchita auf und rieb ihr schmerzendes Sprunggelenk. »Scheiß-Absätze.« Sie hatte sich das alles leichter vorgestellt. Und der schlimmste Teil kam erst noch – der Flug.

Die Brüste spannten, und der Rücken tat ihr weh. Sie solle noch nicht schwer tragen, hatte man ihr bei der Entlassung aus der Klinik gesagt. Das war leichter gesagt als getan. Irgendwie mussten ja nun die Koffer ins Flugzeug. Zum Glück hatte sich ihre Freundin doch noch erbarmt und sie nach Frankfurt gefahren. Sie hätte auch nicht gewusst, wie sie die Koffer erst in den Bus und dann in den Zug hätte hieven sollen.

Aber dieses letzte Stück musste sie allein bewältigen. In New York würde Big Boss sie abholen. Er würde sie in den Arm nehmen, ihre Koffer mit einer Leichtigkeit tragen, als wären sie zwei leere Schuhkartons, und ihr die Wagentür aufhalten. Sie würde sich in die Ledersitze fallen lassen und New York an sich vorbeigleiten lassen. Dann endlich konnte sie entspannen. Bis dahin musste sie durchhalten – achteinhalb Stunden Flug. Wie sollte sie das nur schaffen? Sie hatte schon die ganze Autofahrt über nasse Hände gehabt. Vor lauter Nervosität hatte sie ihre Freundin von den goms zugetextet, bis die nur noch ab und zu ein stereotypes Du-schaffst-das-schon von sich gegeben hatte. Aber immerhin hatte sie ihr noch die Pillen gegen Flugangst besorgt. »Die sind homöopathisch. Du kannst damit nichts falsch machen. Nimm so viel, wie du brauchst.«

Conchita stützte sich schwer auf ihre Koffer. Sie hätte die bequemen Turnschuhe anziehen sollen. Es blieb nur noch wenig Zeit, um einzuchecken. Vorsichtig setzte sie den Fuß auf und zuckte im nächsten Moment vor Schmerz zusammen.

Ein Mann kam von der Seite und griff ihr hilfsbereit unter den Ellenbogen. »Geht es denn?«

»Scheiße«, jammerte sie. »Ich bin umgeknickt. Und ich kriege meine Koffer nicht mit.«

Er zog seinen Kofferkuli heran und wuchtete ihr Gepäck zu seiner Reisetasche. »Wo soll es denn hingehen?«

»Nach New York. Der Flug geht um zwölf Uhr.«

»Dann haben wir denselben Weg. Kommen Sie. Wir müssen uns beeilen.« Er schob zügig los. Nach ein paar Metern sah er sich nach ihr um. »Bitte kommen Sie.« Er winkte hektisch. »Die warten nicht auf uns.«

Conchita humpelte weiter. »Der Fuß ist nicht mal das Schlimmste«, stöhnte sie. »Ich habe Flugangst. Am liebsten würde ich einen Rückzieher machen.« Sie schluckte eine zweite Pille.

»Ich bin auch nicht freiwillig unterwegs. Aber es hilft ja nichts. Wenn wir erst die endgültige Flughöhe erreicht haben, wird es besser.« Er sah auf die Uhr. »Ich stelle Ihnen Ihre Koffer am Check-in ab!«, rief er über die Schulter zurück. »Kommen Sie dorthin nach.«

Conchita sah ihn erst wieder, als sie die Gangway ins Flugzeug entlanggingen. Bis dahin hatte sie schon fünf weitere Tabletten eingeworfen. Sie schloss zu ihm auf. »Meine Pillen wirken gar nicht«, sagte sie, als sei der Mann ein Apotheker, der ihr etwas aufgeschwatzt hatte.

»Ich würde mich auch nicht auf diesen homöopathischen Kram verlassen«, erwiderte er und wischte sich nervös die Haare aus der Stirn. »Die haben Gewitter über dem Atlantik angesagt. Es könnte ungemütlich werden. Da muss etwas Härteres her.«

»Oh mein Gott.« Conchita schob sich zwei weitere Pillen in den Mund. »Wollen wir nebeneinandersitzen?«, fragte sie.

»Die Plätze sind vorgegeben. Das wird nicht gehen.« Er schob sie weiter. Als sie seine Sitzreihe erreichten, verglich sie ihre Boardcard mit den Sitzplatznummern und sah erfreut zu ihm auf. »Wir sitzen zusammen, das ist ja ein Zufall.«

Der Mann brummte irgendetwas Unverständliches und vertiefte sich, nachdem er sein Handgepäck verstaut hatte, sogleich in eine Zeitung. Die Maschine steuerte auf die Rollbahn zu und nahm Fahrt auf. Conchita krallte ihre rot lackierten Fingernägel in seinen Unterarm. Sie schloss die Augen und wimmerte leise.

»Beruhigen Sie sich doch.« Der Mann schob ihre Hand zurück.

»Mir wird schlecht und schwindelig«, jammerte sie.

»Wir können die Stewardess rufen«, bot er an und zeigte auf einen Knopf über sich.

»Die kann mir jetzt auch nicht helfen.« Sie schob sich zwei weitere Pillen in den Mund.

»Wenn irgendetwas sein sollte, müssen Sie den Knopf drücken«, wiederholte der Mann. »Ich werde jetzt auch etwas einnehmen und wahrscheinlich erst kurz vor der Landung wach werden. Das Zeug von meiner Schwiegermutter wirkt grandios gegen Übelkeit und macht gleichzeitig müde. Wenn ich schnarchen sollte, bitte nur kurz anticken.«

»Kann ich nicht auch eine von Ihren Tabletten haben?«, bettelte Conchita. Sie zerrte wieder an seinem Hemd. »Bitte.«

»Ich weiß nicht, ob sich das mit den vielen Pillen verträgt, die Sie schon intus haben.«

Der Nachbar von der anderen Seite beugte sich vor. »Um Himmels willen, bitte geben Sie ihr gleich zwei. Das ist ja nicht auszuhalten.«

»Na gut. Hier. Und jetzt machen Sie einfach die Augen zu, atmen tief ein und aus und entspannen sich.«

»Danke.« Hastig schluckte sie die Tabletten und schob vorsichtshalber noch zwei ihres homöopathischen Mittels hinterher. Sie legte den Kopf zurück und versuchte, ruhig und tief zu atmen, wie er ihr geraten hatte. Sie hatte das Gefühl, dass nicht genug Luft in ihre Lungen gelang. Aber das hatte sicher mit dem Aufstieg der Maschine zu tun. Kriegten nicht manche Menschen Druck auf den Ohren? Sie wollte ihn danach fragen. Aber er hatte demonstrativ den Kopf zur anderen Seite gelegt und schenkte ihr keine weitere Beachtung. Er hatte ihr die letzten beiden Tabletten gegeben, etwas musste damit nicht stimmen.

Schweißtropfen traten ihr auf Stirn und Oberlippe und

liefen sogleich wie kleine Sturzbäche in den Kragen ihrer Bluse. Ihr Herz flatterte wie ein gefangenes Vögelchen im Netz, müde und kraftlos, als habe es den Kampf ums Überleben aufgegeben. Ein dumpfes Rauschen dröhnte ihr durch den Kopf. Sie hob die Hand, um an den rettenden Schalter zu gelangen, tastete jedoch ins Leere. Sie stöhnte, dann endlich kehrte Ruhe ein.

Endgültig.

***

»Was soll das heißen: Es gab eine Tote auf einem Flug von Frankfurt zum John-F.-Kennedy-Flughafen, und es soll sich um Conchita Borquez handeln, Borchert?« Aßmann drückte seinen Kollegen auf den Bürostuhl.

»Allem Anschein nach ist sie erst am Donnerstag in die USA geflogen.«

»Woher weißt du das?«

»Ich habe die Flughäfen abtelefoniert. Vor einer Woche hat keine Conchita Borquez Deutschland auf dem Luftweg verlassen. Vorhin meldete sich Frankfurt noch mal und sagte, dass es am 13. Oktober eine Buchung gegeben habe.«

»Da war aber einer extrem auf Zack.« Gerke warf ärgerlich seinen Kuli auf den Schreibtisch. »Und wo war sie bis dahin?«

»Das werde ich noch herauskriegen«, versprach Borchert.

»Und warum ist sie tot?«

»Da wird's komisch. Die Amis befürchteten zunächst einen Terrorakt.«

Aßmann verdrehte die Augen. »Die Amis! Hatte sie Killerviren oder eine tickende Zeitbombe in den Eingeweiden?«

»Das wohl nicht, aber die Umstände sind trotzdem kurios.«

»Vielleicht berichtest du jetzt mal von Beginn an, damit Gerke und ich an den Verschwörungstheorien mitbasteln können.«

Borchert atmete schwer aus. »Zunächst dachte ich, ich sei umsonst nach Detmold gefahren. Die Borquez zogen dieselbe

Nummer ab wie schon bei Johanna am Telefon – ›nix verstehen‹. Zum Glück kam Conchitas älterer Bruder hinzu. Er war deutlich zugänglicher und lud mich ins Haus ein. Drinnen hab ich gedacht, ich sei in einer Kirche gelandet. Dagegen ist der Paderborner Dom eine mickrige Kapelle. Ein Altar neben dem anderen, und in jeder Ecke thronte eine Madonna. Langer Rede kurzer Sinn: Die Borquez sind päpstlicher als der Papst, und Conchita ist das schwarze Schaf der Familie. Sie sei schon immer aufmüpfig gewesen, erzählte der Bruder. Und dann ist sie auch noch Model geworden – Model für Dessous und Reizwäsche, als hätte sie ihre Eltern ärgern wollen. Die haben sie rausgeworfen, als sie von Nachbarn auf Bilder ihrer Tochter in einer einschlägigen Zeitschrift aufmerksam gemacht wurden. Conchita hat sich daraufhin mit kleinen Rollen in Softpornos über Wasser gehalten.

Ihre Eltern sprechen nicht mehr mit ihr und auch nicht mehr über sie, als habe es sie nie gegeben. Ihr Bruder hat zwar nicht die strenge religiöse Einstellung seiner Eltern, doch auch er konnte Conchitas Benehmen nicht gutheißen. Die beiden hatten keinen regelmäßigen Kontakt. Das letzte Mal hat sie sich, kurz bevor sie in die USA geflogen ist, bei ihm gemeldet. Sie hat ihm geschrieben, dass sie heiraten will, und ihn um Geld für das Ticket gebeten, aber er konnte ihr nichts geben. Bei ihm herrscht auch immer Ebbe im Portemonnaie. Den Zukünftigen hat er weder kennengelernt, noch weiß er seinen Namen oder den Wohnort.«

»Okay, verstanden. Wann, wo und vor allem woran ist sie nun gestorben?«

»Es gibt keine genaue Zeit- und Ortsangabe.« Borchert zog ein Fax aus seiner Manteltasche. »Irgendwo über dem Atlantik, irgendwann zwischen zwölf und vierzehn Uhr unserer Zeit.«

»Und wo ist sie jetzt?«

»In der Pathologie des New York Downtown Hospitals. Die Todesursache lautet: Herzstillstand durch eine Überdosis Metoprololsuccinat.« Borchert sprach es aus, als handele es sich um eine Substanz, die im Küchenschrank gleich neben dem Zucker steht und in keinem Haushalt fehlen dürfe.

Aßmann sah zu Gerke hinüber, aber auch der konnte wenig mit der Information anfangen. »Ich nehme an, dieses Metopopo-Irgendwas ist ein Diätmittel«, schlug er vor.

Borchert schüttelte den Kopf. »Das könnte man vermuten, stimmt aber nicht. Conchita Borquez dachte, es sei ein Medikament gegen Flugangst. So gab es jedenfalls ihr Flugnachbar an. Er sagte, sie habe sich die Pillen wie Tic Tacs eingeworfen. In Wirklichkeit ist Metoprololsuccinat aber ein Betablocker und wird unter anderem bei Bluthochdruck verschrieben.«

»Hm, da stellt sich die Frage, ob sie an Bluthochdruck litt und ihre Tabletten aus Versehen vertauscht hat oder ob sie ihr untergejubelt wurden.«

Borchert zuckte mit den Schultern. »Sorry, so weit bin ich bei meinen Recherchen noch nicht vorgedrungen. Der Bruder erwähnte nur, dass sie als Teenager öfter kollabiert sei, wenn sie nichts gegessen habe. Das spricht nach meiner Kenntnis eher für einen niedrigen Blutdruck. Ah, Moment, ich hatte da doch etwas über frisch vernähte Schnitte unter den Brüsten gelesen.« Borchert überflog den Text und brummelte ein paar englische Brocken dabei.

Aßmann dankte insgeheim seinem Gott, dass ihm das Gespräch mit den amerikanischen Kollegen erspart geblieben war.

»Hier. Die Dame hat sich Implantate einsetzen lassen. Die Narben sind höchstens eine Woche alt.«

»Damit erübrigt sich wohl die Frage, was sie in der Zwischenzeit getrieben haben könnte. Sie hat sich für den Ami aufpeppen lassen. Die plastische Chirurgie sollte herauszufinden sein. Wenn Johanna ausgeschlafen hat, soll sie sich darum kümmern.« Aßmann stand auf und begann seine typischen Schreibtischumrundungen. »Dann fasse ich mal zusammen. Conchita fliegt in die USA, um zu heiraten. Wegen ihrer Flugangst nimmt sie Tabletten ein, die aber gar nicht gegen Flugangst sind, sondern den Blutdruck senken. Es sind so viele Tabletten, dass sie daran stirbt.«

»Genau.«

»Dann sind unsere nächsten Schritte klar. Wir müssen herausfinden, woher sie die Tabletten hatte oder besser, von wem. Sind sie verschreibungspflichtig? Gibt es ein Protokoll, oder haben die Amerikaner, nachdem es sich bei Conchita um keine Terroristin handelte, das Interesse an ihr verloren?«

»Scheint so, viel mehr war jedenfalls nicht aus ihnen herauszubekommen. Den Namen des Sitznachbarn haben sie mir noch gegeben. Es handelt sich um einen Informatiker, der für seine Firma in den USA einen Geschäftstermin hatte. Er müsste inzwischen schon wieder zurück in Deutschland sein.«

Aßmann nahm das Fax an sich. »O. Strock aus Wewelsburg«, las er. »Gehörten sie zusammen, er und Conchita? Wewelsburg ist schließlich um die Ecke.«

Borchert überflog seinen Text. »Ich zitiere aus der Befragung von Herrn Strock: ›So ein nervöser Hungerhaken hatte mir gerade noch gefehlt.‹«

Aßmann sackte enttäuscht in sich zusammen. »Was sind das für Geschichten! Eine abstrakter als die andere.«

»Die amerikanischen Kollegen bitten übrigens darum, dass wir Conchitas Angehörigen Bescheid geben.«

Aßmann nickte geistesabwesend. »Erledige du das bitte, Borchert.«

Gerke war seine Frustration anzusehen. »Wir können es drehen und wenden, wie wir wollen, wir werden noch mal ganz von vorn anfangen müssen. Ich schlage vor, wir teilen uns auf. Jeder konzentriert sich auf eine Tote, und dann schauen wir, wo es eine Verbindung zwischen Louisa und Conchita gibt.«

»Eine Verbindung kann ich dir schon sagen, Dominik. Sie starben beide zu einem Zeitpunkt, zu dem sie sich auf eine glückliche Zukunft vorbereiteten. Paderborns verliebte Frauen scheinen im Moment gefährlich zu leben, zumindest die, die es laut kundtun.« Aßmann wies zu den beiden Stapeln auf seinem Schreibtisch. »Welches Schweinderl hätten S' denn gern, Herr Kollege?«

Gerke beugte sich vor und nahm sich Conchitas Wohnungsschlüssel. »Ich kümmere mich um das Model.« Er reichte Borchert das Balkonfoto, das Meyers wahrscheinlich sehnsüchtig zurückerwartete. »Lass dir im Labor die Gesichter in Großaufnahme ausdrucken, aber bitte nur die Gesichter, und dann geh damit durch das Haus in der Warburger Straße und klappere auch noch mal die Agenturen ab. Diese Frauen auf dem Balkon müssen doch zu finden sein. Wer so beisammensitzt wie diese drei ist nicht nur flüchtig bekannt. Das Tattoo mit dem weinenden Auge lass dir auch vergrößern. Ich werde mir in der Zwischenzeit mal diesen Herrn Strock genauer ansehen.«

Gerke hatte seinen Kollegen gegenüber nie erwähnt, dass er seit dem Tod seiner Frau einen großen Bogen um das nahe gelegene Örtchen Wewelsburg machte. Zu viele schmerzliche Erinnerungen barg die Gegend. Hier, unterhalb der geschichtsträchtigen Dreiecksburg im Almetal, hatte er Pia kennengelernt.

Er war auf dem Radweg zu den Almequellen unterwegs gewesen. Die rund sechzig Kilometer lange Strecke von den Quellen im Hochsauerland bis zur Mündung bei Schloss Neuhaus eignete sich gut für eine Tagestour. Seine Vermieterin hatte sie ihm damals, als er noch neu im Kreis gewesen war, empfohlen, um die Gegend ein wenig kennenzulernen. Er war hinter Tudorf ein Stück an der alten Bahntrasse entlanggeradelt und hatte gerade die Waldsiedlung passiert, als sich die trutzige Höhenburg über ihm aufgetan hatte. Der Anblick war so imposant gewesen, dass Gerke die junge Frau nicht bemerkt hatte, die, um ein perfektes Foto zu schießen, mitten auf dem Radweg gestanden hatte. Wer letztendlich Schuld an der Kollision gehabt hatte, war für beide schnell zur Nebensache geworden. Pia hatte den Weg blockiert, und er war zu rasant um die Kurve gekommen. Sein Rad war nicht mehr verkehrstüchtig, und Pia hatte sich das Handgelenk verstaucht, sodass sie nicht mehr schalten konnte. Kurz entschlossen hatte er sein Rad in ihr

Auto gepackt und den Wagen zu einem Arzt gesteuert, wo sie versorgt werden konnte. Seither waren sie ein Paar gewesen. Wenigstens einmal im Jahr, gern in ihrem Kennenlernmonat Mai, radelten sie auf »ihrem« Weg durch die Almeauen. Auch nachdem Leonie geboren war, behielten sie diese Tradition bei. Am Mühlencafé hatten sie pausiert, sich eine Apfelschorle gegönnt und die Beine in den Fluss baumeln lassen.

Heute war das erste Mal, dass er sich wieder in die Nähe dieser malerischen Landschaft traute. Aber nur in die Nähe. Von oben, am Rand der dicken Burgmauer stehend, wagte er einen Blick hinunter ins Tal. Das Mühlencafé hatte seine Pforten anscheinend geschlossen und wirkte verwaist. Unter der Trauerweide hatten sie immer gesessen, sonnengeschützt, da sich Pia, blond und hellhäutig, wie sie war, schnell einen Sonnenbrand einfing.

Der Anblick des verwaisten Tischs unter der Weide rührte ihn. Die Erinnerung schmerzte und lockte zugleich. Der Wunsch, sich wieder an diesen Tisch zu setzen und die vom Radeln müden Beine von sich zu strecken, kam in ihm auf, ganz leise. Er sollte mit Leonie wiederkommen und sich mit seinem Schicksal versöhnen. Wenn es das Mühlencafé nicht mehr gab, konnte er sie vielleicht mit der Aussicht auf ein großes Eis den Berg hinauf ins Burgcafé locken.

Es hatte ihn selbst gewundert, dass er sich für Conchita entschieden und damit die Fahrt nach Wewelsburg auf sich genommen hatte. Aber er war bewusst hergekommen, möglicherweise war Herr Strock ein Wink des Schicksals gewesen, man würde sehen.

Er wandte sich ab, ging durch den Burggarten zurück zum Parkplatz und suchte die Strocks in der Salzkottener Straße auf.

»Sind Sie sicher, dass Sie meinen Mann zu dieser Toten im Flugzeug befragen wollen?« Frau Strock schaute besorgt, als Gerke den Grund seines Erscheinens nannte. »Ich dachte, sie hat sich in ihren Medikamenten vergriffen?«

»Es gibt noch Ungereimtheiten. Leider sind wir erst jetzt über den Vorfall informiert worden. Ihr Mann ist schon wieder zu Hause?«

»Ja. Seit dem frühen Morgen. Er kämpft zurzeit mit dem Jetlag. Hinzu kommt, dass er nicht der Flugfreudigste ist«, ein Lächeln umspielte ihre Mundwinkel, »auch wenn er es gern herunterspielt. In dem Fall ist er allerdings an seine Grenzen geraten.« Sie trat zur Seite und ließ Gerke eintreten. »Ich werde schauen, ob ich ihn wecken kann.«

»Vielen Dank. Wenn es nicht so wichtig wäre, würde ich ihm das Gespräch gern ersparen.« Er folgte ihr ins Wohnzimmer. »Wissen Sie vielleicht, ob er die Tote kannte? Sie kam aus Paderborn.«

»Sie meinen, ob er eine Freundin mit auf Dienstreise genommen hat?« Sie lächelte erneut. »Wenn er eine Freundin hätte, so wäre ein Flug das Letzte, wozu er sie mitnehmen würde. Er kommt jedes Mal fünf Kilo leichter von den Dienstreisen nach Hause.«

»So erspart man sich zumindest quälende Diäten«, erwiderte Gerke. »Aber ich hatte gar nicht an eine Freundin gedacht. Frau Borquez wollte in den USA heiraten.«

»Ich hatte nicht das Gefühl, dass er sie kannte. Nein, gewiss nicht.« Frau Strock verließ den Raum.

Gerke wartete. Schon wenig später kam ihr Mann aus dem oberen Stockwerk die Treppe heruntergepoltert. Seine Frau hatte nicht übertrieben, als sie seinen Jetlag erwähnte. Er wirkte übermüdet und nervös.

Gerke erhob sich und entschuldigte sich nochmals für die Störung. Aber Strock hörte ihm gar nicht zu.

»Hammer, das war der Hammer«, begann er ohne Umschweife. »Ich habe meinem Arbeitgeber gesagt, dass ich bei meinem nächsten Flug eine Gefahrenzulage fordere, oder eine Stresszulage. Meine Kollegen sollen mal schön ruhig sein, wenn sie von schreienden Kindern oder kotzenden Fluggästen genervt sind. So was haben die noch nicht erlebt.« Er stutzte und schaute noch einmal genauer auf Gerkes Dienstausweis.

»Mordkommission? Wieso Mordkommission? Wurde die Frau etwa umgebracht?«

»Das untersuchen wir gerade. Es gibt da gewisse … Unstimmigkeiten hinsichtlich der Medikamente, die sie eingenommen hat. Leider hat man es von amerikanischer Seite nicht für nötig befunden, uns sofort zu informieren. Man hätte vielleicht sogar einen weiteren Todesfall verhindern können, wenn wir eher davon gewusst hätten. Würden Sie mir bitte den Flug aus Ihrer Sicht schildern? Wann haben Sie Frau Borquez das erste Mal gesehen? Als sie sich im Flugzeug neben Sie setzte?«

»Nein, ich habe sie schon vorher gesehen. Ein Kollege hatte mich nach Frankfurt zum Flughafen gefahren und in der Kurzhaltezone rausgelassen. Diese Frau Borquez stieg einige Fahrzeuge weiter vorn aus.«

»Haben Sie den Wagen gesehen? Ist sie von jemandem begleitet worden?«

»Nein, sie ist allein ausgestiegen.«

»Und das Auto? War es ein Taxi oder ein Privatfahrzeug?«

»Ich habe nicht auf das Auto geachtet. Ich wusste ja nicht, was da auf mich zukommt. Ich glaube aber nicht, dass es ein Taxi war. In aller Regel winkt man einem Taxifahrer schließlich nicht euphorisch nach, oder?«

»Sie hat dem Autofahrer nachgewunken?«

»Sage ich doch. Dann hat sie sich umgedreht und ist gleich mit ihren hohen Absätzen umgeknickt. Ich habe ihr hochgeholfen.«

»Hat sie was gesagt?«

»Scheiße, sie hat Scheiße gesagt.«

»Und weiter? Sind Sie mit ihr ins Gespräch gekommen?«

»Gott bewahre, darauf konnte ich gut verzichten. Ich habe vor so einem Flug genug mit mir selbst zu tun. Nee, ich hab ihr Gepäck für sie an den Check-in gebracht und war froh, ihrem Gezeter entkommen zu sein. Zu meinem Entsetzen hatten sie ihr dann aber den Platz neben mir gegeben. Am liebsten hätte ich mich umgesetzt, aber es war alles ausgebucht. Beim Start musste ich stark an mich halten, um sie nicht zurückzustoßen. Ständig fummelte sie mit zittrigen Fingern an meinem Hemd, als müsse sie sich daran festhalten. Ich war in Schweiß gebadet, als sie endlich Ruhe gab. In der Zeit hat sie wenigstens zehn von diesen Tabletten geschluckt.«

»Haben Sie einen Blick auf die Medikamentenschachtel werfen können?«

»Da war keine Schachtel, die Tabletten waren in einem weißen Briefumschlag.«

Gerke zog die Augenbrauen hoch. »Ein Briefumschlag? Sind Sie sicher?«

»Absolut. Sie meinte, es sei etwas Homöopathisches und ihr gegen Flugangst empfohlen worden. Hat absolut nicht gewirkt, stattdessen wurde ihr langsam übel und schwindelig. Sie sah ganz schön beschissen aus – kaltschweißig und blass. Ich sagte ihr, dass ich immer von meiner Schwiegermutter ein paar Schlaftabletten mitnehme. Frau Borquez wollte unbedingt auch eine davon haben. Erst hab ich gezögert, konnte ja nicht wissen, wie sich Schlaftabletten mit ihren Pillen vertragen. Aber ich wollte endlich meine Ruhe haben, also gab ich ihr zwei. Ich glaube, sie ist noch vor mir eingeschlafen.«

»Hm, verstehe. Wie ging es weiter? Wann haben Sie gemerkt, dass mit Ihrer Nachbarin etwas nicht stimmt?«

»Kurz vor der Landung gerieten wir in ein Unwetter, und durch das Schaukeln der Maschine wurde ich ziemlich unsanft wach gerüttelt. Ich war heilfroh, dass meine Nachbarin weiterschlief und nichts mitbekam. Ihrem Theater hätten meine Nerven nicht auch noch standgehalten. Gut, im Nachhinein denke ich, mir hätte ihr unkontrolliert schaukelnder Körper auffallen müssen. Aber ich habe es auf die gute Wirkung der Schlaftabletten geschoben. In Kombination mit den anderen Pillen schienen sie besonders gut zu wirken. So dachte ich zumindest.«

»Also war sie zu dem Zeitpunkt bereits tot?«, fragte Gerke.

»Ich nehme es an.«

»Wie ging es weiter?«

»Bei der Landung war das Wetter noch immer beschissen. Wir stoppten mit einem Ruck, die Frau kippte nach hinten, und ihr Kopf sackte gegen die Stütze. Erst da konnte ich ihr Gesicht sehen. Zunächst dachte ich, sie sieht mich mit ihren riesigen Augen an. Ich lachte und sagte, dass sie drei Kreuzzeichen machen könne, so fest geschlafen zu haben. Aber dann merkte ich, dass ihre Augen ins Leere starrten, sie waren regungslos. Und aus ihren Mundwinkeln lief Speichel. Ich sprach sie lauter an und wedelte vor ihren Augen herum. Nichts. Erst da wurde mir klar, warum sie nichts von dem unruhigen Flug mitbekommen hatte. Sie muss irgendwann, oder besser gesagt, irgendwo über dem Atlantik gestorben sei.«

Gerke machte sich eine Notiz. »Herr Strock, kommen wir noch einmal auf die Tabletten zurück: Überlegen Sie bitte noch mal genau. Sie sagte, man habe ihr die Tabletten gegen Flugangst empfohlen? Oder hat sie vielleicht eine Person erwähnt, die sie ihr gegeben hat?«

»Ich weiß nicht mehr genau, ob sie empfohlen oder gegeben gesagt hat, aber eine Person oder gar einen Namen hat sie nicht erwähnt. Tut mir leid.«

»Ja, das ist sehr schade. Bitte melden Sie sich, wenn Ihnen doch noch etwas einfallen sollte. Vielleicht die Marke oder die Farbe des Pkw, von dem sie gebracht wurde? Es wäre extrem wichtig.«

»Keine Chance. Es standen wenigstens drei Autos dazwischen. Aber wie gesagt, ich glaube nicht an ein Taxi, auch weil der Taxistand woanders ist.«

»Vielleicht gibt es an der Stelle eine Überwachungskamera. Wann hat Ihr Kollege Sie abgesetzt?«

»Die genaue Uhrzeit kann ich Ihnen nicht sagen. Der Flug ging um zwölf, und wir waren recht spät dran. Ein Auffahrunfall auf der A 44 kurz vor Kassel hatte uns eine halbe Stunde gekostet.«

»Okay. Ist Ihnen sonst noch irgendetwas aufgefallen? Die kleinste Kleinigkeit kann von Bedeutung sein.«

»Ja, doch, aber das war keine Kleinigkeit.«

»Ja?«

»Die Frau hatte eine Wahnsinnsoberweite.«

Gerke lächelte müde. »Das ist mir auch schon zu Ohren gekommen. Sagt Ihnen der Ausdruck ›die goms‹ etwas? Oder hat Frau Borquez das Wort erwähnt, egal, in welchem Zusammenhang?«

Strock seufzte. »Herr Gerke, unsere Gesprächsthemen haben sich ausschließlich um Flugangst und wirkungslose Tabletten gedreht. Da war kein Platz für ungezwungene Konversation. Was soll das sein, die goms?«

»Ich nehme an, eine Gruppe von Menschen.« Gerke hatte aus dem Augenwinkel bemerkt, dass Frau Strock, die nebenan am Bügelbrett stand, bei diesen Worten innehielt und überlegte. Er beugte sich vor. »Ist ›goms‹ unter Frauen vielleicht eine spezifische Bezeichnung für irgendetwas, was sich der Männerwelt nicht so einfach erschließt? Im Präsidium konnte mir niemand darauf eine Antwort geben.«

Frau Strock zuckte nachdenklich mit den Schultern. »Ich dachte zuerst, ich hätte dieses komische Wort schon mal gehört, aber im Moment kann ich nichts damit anfangen. Tut mir leid.«

Gerke stand auf und schob seine Visitenkarte mit Nachdruck über die Tischplatte. »Zögern Sie nicht, sich zu melden, falls Ihnen noch etwas einfällt. Auch wenn es Ihnen unbedeutend scheinen sollte.« Er verabschiedete sich und machte sich auf den Heimweg.

# ELF

Aßmann hatte sich nichts Weltbewegendes erhofft, als er noch einmal nach Elsen zu Louisas Haus gefahren war. Er war durch den Garten gestreift, im Keller bis in die letzte feuchte Ecke gekrochen und hatte die Wohnräume und Schränke erneut unter die Lupe genommen. Nein – je länger er in diesem Haus verweilte, desto stärker drängte sich ihm die Vermutung auf, nur in Conchitas Wohnung eine logischere Verbindung herstellen zu können; oder zumindest irgendeine Verbindung. Selten war er so weit von logischen Schlussfolgerungen entfernt gewesen wie in diesem Fall.

Wenigstens hatte er sich davon überzeugen können, dass Johanna sich um den Umzug der Katze gekümmert hatte. Futter und Katzenklo waren verschwunden. Als er zurück ins Präsidium gekommen war, hatte sie ihm erzählt, dass die Katze die ganze Nacht zusammengerollt bei ihr auf dem Beifahrersitz geschlummert hatte. Das und die Tatsache, dass ihre Schwiegermutter an einer Katzenhaarallergie litt, hatten sie dazu bewogen, das Tier nicht in ein Heim zu bringen, sondern ihm selbst ein neues Zuhause zu geben.

Aßmann hatte entschieden, dass es allerhöchste Zeit für ein freundliches Gesicht und ein Stück selbst gebackenen Kuchen war. Auf dem Weg zu Marleen machte er einen Abstecher zu den Kegelbahnen im Königskeller, um das Alibi von Louisas Kollegen zu überprüfen. Der Wirt konnte sich gut an Rohde erinnern. Er habe laut und vernehmlich über die Strafzahlungen geflucht. Als einer der besten Kegler wäre es noch nie vorgekommen, dass er so viel hatte blechen müssen. Es würde ihn zwei Doppelschichten kosten, den Verlust wiedergutzumachen, hätte er geschimpft. Und nein, während des Kegelns könne man nicht einfach für eine halbe Stunde verschwinden.

Pünktlich um sechzehn Uhr traf Aßmann bei Marleen ein. Die nett gedeckte Kaffeetafel mit Resten vom gestrigen Apfelstrudel, einer brennenden Kerze und himmlischem Kaffeeduft stimmte ihn versöhnlich. Als sein Teller leer gekratzt und der Kaffee ausgetrunken war, rieb er sich wohlig den Bauch. Diese Frau war nicht nur für sein leibliches Wohl eine Bereicherung, sie war Balsam auf seiner Seele. Sie hörte ihm aufmerksam zu und ging in ihren Antworten klug auf seine Äußerungen ein. Er konnte sich nicht daran erinnern, mit Simone in den letzten Jahren ein solches Gespräch geführt zu haben. Anklage und Verteidigung, das war ihre Form der Konversation gewesen. Er war an Simones Seite abgestumpft.

Marleen bescherte ihm eine längst verloren geglaubte Zuversicht. Es lag nicht nur an ihrer positiven Lebenseinstellung oder den herrlichen Gaumenfreuden, die sie ihm kredenzte. Ihre freundliche Wärme und ihr aufrichtiges Interesse an seiner Person und seiner Arbeit taten seinem verwundeten männlichen Ego gut. Er ertappte sich dabei, gedanklich ein neues Date zu organisieren, als sie wie nebenbei ein gemeinsames Abendessen beim Chinesen im Erdgeschoss vorschlug. Mit ihr ging auf einmal alles ganz leicht, ihre Beziehung entwickelte sich scheinbar ganz von selbst weiter und nahm schneller Fahrt auf, als sogar Gerke es hätte planen können. Aßmann ertappte sich dabei, die Kunst des Flirtens wiederzuentdecken – und auch einzusetzen. Ja, er konnte sich sogar vorstellen, bei dieser Frau womöglich eine kürzere Anlaufphase bis zum ersten Kuss zu nehmen als in seiner Jugend.

Beschwingt eilte er zwei Stunden später in seine Wohnung. Für das Einfangen der Mäuse hatte er jetzt keine Zeit. Das bedurfte sowieso einer speziellen Taktik, für die sein Kopf im Moment nicht frei war. Hauptsache, sie konnten kein größeres Unheil – wie den Erstickungstod der Fische des Nachbarn – stiften. Sollten sie sich noch ein paar Stunden in der Wohnung tummeln und ihres Lebens freuen. Zuerst mussten Simones Sachen raus. Er hatte seine Exfrau in den letzten Tagen wiederholt per SMS aufgefordert, ihre Kartons abzuholen. Jetzt war Schluss. Da er nun gezwungenermaßen wusste, wo sie wohnte, würde er eine Spedition beauftragen, ihre Kartons voller Arztromane und überflüssiger Schnäppchenerrungenschaften abzuholen und in die Warburger Straße zu bringen. Als er sicher war, dass Siegfried und Roy sich gerade in die Innereien seines Sofas zurückgezogen hatten, schob er die gepackten Kartons hinaus ins Treppenhaus. Er überlegte kurz, ob er eine dicke Spinne mit auf den Weg schicken sollte, aber da er in den letzten Tagen die Fenster immer verschlossen gehalten hatte, war es unwahrscheinlich, auf die Schnelle ein besonders abschreckendes Exemplar aufzustöbern. Und außerdem – er war nicht nachtragend. Sollte sie mit ihrer Freundin glücklich werden. Die vielen Missverständnisse, unschönen Szenen und einsamen Abende, an denen die Weinflasche sein Seelentröster gewesen war – er würde das alles hinter sich lassen.

Er klopfte sich den Staub von der Hose und klingelte bei seinem ungeliebten Wohnungsnachbarn. »Guten Abend, ich hoffe, es stört Sie nicht, wenn die Kartons hier im Treppenhaus stehen. Ich lasse sie so schnell wie möglich von einer Spedition abholen.«

Der Mann trat aus seiner Wohnung und warf einen mürrischen Blick auf den Stapel Arztromane.

»Wenn Sie oder Ihre Frau Interesse an Groschenromanen haben und gern wissen möchten, ob Schwester Britta es schafft, ihren Oberarzt zu einem Seitensprung zu bewegen, dürfen Sie gern zugreifen.«

»Meine Frau kann den Stapel mal durchschauen. Ich selbst lese nur Fachliteratur über Zierfische.« Er stieß mit der Spitze seines Pantoffels gegen die Kartons. »Sie stören mich nicht, wenn sie in den nächsten Tagen abgeholt werden. Viel mehr stört mich der Gestank von verdorbenem Fisch, der aus Ihrer Wohnung kommt.«

»Ja, da erinnern Sie mich an was.« Aßmann machte auf dem Absatz kehrt. »Ich muss die Konserve dringend entsorgen. Wenn man den Geruch erst mal eine Weile inhaliert hat, fällt es einem selbst nicht mehr auf. Ich kümmere mich sofort darum.«

Zurück in seiner Wohnung, sah er auf die Uhr. Er konnte doch nicht gleich beim ersten Rendezvous zu spät kommen. Er, der Unpünktlichkeit hasste, egal, ob bei sich oder bei anderen, hatte bei der Aufräumaktion die Zeit vergessen. Es war ihm wie ein Befreiungsschlag von seiner Ex vorgekommen und hatte ihn geradezu in einen Entrümpelungsrausch fallen lassen. Jetzt noch schnell eine Dusche, um die letzten Krusten der verlorenen Ehejahre abzubrausen, dann würde er sich in ein neues, ein fröhlicheres Leben stürzen. Aber sein Nachbar hatte schon recht. Die verdorbene Fischkonserve musste dringend aus dem Haus.

Als er in die Küche kam, wurde ihm schlagartig bewusst, dass er einen Fehler gemacht hatte. Er hätte den Fisch im Kühlschrank stehen lassen sollen, anstatt ihn in den Kompostmüll zu kippen. Jetzt muffelte er erst recht vor sich hin und erfüllte den Raum mit Toter-Fisch-Gestank. Schnell holte Aßmann den Müll unter der Spüle hervor, bedeckte ihn notdürftig mit Papiertüchern und stellte ihn neben die Wohnungstür, damit er ihn gleich, wenn er hinausging, im Container entsorgen konnte. Die zehn Minuten länger im Haus würden den Kohl jetzt auch nicht mehr fett machen. Seine Wohnung rückte einer Kernsanierung sowieso immer näher.

»Die acht Köstlichkeiten von Qinghai Hu sollen ihrem Namen alle Ehre machen.« Marleen fuhr mit dem Finger die Speisekarte des Panda-Gartens entlang.

»Das mag sein. Aber dasselbe wollte Louisa mit diesem Benni zusammen essen. Also sei mir bitte nicht böse, wenn ich auf diese Hochgenüsse verzichte. Ich möchte heute Abend einmal nicht an die Arbeit erinnert werden, und bei dem Gericht habe ich derzeit eine aufgespießte junge Frau vor Augen. Ich denke, ich werde als Vorspeise eine Pekingsuppe süßsauer und als Hauptspeise die gebratenen Nudeln mit Gemüse und Huhn nehmen.«

Aßmann legte die Karte beiseite. Ihm war es lieber, er wusste gleich, auf welche Leckereien er sich einließ. Das ersparte ihm ein langes Gesicht, wenn Dinge auf den Tisch kamen, die er nicht kannte oder seinen Magen rebellieren ließen. Die chinesische Küche war ihm in der Beziehung nicht ganz geheuer.

»Das ist eine gute Idee, ich schließe mich an. Die Köstlichkeiten gibt es dann anschließend.« Marleen legte die Unterarme auf den Tisch und lächelte ihn herausfordernd an.

Er geriet angesichts der zweideutigen Anspielung ins Trudeln. »Ich nehme an, du hast ein phantastisches Dessert vorbereitet«, ulkte er vorsichtig.

Sie tat enttäuscht. »Einen Kommissar kann man anscheinend mit nichts überraschen. Ja, ich habe tatsächlich einen Nachtisch vorbereitet. Du solltest eigentlich nur noch zwischen einer Schoko- oder einer Erdbeersoße wählen.«

Sie lächelten sich über den Tisch hinweg an. Er schob den Kerzenständer ein wenig zur Seite, damit er in ihre grünen Augen blicken konnte. »Du täuschst dich, ich bin sogar sehr empfänglich für Überraschungen. Egal, ob sie stark kalorienhaltig sind oder …« Gespielt nachdenklich drehte er den Stil seines Rotweinglases zwischen den Fingern.

»Oder?«

»Oder eher Kalorien abbauen.« Aßmann sah Gerke im Geiste hinter dem Tisch stehen und den Hut vor ihm ziehen. *Chapeau, Kollege.*

»Du möchtest nach dem Essen eine Runde joggen gehen?«, fragte Marleen gespielt erstaunt.

Sie lachten amüsiert auf. Er hielt ihr sein Glas zum Anstoßen hin. »Ich lege mich schon mal auf Schokosoße fest. Von allen anderen Köstlichkeiten lasse ich mich überraschen.« Vielsagend sahen sie sich in die Augen und nippten am Wein.

Sie ließen sich viel Zeit beim Essen. Es war ihnen ein Vergnügen, die knisternde Atmosphäre auszukosten und bei einer zweiten Flasche Rotwein noch etwas in die Länge zu ziehen. Was allerdings zulasten des Desserts ging, denn als sie endlich in Marleens Wohnung ankamen, war das Verlangen nach Schokosoße vergessen.

Aßmann wurde wach, weil es ihn unter der Nase kitzelte. »Bitte, lieber Gott, lass es keine Rennmaus sein.« In der bangen Erwartung, wieder in Siegfrieds Knopfaugen zu schauen, wagte er einen vorsichtigen Blick. Grenzenlose Erleichterung durchflutete ihn. Marleens roter Haarschopf ergoss sich auf dem Kopfkissen. Es war kein Traum. Vorsichtig drehte er sich, um auf den Wecker zu schauen. Mit einem wohligen Seufzen ließ er sich zurücksinken. Ein Viertelstündchen blieb ihm noch, um die Erinnerung an die letzte Nacht nachwirken zu lassen und um auszukosten, dass die schlafende, schöne Frau neben ihm kein Trugbild war.

Wenn ihm jemand vor zwei Tagen prophezeit hätte, dass er keine achtundvierzig Stunden später eine phantastische Nacht mit einer Frau verbringen würde, die ihm zudem zu verstehen gegeben hatte, dass sie an einer intensiven Beziehung interessiert war, dem hätte er wahrscheinlich einen Vogel gezeigt. Er, der sich immer tausendprozentig sicher sein musste, dass er sich keine Schlappe einfangen würde, hatte letzte Nacht ein neues Kapitel aufgeschlagen. Er wand eine Locke Marleens zwischen den Fingern, als würde er seinen Augen allein nicht trauen.

Er seufzte. Es wurde Zeit, sich dem Arbeitsalltag zuzuwenden. Auch wenn die Staatsanwaltschaft mit dem Fazit »Selbstmord« wahrscheinlich zufrieden gewesen wäre, schwelten die Ungereimtheiten in ihm. Es war wie ein Mückenstich, der von Zeit zu Zeit juckte und jedes Mal nach dem Kratzen dicker und roter wurde und nach einer Behandlung schrie. Je länger er nachforschte, umso dringlicher wollte er den Fall lösen. Hinzu kam, dass es mittlerweile schon zwei tote Frauen gab. Und wenn er mit seiner Vermutung, das vermeintliche Liebesglück der beiden Frauen könnte ursächlich für ihren Tod gewesen sein, richtiglag, dann sollten er und Gerke schnell für Aufklärung sorgen, um einer weiteren Frau ein ähnliches Schicksal zu ersparen.

***

*Carla hat es sicher gut gemeint, als sie mich damals, nach diesem Desaster mit Roland, bei den goms unterbrachte. Die Clique könnte eine wunderbare Gesellschaft für traumatisierte Frauen sein, denen es ähnlich ergangen ist wie mir. Leider ist sie viel zu sehr durchsetzt von Frauen, die gom nicht ehrlich meinen, die die Gruppe nur als Rückzugsort nutzen, um Kraft für den nächsten Versuch, den nächsten Mann zu tanken. Aber gom steht für »glücklich ohne Männer«, und nicht für »Krafttanken für die nächste Verarsche«.*

*Am Anfang sind die Mädels immer alle Feuer und Flamme für den Verein. Ihre Schimpftiraden auf die Männer kommen von ganz tief drinnen. Da sind sie noch verletzt, weil sie betrogen wurden, und möchten ihre Typen am liebsten umbringen. Da singen sie die Cliquen-Hymne noch lauthals mit: »Männer sind Schweine« – eine lauter als die andere.*

*Und dann laufen sie am Wochenende doch wieder in die Anmachbuden. Sie geben vor, die Männer ab jetzt nur noch verarschen zu wollen, so wie ich, und merken dabei nicht, wie der Spieß gleich wieder umgedreht wird. In dieser Beziehung sind uns die Männer nämlich deutlich voraus.*

*Wie hohl ist das! Zum Wundenlecken ist der Verein gut genug, aber wenn ein Typ mit dem Finger schnippt, laufen sie wie die Hoppelhasen zum Böckchen. Sarah kommt jetzt schon zum dritten Mal angekrochen. An Carlas Stelle würde ich sie gar nicht mehr aufnehmen. Aber Carla ist zu gutmütig. Bei manchen Frauen dauert der Lernprozess eben länger, sagt sie. Bullshit. Manche Frauen lernen es nie. Sie brauchen einen Mann als Statussymbol an ihrer Seite, weil sie sich sonst minderwertig fühlen. Dass sie sich damit selbst zu einem lästigen Anhängsel machen, ist ihnen völlig egal! Einmal – von mir aus auch zweimal – kann man auf die Nase fallen, aber dann sollte man seine Lektion gelernt haben.*

*Den Vogel schießt allerdings Coco ab. Freundinnen anzulügen, um ihnen Geld für einen Flug in die USA abzuluchsen, und es dann vorher heimlich für eine Brustvergrößerung auszugeben, ist die eine Sache. Aber wie dumm muss man sein, zu glauben, dass dieser grobschlächtige Cowboy sie wirklich lieben würde, wenn sie größere Titten hat? »Hey, Babe, you need somme bigger tiddies for me.«*

*Ich sehe sie noch vor mir sitzen, einen Tag nach der Operation. Sie hatte einen großen Spiegel in der Hand und begutachtete ihre dazugewonnene Oberweite von allen Seiten. Und sie weinte wahrhaft Tränen des Glücks, weil sie nun ihrem Big Boss genügen würde. Es war unglaublich.*

*»Sie sehen aus wie ein paar Luftballons kurz vorm Platzen«, habe ich gesagt. Ich wollte ihr wehtun, aber es gelang mir nicht. »Kriegst du überhaupt noch deine Blusen zu? Ich hätte gar keine Klamotten für so eine Oberweite.«*

*Sie hatte tatsächlich nicht daran gedacht. Ich sah ihr an, dass sie im Geist den Inhalt der Koffer durchging, die schon fix und fertig gepackt in der Ecke standen. »Da wird Big Boss mich wohl neu einkleiden müssen«, kicherte sie und strich sich selbstverliebt über die nackte Haut.*

*Als ich mich beim Abschied noch einmal in der Tür umdrehte, machte sie Selfies oben ohne und schickte sie dem Schmierlappen in die USA.*

# ZWÖLF

Gerke drückte Daumen und Mittelfinger auf die brennenden Lider. Seit Stunden starrte er auf den Computerbildschirm und versuchte herauszufinden, was die ominösen Buchstaben ›gom‹ bedeuten könnten.

»GOM – Gesellschaft für optische Messtechnik, entwickelt und produziert optische Messsysteme und -lösungen für die 3D-Koordinatenmesstechnik, Material- und Bauteilprüfung in Industrie und Forschung«, las er. »Nie und nimmer.« Trotzdem scrollte er weiter bis zu den Kontaktdaten der Gesellschaft und schrieb die Telefonnummer ab. Er konnte sich Conchita beim besten Willen nicht in einem technischen Beruf vorstellen, aber er wollte nichts unversucht lassen.

Die Flughafensicherung hatte ihm kurz vor Mittag die Videoaufnahmen der beiden Kameras am Drop-off des Terminal 1 vom 13. Oktober zugeschickt. Gerke hatte sich die Aufnahmen ab zehn Uhr im Schnelldurchlauf angesehen. Gespannt hatte er sich vorgebeugt, als er endlich Strock entdeckte. Strock war aus dem Auto seines Kollegen gestiegen. Jetzt konnte Conchita nicht mehr weit sein.

Nach einer Minute hatte Gerke sich enttäuscht zurückgelehnt. Strock hatte recht gehabt. Nicht nur er hatte das Fahrzeug, aus dem sie gestiegen war, nicht sehen können. Auch die Videokamera war nicht in der Lage gewesen, es einzufangen, da der Fahrer in der zweiten Reihe angehalten hatte und von parkenden Autos, zwei SUVs, verdeckt worden war. Einzig ein kleines weißes Dach konnte man vermuten. Fluchend hatte er sich die Aufnahmen wenigstens zehn Mal angesehen und sich schließlich wieder den goms zugewandt.

»Der GOM-Player besitzt zahlreiche Audio- und Video-Codecs.« Er seufzte genervt. »GOM – Gesellschaft für Organisationsentwicklung und Mediengestaltung mbH.«

Aßmann betrat das Büro und steuerte beschwingten

Schrittes auf seinen Schreibtisch zu. »Hallo, Dominik. Da bist du ja.«

Stöhnend streckte der sich im Stuhl. »Ja, hier bin ich, und gleich kotze ich lang über den Schreibtisch.«

»Nicht doch, was ist passiert?«

»Nichts! Nichts ist passiert, das ist es ja. Ich trete auf der Stelle. Dieses Scheiß-gom ist einfach nicht aufzuschlüsseln. Alles, was man dazu findet, sind technische Bereiche. Laut Conchitas Bruder hatte sie aber noch nicht einmal einen Hauptschulabschluss. Wie soll sie da hineinpassen?«

»Ich vermute, dass die drei Buchstaben für Namen stehen.« Aßmann öffnete das Fenster und atmete tief mit geschlossenen Augen ein, als seien Paderborns Abgasgerüche plötzlich von einer duftigen Blumennote durchsetzt. »Gaby, Olaf, Marie oder so; das s könnte den Plural kennzeichnen oder ebenfalls einen Namen, Susi zum Beispiel!«

»Du machst mir Hoffnung. Wenn das der Fall sein sollte, stehe ich ja kurz davor, das Rätsel zu lösen. Danke.«

»Bitte, gern.«

Gerke gähnte und fuhr sich durch die Haare. »Es könnte auch für ein Statement stehen. ›Ganz ohne Milch‹, ›Gymnastik oder Massage‹ oder ›gut online masturbieren‹.«

»Dominik, willst du nicht mal Pause machen?«

»Nein. Ich verstehe das nicht. Normalerweise wird heutzutage jeder Mist im Internet gepostet. Ob schlecht geschlafen wurde, der Hund Dünnpfiff hat oder sonst irgendein Furz quer sitzt. Aber diese Conchita ist noch nicht einmal bei Facebook angemeldet. Einzig bei Instagram hat sie ein paar Fotos gepostet. Falls du dich über den neusten Schrei im Damenunterwäschebereich informieren möchtest, bist du dort richtig. Und das Video von der Überwachungskamera am Flughafen nimmt jeden Fliegenschiss an der Windschutzscheibe auf, aber kein Autokennzeichen.«

Aßmann schob sein Handy, das er gerade zum Ohr hatte führen wollen, in die Jackentasche zurück. »Lass mal sehen.«

»Was? Die Unterwäsche oder den Fliegenschiss?«

Aßmann setzte sich auf Gerkes Schreibtischecke und drehte den Bildschirm zu sich herum. »Kommen wir durch die Unterwäsche zu einem entscheidenden Durchbruch?«

»Ermittlungstechnisch? Nein – eher nicht.«

»Dann erst den Fliegenschiss.«

Gerke grinste und ließ erneut das Video laufen. »Hier kommt Strock mit seinem Kollegen angefahren.« Gerke deutete mit dem Cursor auf einen dunklen Mercedes. »Er steigt aus, geht zum Kofferraum, macht ihn auf. So, dort in der zweiten Reihe hält ein Auto, du siehst nur das Dach. Und hier kommt Conchita ins Bild, sie schiebt sich mit ihren Koffern zwischen den parkenden Autos hindurch, winkt dem davonfahrenden Auto nach, dreht sich um, und rums …«

»Autsch.« Aßmann verzog das Gesicht, als sei er gerade selbst schmerzhaft umgeknickt. »Das hat wehgetan.«

»Strock springt hinzu und hilft ihr hoch. Sie reden kurz, er packt ihre Sachen auf seinen Kofferwagen, dann geht er ins Flughafengebäude, sie humpelt hinterher. Das war's. Vom Fahrzeugkennzeichen ist nichts zu sehen. Noch nicht einmal die Automarke kann man erkennen.«

Aßmann richtete sich auf. »Das ist in der Tat sehr enttäuschend. Du kannst nur sicher sagen, dass sie von einem niedrigen Auto mit weißem Dach gebracht worden ist; dass sie den Fahrer offensichtlich kannte und dass der amerikanische Pathologe neben dem Vergiftungsbefund und den falschen Brüsten einen stark angeschwollenen Knöchel diagnostiziert haben dürfte.« Er griff sich an den Kopf. »Ah, ich wollte doch …« Er sprang auf und kramte in Conchitas Requisitenstapel.

»Du bist so aufgekratzt. Ist was passiert?«

»Ich bin nicht aufgekratzt.«

»Doch, und gut gelaunt dazu.«

»Ich bin immer gut gelaunt.«

»Nein, das bist du nicht.«

»Na gut. Es ist, ja, wie soll ich sagen. Es hat mit Marleen schneller geklappt als gedacht.«

»Nein!«

»Doch.«

»Wow. Wart ihr schon in der Liebesgondel?«

»Dominik, bitte.«

»Schon gut.«

»Ah, hier ist es.« Aßmann zog Conchitas Pathologiebefund hervor. »Ich bin den ganzen Vormittag unterwegs gewesen, um die anderen Patienten, die von Louisa versorgt worden sind, zu befragen. In der leisen Hoffnung, doch noch das ein oder andere Detail herauszufinden. Die Ausbeute war leider ernüchternd. Viele von den Alten konnten sich schon gar nicht mehr an Louisa erinnern. Ist das nicht furchtbar? Die, die wirklich noch fit im Kopf sind, wussten aber auch nicht mehr als Frau Brehmer.« Er überflog die Zeilen. »Ich habe in den Wohnungen der alten Leute aber eine andere interessante Entdeckung gemacht. Die meisten haben ihre Medikamente gleich neben sich auf dem Nachtschrank liegen. Und du glaubst nicht, wie viele Menschen ein bestimmtes Medikament einnehmen.«

»Wenn du mich so fragst, tippe ich auf dieses Popo-Irgendwas.«

»Metoprolol – ganz genau. Jetzt werde ich erst mal unseren Doc anrufen. Ich stelle laut, dann kannst du mithören.« Aßmann wählte eine Nummer auf seinem Handy. »Bela hier, hallo, Doc. Ich habe eine Frage.«

»Hallo, Bela. Wo drückt denn der Schuh?«

»Wenn ich Metoprolol einnehmen muss – was passiert, wenn ich zu viel davon erwischt habe?«

»Wie viel zu viel?«

»Ungefähr zwanzig bis dreißig Tabletten.«

»Bist du wahnsinnig, Bela? Wie – in Gottes Namen – kann man dreißig Tabletten zu viel erwischen? Wo bist du? Ich alarmiere den Notarzt. Nein, ich komme selbst. Bitte bleib, wo du bist.«

»Stopp, stopp.« Aßmann unterbrach seine Schreibtischumrundungen und blieb mitten im Raum stehen. »Das ist doch nur eine theoretische Frage, Doc. Es geht mir gut. Ich habe nichts geschluckt und habe auch nicht vor, etwas zu schlucken. Ich bin froh, dass ich ohne all das auskomme. Es ist reine Recherche.«

»Herrje, kannst du deine Fragen nicht anders formulieren?«, dröhnte es durch den Hörer. »Ich war schon auf dem Weg zum Auto.«

»Entschuldigung. Also, sind dreißig Tabletten schädlich?«

»Absolut, es kommt natürlich darauf an, um welche Dosierung es sich handelt, aber dreißig Tabletten Metoprolol sind schon ein ordentlicher Brocken. Ein ausgewachsener Elefant wie ich könnte die Dosis vielleicht noch überleben, aber bei einem zierlichen Menschen kann es ganz schnell vorbei sein.«

»Was passiert mit meinem Herz? Entschuldigung, was passiert mit *dem* Herz?«

Hübsch musste nicht lange überlegen. »Blutdruck und Puls sinken, das Herz hat keine Auswurfkraft mehr. Es findet keine Durchblutung statt. Es kommt zum Herzstillstand.«

»Man stirbt«, schlussfolgerte Aßmann.

»So ist es, man stirbt. Bitte nicht im Selbstversuch zu Hause nachmachen. Hat deine Fragerei etwas mit der Toten in meiner Pathologie zu tun?«

»Indirekt, vielleicht. Wie komme ich an dieses Präparat?«

»Indem du zum Arzt deines Vertrauens gehst und es dir, bei entsprechender Erkrankung, verschreiben lässt.«

»Ich kriege es nicht ohne ein Rezept?«

»Nein.«

»Gut, das war es schon. Ich danke dir.« Aßmann beendete das Gespräch. Fragend sah er zu Gerke hinüber. »Was sagst du jetzt?«

»Du hast Louisa in Verdacht.«

»Die Gelegenheit hatte sie. Jeden Tag hier und da den Patienten eine Tablette stibitzt, das fällt doch gar nicht auf, weder den Alten noch den Angehörigen.«

Gerke sah ihn skeptisch an. »Aber nach unserem Wissensstand kannten sich die beiden Frauen gar nicht. Warum sollte sie die Tabletten entwenden und Conchita als homöopathisches Mittel gegen Flugangst geben?«

»Vielleicht hat Louisa Frau Brehmers Anspielung doch ernst genommen. Du weiß schon, die alte Dame hatte gescherzt, dass Conchita diesem Benni in die USA nachreisen wollte. In gewisser Weise war Louisas Liebe zu ihm krankhaft. Da stimmen wir ja wohl überein.«

»Gut, aber dann könnte unser guter Herr Rohde auch wieder ins Spiel kommen. Er hat als Pfleger genauso Gelegenheit, an die Tabletten zu kommen«, gab Gerke zu bedenken.

»Er hat aber nichts mit Conchita zu tun. Warum sollte er sie umbringen?«

»*Angeblich* nicht. Aber wer weiß das schon. Wir können zumindest herausfinden, ob er oder Louisa am 13. Oktober bei der Arbeit waren oder freihatten. Das haben wir gleich …« Er zog sein Telefon heran und wählte die Nummer des w-a-w. »Frau Backhaus, ich grüße Sie, Gerke hier. Ich habe noch eine Frage zu Ihren Dienstplänen. Können Sie mir sagen, ob und wann Schwester Louisa und Herr Rohde am 13. Oktober gearbeitet haben?«

Er hörte das Klirren ihrer Perlenkette durch den Hörer. »Was hat das mit Schwester Louisas Tod zu tun, Herr Gerke? Sie glauben doch nicht etwa, dass Herr Rohde in ihren … Unfall verwickelt war?«

Gerke ließ den Kuli zwischen Zeige- und Mittelfinger wippen. »Alles Recherche, Frau Backhaus. Manchmal muss man etwas tiefer graben, um Licht ins Dunkel zu bringen.«

»Aha, na, ich weiß ja nicht, aber wenn Sie meinen … Ich wollte gerade meinen PC runterfahren. Moment, so, hier haben wir den Dienstplan. Am 13. Oktober hatte Schwester Louisa Frühdienst. Der geht von sechs Uhr bis vierzehn Uhr. Und Herr Rohde, der war zu einer Fortbildung in Münster.«

»Sicher?«

»Sehr sicher, Herr Gerke, ich war auch dort. Es ging um die Dokumentationspflicht in Pflegeberufen. Sie glauben ja nicht, was wir heutzutage alles dokumentieren müssen.«

Gerke sah am anderen Ende der Leitung ihre Hand die Perlen an ihrer Kette ordnen. »Doch, das glaube ich Ihnen aufs Wort. Uns geht es nicht besser.«

»Ach ja?« Frau Backhaus schien ehrlich erstaunt, dass nicht ihre Berufsgruppe allein diesem Kontrollzwang unterworfen war. »Das haben wir alles diesen studierten Betriebswirten zu verdanken.«

»Was ist mit den anderen beiden Kollegen?«, lenkte Gerke sie wieder in die richtige Spur zurück.

»Moment … Schwester Rike hat auch gearbeitet. Sie hatte Teildienst, um die Patienten von Herrn Rohde mit abzudecken, und Schwester Nora hatte einen sogenannten Zwischendienst. Wollen Sie die Dienste von den anderen Pflegekräften auch haben?«

»Sind denn noch mehr in der Warburger Straße unterwegs?«

»Selten. Und an jenem Tag nicht.«

»Dann war es das auch schon. Vielen Dank.« Gerke unterdrückte zum wiederholten Male an diesem Tag ein Fluchen, verabschiedete sich und legte auf. »Fehlanzeige, du hast es mitgekriegt, Bela. Und ich setze noch einen drauf. Schwester Louisa fuhr einen dunkelblauen Renault Berlingo. Aus einem solchen Fahrzeug ist Conchita definitiv nicht ausgestiegen. Unsere Theorien lösen sich schon wieder in Luft auf, wie alle anderen zuvor auch.«

Aßmann warf seinen Kuli ärgerlich auf den Schreibtisch. »Trotzdem – ich lasse mich nicht davon abbringen, dass das Metoprolol eine Verbindung zwischen den beiden Frauen zieht.«

Es ging bereits auf den Feierabend zu, die Geräuschkulisse aus den Nachbarbüros ebbte ab. Nur die Kollegen aus dem Spätdienst bewegten sich noch zwischen den Schreibtischen oder tippten auf den Tastaturen. Borchert lehnte an seinem Arbeitsplatz. Er sprach enerviert auf Johanna ein und gestikulierte dabei mit Händen und Füßen.

»Was treiben die beiden da?« Aßmann deutete mit dem Kopf in ihre Richtung.

»Borchert war heute in einem Filmstudio für pornografische Aufnahmen. Conchita hatte dort einige kleine Rollen. Ich nehme an, er gibt gerade seine Eindrücke wieder.«

Johanna saß mit offenem Mund da und klatschte sich vor Vergnügen auf die Oberschenkel. Aßmann sah Borchert eine Weile bei seinen ungelenken Verrenkungen zu. »Konnte er außer ein paar abstrakten Stellungen auch etwas Nützliches für uns herausfinden?«

»Er war erfolgreicher als wir und konnte eine der beiden Frauen von Meyers' Foto ausfindig machen, eine gewisse Galina Schepagalowa. Morgen trifft er sich mit ihr.«

»Warum erst morgen?«

»Weil sie sich heute noch für einen Dreh in den rauschenden Wellen der Nordseeküste aalt.«

»Ach was. Ist das Wasser um diese Jahreszeit nicht schon etwas zu kalt?«

Gerke zuckte mit den Schultern. »Bei Frauen soll es nicht solche Auswirkungen haben. Es geht wahrscheinlich auch eher um das anschließende Trocknen im Sand.« Er sah auf die Uhr und klappte seinen Laptop zu. »Lass uns auch Schluss machen. Heute ist Großelternabend. Leonie wird schon warten.«

»In Ordnung.« Aßmann erhob sich ebenfalls. »Für morgen Nachmittag hat sich die Spedition angemeldet, um Simones Kartons abzuholen. Einen genauen Termin konnten sie mir nicht geben. Und da man bei diesen Unternehmen nie so genau weiß, wann der Nachmittag beginnt und wann er aufhört, habe ich mir vorsichtshalber freigenommen. Ich werde die Zeit nutzen, um Siegfried und Roy einzufangen.«

»Ich wünsche viel Erfolg. Dann kann es ja bald ans Renovieren für das Liebesnest gehen.« Aufmunternd klopfte ihm Gerke auf die Schulter.

# DREIZEHN

Es war still geworden in dem kleinen Bungalow am Ortsrand von Borchen. Oberstudienrat a. D. Olaf Hamsen und seine Frau Josefa hatten sich schwergetan, als ihre Töchter Pia und Henriette damals ausgezogen waren. Als die ältere, Pia, mit neunundzwanzig Jahren an Leukämie gestorben war, hatte sich eine erdrückende Stille über das Haus gelegt. Sie hätten sich in ihrer Verzweiflung aufgegeben – wäre da nicht ihre kleine Enkelin gewesen.

Die ersten Jahre hatten sie viel Kraft gekostet, zumal auch ihr Schwiegersohn kaum in der Lage gewesen war, sich aus dem Sumpf des Schmerzes zu ziehen, geschweige denn seine vierjährige Tochter zu versorgen. Aber die quirlige Leonie hatte ihnen neuen Mut gegeben, auch wenn sie in jeder Mimik ihre Tochter Pia sahen.

Um ihre Eltern ein wenig zu unterstützen, war Henriette, ihre jüngere Tochter, für einige Zeit ins elterliche Haus zurückgezogen. Sie hatten gemeinsam die schwere Zeit gemeistert; Olaf und Josefa mit vielen Ablenkungsmanövern für Leonie, die ihnen letztendlich selbst gutgetan hatten, und Henriette auf ihre unnachahmlich schnoddrige und lebenslustige Art.

Oma und Opa Hamsen fieberten dem Montagabend entgegen, den ihre Enkelin zum wöchentlichen Großelternabend erklärt hatte. Er war zu einem festen und mit Vorfreude erwarteten Ritual geworden, der mit einem leckeren, von Großmutter Sefi gekochten Essen begann, das sich Leonie bereits in der Vorwoche aussuchen durfte. Je nach Jahreszeit endete er drinnen oder draußen mit Gesellschaftsspielen.

Wenn Dominik Gerke Zeit hatte, kam er gern etwas eher und half seinem Schwiegervater bei der Gartenarbeit oder bei Reparaturen im Haus. Opa Olaf hatte Parkinson, und der Zittertremor behinderte ihn immer mehr, besonders bei kniffeligen Tätigkeiten, die eine ruhige Hand erforderten.

Heute war Gerke froh, dass er es gerade noch rechtzeitig zur Suppe nach Borchen schaffte. »Entschuldigt«, murmelte er, als er das Esszimmer betrat und Leonie einen Kuss auf den Scheitel gab.

»Ist nur die Suppe, Papi. Du hast noch nichts verpasst. Tante Hetty und ich sind auch gerade erst gekommen. Wir waren beim Ferienprogramm und haben lustige Scherenschnitte für ein Seniorenheim gemacht.«

»Na, da konnte sich deine Tante Hetty ja richtig austoben«, grinste Gerke seine Schwägerin über Leonies Kopf an.

»Das habe ich auch getan, Gerkilein.« Henriette Hamsen schnitt mit den Fingern wild durch die Luft. »Ich fand die Aktion klasse. Ich habe den Kindern vorgeschlagen, für meinen Laden auch ein paar Köpfe auszuschneiden. Ist doch mal eine ganz andere Dekoration als immer die Fotos dieser dummen Tussis.«

»Nur dass die dummen Tussis deine Kundschaft anlocken sollen. Ob sich Paderborns noble Damenwelt von ein paar schwarzen Scherenschnipseln beeindrucken und zu einer neuen Frisur inspirieren lässt, wage ich zu bezweifeln. Danke, Josefa.« Gerke nahm den dampfenden Suppenteller entgegen.

»Du glaubst gar nicht, wovon sich die Damenwelt alles inspirieren lässt, wenn es darum geht, hip auszusehen. Vor ein paar Monaten hatte ich das Foto von einem Pudel mit Frauchen im Partnerlook im Fenster … Eigentlich sollte es ein Gag sein, aber na ja, die Frauen wollten es genau so und nicht anders. Zum Wohl, Vati.« Sie hielt ihrem Vater das Weinglas hin.

Olaf Hamsen legte seinen Löffel beiseite und hob bedächtig das Glas. Er sah seiner Tochter in die Augen und stieß an. Heute hatten er und seine Jüngste ein gutes Verhältnis zueinander. Das war nicht immer so, er hatte erst über seinen Schatten springen müssen, als Hetty ihm nach einem guten Abitur eröffnete, dass sie Friseurin werden und ein eigenes

Geschäft eröffnen wolle. Seit frühester Kindheit hatte sie ihren Eltern an unzähligen Barbiepuppen ihr handwerkliches Geschick bewiesen, aber sie hatten ihre Tochter nicht ernst genommen. Erst als sie bei einem Wettbewerb den ersten Platz belegte und die Friseurmeister sie mit Kusshand als Lehrling wollten, hatten sie nachgegeben. »Ich hab's nicht mit Zahlen oder Wörtern, Vati. Ich kann nur schneiden, wie Edward mit den Scherenhänden.« Lachend hatte sie die Filmfigur nachgeahmt und durch die Luft geschnippelt.

Heute, acht Jahre später, hatte sie ihren eigenen Laden mit mehreren Angestellten namens ›Edwards‹ – in Anlehnung an ihr Vorbild – und war die erste Anlaufstelle für Paderborns Damenwelt, die das Besondere liebte. Auf einen Termin warteten die Kundinnen oftmals mehrere Wochen. Das lag aber nicht daran, dass Hetty keine Zeit gehabt hätte. Sie genoss es einfach, immer mal wieder einen freien Tag einzustreuen, um ihn mit Leonie zu verbringen.

Ihr Vater hatte ihr gegenüber nie große Worte der Anerkennung geäußert. Aber die Art, wie er in solchen Momenten feierlich das Besteck beiseitelegte und ihr in die Augen sah, zeigte ihr, wie stolz er auf sie war.

»Nächsten Montag müsst ihr zu uns kommen«, plapperte Leonie, nachdem auch sie mit ihrem Sprudelglas angestoßen hatte. »Papa will für euch kochen.«

Opa Olaf und vor allem Oma Sefi sahen ihren Schwiegersohn erschrocken an. Sie kannten seine Kochkünste und fürchteten Übles. Oder hatte er gar vor, ihnen eine neue Lebenspartnerin vorzustellen? Ihnen war klar, dass sie irgendwann damit rechnen mussten, dass jemand Pias Platz einnehmen würde. Bisher hatte er keine großen Ambitionen gezeigt; zumindest hatten sie nichts mitgekriegt. War es jetzt etwa so weit?

»Ach, du Schreck, sollte ich mir vorher die Telefonnummer der Giftnotrufzentrale in Berlin geben lassen?« Hetty zwinkerte an Leonie vorbei ihren Schwager an. »Was gibt es denn?«

»Tomatensuppe mit Sahnerosette, Putensteak mit Pilzen

und Käse überbacken, dazu Röstinchen und frischen Salat. Zum Nachtisch Vanillecreme mit Schokohäubchen«, betete Gerke herunter.

Stolz sah Leonie von einem zum anderen. »Papa macht jetzt einen Kochkurs mit, damit mir keine Schwimmhäute wachsen.«

»Das finde ich sehr vernünftig, Leo. Schwimmhäute zwischen den Zehen machen sich später nicht gut im Bett.«

»Henriette, bitte.« Oma Sefi stellte die Suppenteller zusammen und schob den Stapel ihrer Tochter zu, damit sie ihn in die Küche trug.

»Ist schon in Ordnung, Josefa. Ich liebe Hettys amouröse Ratschläge.« Gerke nippte an seinem Weinglas.

»Auf die Sahnerosette freue ich mich besonders«, rief Hetty ihm aus der Küche zu. »Hoffentlich kriegst du sie richtig steif …«

»Das lass mal meine Sorge sein. Im Übrigen können wir gern die Montagabende reihum machen. Dann wärest du in zwei Wochen dran, Hetty«, forderte er sie heraus.

Oma und Opa Hamsen schauten noch erschrockener.

Hetty winkte energisch ab. »Nein, mein Lieber. Das willst du nicht wirklich. Ich kann mich gern mit einem schicken Haarschnitt revanchieren, aber bitte nicht kochen.«

»Danke, dieses Thema ist durch. Als du mir das letzte Mal einen ›schicken Haarschnitt‹ verpasst hast, haben meine Kollegen in aller Eile zusammengeworfen und einen Blumenstrauß gekauft, weil sie mich für den angekündigten Gast-Kommissar aus Los Angeles hielten.«

»Also ich fand, dass dir der John-Travolta-Look sehr gut gestanden hat.«

»Trotzdem danke.« Sein Handy klingelte, und er stand auf. »Entschuldigt mich … es ist das Diensttelefon.« Er ging nach nebenan ins Wohnzimmer. »Frau Strock aus Wewelsburg, ja, natürlich erinnere ich mich. Wie geht es Ihrem Mann? Nach Singapur demnächst! Dann soll er an die Stresszulage denken. Ach, hat er schon. Sie haben etwas zu den goms herausgefunden? Lassen Sie hören. Frauen, die Männer hassen? Das ist ja eine komische Geschichte! Kann ich die Nummer Ihrer Bekannten haben, die davon schon mal gehört hat? Ach, mehr weiß sie auch nicht. Ich hätte sie trotzdem gern … Ja, habe ich notiert, vielen Dank und herzliche Grüße an Ihren Mann.« Er tippte noch etwas in sein Handy, während er ins Esszimmer zurückkehrte.

»Seit wann interessierst du dich für die goms?« Hetty hielt Pommes frites zwischen den Fingern und knabberte daran.

Gerke starrte sie entgeistert an. »Du kennst die goms?«

»Vielleicht.«

»Konntest du mir das nicht eher sagen? Ich suche wie blöd nach einer Auflösung dieser Buchstaben.«

Sie blickte ihn mit hochgezogenen Augenbrauen an. »Tut mir leid, aber Gedankenlesen gehört noch nicht zu meinem Repertoire. Möchtest du auch Pommes? Oder lieber Kartoffeln?«

»Sorry.« Gerke nahm die Schüssel mit den Kartoffeln, stellte sie aber nur vor sich ab. »Und wofür steht dieses Kürzel nun? Frauen, die Männer hassen, kann ich darin nicht finden.«

Hetty legte den Kopf zur Seite und besah sich intensiv die Pommes zwischen Daumen- und Zeigefinger. »Trägt meine Antwort zur Aufklärung einer Straftat bei, Gerkilein?«

»Durchaus möglich.«

»Gibt es dafür vielleicht auch eine Belohnung?«

»Au ja, Papi, kriegen wir eine Belohnung?«, schaltete sich Leonie mit vollem Mund ein.

»Wieso du, Spatz?«

»Leo und ich sind ein Team. Das ist schon in Ordnung.« Hetty stieß ihre Nichte mit dem Ellenbogen an und zwinkerte ihr zu.

Gerke zwang sich zur Ruhe. »Also gut, welche Belohnung schwebt euch vor?«

»Ich hätte gern ein Pony, Papi.«

»Damit kann deine Tante herzlich wenig anfangen. Sie hat Angst vor großen Tieren.«

Hetty nickte ernst, wofür ihr Gerke sehr dankbar war. »Da hat dein Vater recht, Kleines. Aber wenn ein tiefer Graben zwischen mir und den Tieren ist, sind sie mir sogar sympathisch. Vielleicht könnten wir uns auf einen Besuch im Zoo einigen. Was meinst du, Leo?«

»Hm, ein Pony wär schon schön gewesen«, maulte Leonie.

Gerke trippelte ungeduldig mit den Fingern auf den Tisch. »Wenn ihr nicht gleich mit der Sprache herausrückt, wirft euch das liebe Gerkilein ins Kerkilein.«

Leonie kicherte.

Opa Olaf schaltete sich ein. »Henriette, du solltest deinem Schwager sagen, was du weißt.«

»Ist schon gut, Vati. Gom steht für ›glücklich ohne Männer‹.«

»Glücklich ohne Männer«, wiederholte Gerke, als würde er eine Zauberformel aufsagen. Er zog die Stirn kraus. »Wie bescheuert ist das denn?«

Hetty hob abwehrend die Hände. »Das musst du mich nicht fragen. Ich gehöre nicht zu dem Verein.«

»Aber du kennst jemanden?«

»Nicht wirklich. Die Schwester einer Kundin ist so was wie die Chefin bei denen – extrem schwierige Haarverhältnisse. Eigentlich kann sie nur eine freche Kurzhaarfrisur tragen, aber –«

»Hetty, bitte, den Namen.«

»Carla«, sagte sie gedehnt, »Carla Baumeister. Ich glaube, sie arbeitet auf dem Königsplatz in einem Schuhgeschäft.«

Gerke schnaufte erleichtert aus. »Danke. Was für eine schwere Geburt.«

»Bitte. Ach, und das mit dem Zoo …«

»Ja?«

»Ich habe gehört, dass es in New York einen phantastischen Tierpark geben soll.«

# VIERZEHN

Eine Touristengruppe, der Sprache nach Polen, quoll aus dem Hauptportal des Doms, spannte die Regenschirme auf und strömte dem Eingang des Dom-Cafés zu. Gerke vermutete, dass sie aus Paderborns polnischer Partnerstadt Przemyśl kamen. Er eilte ebenfalls auf das Café zu, was ein mühsames Unterfangen war. Zu Libori platzte die Stadt aus allen Nähten. Der Domplatz ähnelte einem Ameisenhaufen. Er seufzte. Wie sollte er in dem Gewusel Carla Baumeister finden, von der er nur wusste, dass ihre Schwester schwierige Haare hatte? Eine ungefähre Vorstellung hatte er allerdings. Seiner Meinung nach konnte eine Frau, die einen Verein gegründet hatte, dessen Mitglieder Männer für überflüssig erklärten, nicht besonders attraktiv sein.

Er hatte Frau Baumeister erst am späten Vormittag telefonisch erreicht, als sie bereits auf dem Weg zur Arbeit war. Sie hatte ihm vorgeschlagen, sich um vier Uhr im Dom-Café zu treffen, wo sie ihre Pause verbringen würde.

»Ich stelle mir so eine verhärmte Zicke vor«, hatte er Aßmann am Morgen von seinen neuesten Ermittlungserfolgen berichtet. »Ungepflegt, fettige Haare, Pickel am Hals, verkniffenes Gesicht.«

»Findest du das nicht ein wenig voreingenommen? Du klingst, als fühltest du dich persönlich angegriffen«, hatte Aßmann geschmunzelt.

Gerke fühlte sich selbstverständlich nicht persönlich angegriffen – dennoch ertappte er sich dabei, dass er genau nach einer solchen Frau Ausschau hielt, als er mit dem Pulk der Przemyśler das Café betrat.

Er beschloss, an der Kuchentheke zu warten. Carla würde sicher hierherwollen, um ihren Frust über die Männerwelt in Kalorien zu ertränken.

»In der oberen Etage ist mehr Platz – und es ist deutlich

ruhiger.« Eine Frau war an seine Seite getreten. Suchend ließ sie den Blick über die Gebäckauswahl gleiten. Sie tippte auf eine Lage gefüllter Blätterteigtaschen, lächelte dem Mädchen hinter der Theke zu und drehte sich schließlich zu ihm um.

»Gute Schuhe sind keine Glückssache. Es bedient Sie Frau Baumeister«, las er laut von ihrem Namensschildchen am blauen Strickpullover ab.

»Ganz genau, und wenn Sie Herr Gerke sind, dann haben wir zwei jetzt ein Date.« Sie reichte ihm die Hand.

Welch krasse Falscheinschätzung war ihm da unterlaufen. Die Frau war weder verhärmt noch hässlich, noch nicht einmal patzig. Hätte er beim Schuhkauf Unterstützung gebraucht, so hätte er sich gern von ihr beraten lassen.

Er folgte ihr in die erste Etage, wo sie bereits einen Tisch organisiert hatte.

»Leider konnte ich heute Morgen beim Autofahren nicht weiter nachfragen. Sie möchten sich mit mir über die goms unterhalten?« Carla öffnete zwei Milchdöschen und gab den Inhalt zu ihrem Kaffee. »Ich hoffe, wir sind nicht unangenehm aufgefallen?« Sie sah ihn an. »Auch wenn es in vielen Männeraugen nicht den Anschein hat, so sind wir doch ein höchst friedliebender Verein.«

Gerke fühlte sich ertappt. »Na ja, eine kleine, äh … Voreingenommenheit ist bei dem einen oder anderen Mann sicher vorhanden. Schließlich muss er sich im Umkehrschluss der goms überflüssig und nutzlos vorkommen. Das verknust nicht jeder.« Er lächelte sie gewinnend an. »Aber Sie werden mir sicherlich die Maxime dieser Vereinsbildung erklären können.«

Die Blätterteigtasche und Gerkes Mineralwasser wurden an den Tisch gebracht.

»Erfahre ich auch den Grund für Ihr Interesse?«

»Natürlich.«

»Also gut.« Frau Baumeister legte den Kaffeelöffel beiseite. »Bevor eine Frau feststellt, dass sie ohne Mann glücklicher ist als mit, ist sie meistens durch einen schmerzhaften Reifeprozess gegangen«, begann sie und versenkte dabei die Kuchengabel in ihrem Gebäck. »Dafür reicht es nicht, ein oder zwei enttäuschende Beziehungen hinter sich zu bringen. Da haben sich mitunter dramatische Entwicklungen abgespielt, die sie zu dieser Einsicht gebracht haben. Das hat nichts mit Hass zu tun, eher mit Lebensweisheit. Sicherlich gibt es einige Frauen, die noch immer mit der Vergangenheit hadern und ihren Männern alles erdenklich Schlechte an den Hals wünschen, meistens interessanterweise Impotenz oder ein böses Weib.« Sie lächelte kurz zu ihrem Kuchenstück hin. »Aber Sinn unseres Vereins ist es, diesen Frauen zunächst einmal ihr Selbstwertgefühl wiederzugeben und ihnen mit der Zeit zu vermitteln, dass man sein Leben auch ohne einen Macho an der Seite meistern kann.«

Sie sah Gerke von der Seite fragend an, um sich zu vergewissern, ob er ihr folgen konnte. Als er ein Nicken andeutete, fuhr sie fort. »Unser Verein setzt sich nicht aus lauter frustrierten Männerhasserinnen zusammen, auch wenn die Herren der Schöpfung dies gern in die Welt hinausposaunen.« Sie deutete mit der Kuchengabel auf ihn. »Da kommt Ihr ›schlechtes Verknusen‹ gut zum Ausdruck. Gom besagt einfach nur, dass wir nicht an einer intensiven Beziehung zu einem Mann interessiert sind. Was natürlich nicht ausschließt, dass man mal seinen Spaß haben kann – auch in sexueller Hinsicht. Aber das ist es dann auch schon, und das wird jedem Mann vorher gesagt.« Sie zögerte. »Gut, es gibt auch ein paar, na, sagen wir mal Radikale, die den Spieß gern mal umdrehen und es darauf anlegen, einem verliebten Mann wehzutun und ihn sitzen zu lassen, aber das sollte nicht die Regel sein. Ansonsten sind wir ein ganz normaler Haufen lustiger Weiber, der sich regelmäßig trifft und ab und zu gemeinsam etwas unternimmt.«

»Wie viele Frauen gehören dem Verein an?«

»Das variiert. Wir sind keine feste Größe. Manche wagen es noch mal und finden tatsächlich ihr Glück. Andere kommen immer wieder. Als festen Kern würde ich vier oder fünf Frauen bezeichnen, alle zusammen um die zehn.«

»Würde es Ihnen etwas ausmachen, mir die Namen der

Mitglieder aufzuschreiben?« Gerke zog Block und Kuli aus der Brusttasche und schob beides über den Tisch.

»Eigentlich sind Sie jetzt erst mal dran.«

»Stimmt, jetzt bin ich dran«, bestätigte Gerke. Er schob sein Glas zur Seite und legte die untergeschlagenen Arme auf den Tisch. »Wir sind auf die goms im Zusammenhang mit einer toten jungen Frau gestoßen. Ihr Verein hatte ihr ein Abschiedsgeschenk gemacht.«

Die Wirkung dieser Worte blieb nicht aus. Frau Baumeisters Kuchengabel fiel scheppernd auf den Teller. »Coco«, flüsterte sie. »Sprechen Sie von Coco?«

»Wenn Sie mit Coco Conchita Borquez meinen, ja, sie ist tot. Tut mir sehr leid, Ihnen das sagen zu müssen.«

Carla Baumeister legte bestürzt die Hand auf den Mund. »Oh nein! Wie furchtbar. Wir hatten uns schon gedacht, dass irgendetwas nicht in Ordnung sein könnte. Sie hatte fest versprochen, uns anzurufen, wenn sie gelandet ist – wegen ihrer Flugangst. Aber dass sie tot ist …« Ihre letzten Worte gingen in den aufsteigenden Tränen unter. Sie zog ein Taschentuch hervor und schnäuzte sich. »Sie hatte sich so auf Amerika gefreut. Ich kann das gar nicht glauben. Woran ist sie denn gestorben?«

»An einer Überdosis Herzmittel.«

»Wie bitte?«

»Ja, Sie haben richtig gehört. Genau gesagt war es ein blutdrucksenkendes Mittel. Wussten Sie von einer Herzkrankheit Conchitas?«

»Nein.«

»Wissen Sie, ob eine Ihrer Freundinnen ihr etwas gegen Flugangst gegeben haben könnte und sich dabei in den Schachteln vergriffen hat?«

»Um Gottes willen, nein. Wir haben nur Geld gesammelt, damit sie fliegen kann. Das ist ja schrecklich.«

»Sie hatte kein Geld für den Flug?«

»Nein. Sie hatte kein festes Einkommen. Sie konnte auch nicht gut mit Geld umgehen. Es rann ihr geradezu durch die

Finger. Wenn sie etwas sah, das ihr gefiel, kaufte sie es sofort. Meist waren es superknappe Klamotten, die die Blicke der Männer auf sie lenken sollten.«

»Wissen Sie, wann Conchita geflogen ist?«

»Vor einer Woche. Am Sonntag hatten wir ihr das Abschiedsgeschenk gebracht, und am Montag wollte sie in aller Frühe los.«

»Hm, hm.«

»Was? Hm, hm?«

»Sie ist erst letzten Donnerstag geflogen. In der Zwischenzeit war sie höchstwahrscheinlich in einer Klinik und hat sich die Brüste vergrößern lassen.«

Carla rückte von ihm ab, als habe er ihr ein unmoralisches Angebot gemacht. »Das ist nicht wahr.«

»Was entsetzt Sie so daran?«

»Dass sie uns angelogen hat. Sie hat uns vorgejammert, kein Geld für den Flug zu haben. Und dann rennt sie mit unserem Geld in eine Klinik und lässt sich die Titten aufpumpen? Das ist unglaublich. Das ist … ich weiß gar nicht, was ich dazu sagen soll.«

»So kann man sich in jemandem täuschen. Können Sie mir vielleicht etwas über den Menschen Conchita erzählen?«

Carla tupfte sich die Augen trocken. »Wie sich gerade herausstellt, habe ich den Menschen Conchita selbst nicht gekannt.«

»Berichten Sie bitte trotzdem, welchen Eindruck Sie bisher von ihr hatten«, bat Gerke.

Sie zerpflückte ärgerlich ihren Blätterteig. »Coco gehörte zu den unsicheren Kandidatinnen bei uns. Wir waren nur eine Art Rückzugsgebiet für sie, bis sie sich von einer Enttäuschung erholt hatte. Sie hatte überhaupt kein Gefühl dafür, ob es ein Mann ehrlich meinen könnte. Wenn ihr einer zuzwinkerte, hörte sie schon die Hochzeitsglocken läuten. Gut, der Typ, dieser Amerikaner, hatte zugegeben, verheiratet zu sein und zu Hause erst reinen Tisch machen zu müssen. Als er dann angeblich frei war, war sie nicht mehr zu halten. Wir haben sie gewarnt. Dort drüben hätten wir ihr nicht mehr helfen können. Aber sie meinte, dass sie sich eine solche Gelegenheit nicht entgehen lassen dürfe. Er würde ihr Mann und Manager sein. Er würde sie berühmt machen. Und in ein paar Jahren, wenn sie genug verdient hätte, würden sie Kinder kriegen und eine glückliche Familie sein.«

»Das klingt schon sehr naiv. Obwohl es auch solche Exoten geben soll.«

Carla schnaubte.

»Und das Geld, das Sie ihr für den Flug gegeben hatten?«

»Sie wollte es uns zurücküberweisen, sobald sie etwas verdient haben würde.«

»Okay. Eine andere Frage: Kennen Sie eine Louisa Steffens? Ist sie vielleicht auch ein Mitglied der goms?«

»Louisa Steffens.« Frau Baumeister war sichtlich ernsthaft bemüht, dem Namen ein Gesicht zuzuordnen. »Ein Mitglied der goms ist sie definitiv nicht, auch nie gewesen.« Nachdenklich sah sie aus dem Fenster. »Tut mir leid, ich kann mit dem Namen nichts anfangen, aber ich kann mich umhören.«

»Das ist nett von Ihnen, aber da würde ich mich gern beteiligen.« Gerke lächelte und schob ihr wieder den Block zu.

Dieses Mal nahm sie den Stift und schrieb aus dem Kopf Namen und Adressen der Mitglieder auf. »Wer soll das sein? Louisa Steffens?«, fragte sie, während sie schrieb.

»Eine junge Krankenschwester, die sich von Conchitas Balkon gestürzt hat – oder gestoßen wurde.«

Carla hielt inne. »Noch eine Tote?«, flüsterte sie.

»Ja, ohne diesen Todesfall hätten wir gar nichts von Conchita gewusst. Oder erst viel später erfahren. Waren Sie mal in Frau Borquez' Wohnung in der Warburger Straße?«

»Ja, sicher. Wie gesagt, zuletzt am Vorabend ihres Abflugs, ihres vermeintlichen Abflugs. Wir haben ihr das Geschenk übergeben – eine Handtasche von Gucci. Sie hat sich wie irre darüber gefreut. Das Teil war wahnsinnig teuer.« Sie schrieb Namen um Namen nieder und schob Gerke schließlich die Liste der Adressen zu.

»Wissen Sie, ob eine der goms einen Schlüssel zu Conchitas Wohnung hatte?«, fragte Gerke, während seine Augen wie ein Scanner über den Zettel flogen. Seine Pupillen zuckten kurz bei einem Namen, dann huschten sie weiter die Reihe entlang.

»Nein, das glaube ich nicht. Oder vielleicht ...«

»Ja?«

»Vielleicht Fritzi.«

»Warum Fritzi?«

»Ich hatte das Gefühl, dass Fritzi sich besondere Mühe gegeben hat, Coco von ihrem Vorhaben abzubringen. Sie sagte, Coco habe mit ihrer Figur und ihrem Aussehen die optimalen Voraussetzungen, um die Männer verrückt zu machen und dann fallen zu lassen. Sie sprach immer von einer Riesengaudi, wenn sie zusammen aus waren. Fritzi war sehr enttäuscht, dass sie Coco nicht hatte überreden können, zu bleiben. Aber nein ...«, Frau Baumeister winkte ab, »Fritzi kann keinen Schlüssel gehabt haben.«

»Warum nicht?«

»Als wir sie mit dem Abschiedsgeschenk überraschen wollten, war Coco nicht zu Hause. Wir hatten schon hin und her überlegt, wie wir ihr das Geschenk zukommen lassen könnten. Wenn Fritzi einen Schlüssel gehabt hätte, hätte sie kurz aufschließen können, um die Tasche hineinzustellen. Unten vorm Aufzug haben wir Coco zum Glück dann doch noch getroffen.«

»Fritzi«, wiederholte Gerke ungeachtet Carlas Einschränkung. Er fuhr mit dem Finger an der Adressenliste entlang und tippte auf einen Namen. »Mir kam der Name eben schon bekannt vor. Allerdings nicht *Fritzi* Mahlmann, sondern *Rike* Mahlmann.«

»Ach ...«, Carla tippte sich den Kuli gegen die Stirn, »habe ich wieder ... ts.« Sie zog den Zettel noch mal zu sich heran. »Ich kann mich einfach nicht daran gewöhnen. Fritzi gibt es nicht mehr. Irgendwann reißt mir Rike noch mal den Kopf ab.« Sie strich den Namen Fritzi energisch durch, ersetzte ihn durch Rike und machte drei Ausrufezeichen dahinter. »Verpetzen Sie mich nicht bei ihr«, lächelte sie. »Friederike Mahlmann. Ich nenne sie immer noch Fritzi, wie sie unter uns Kindern gerufen wurde. Wir sind zusammen aufgewachsen, waren im selben Kindergarten und sind zusammen zur Schule gegangen, zumindest die ersten Jahre. Rike nennt sie sich erst, seit sie erwachsen ist. Und wehe, es vertut sich jemand.«

Gerke lehnte sich zurück. »Rike Mahlmann«, wiederholte er langsam. Er kam sich wie ein Angler vor, der nach endlosen Stunden des Wartens plötzlich einen leichten Ruck an der Schnur spürt. Er hatte eine erste wirkliche Verbindung zwischen den beiden toten Frauen. »Erzählen Sie mehr von Rike Mahlmann«, bat er. »Ich habe sie als Krankenschwester beim w-a-w kennengelernt. Sie war eine Arbeitskollegin der toten Louisa Steffens.«

»Rike arbeitet beim w-a-w, das stimmt. Sie hat Ihnen nichts von Coco erzählt, wenn deren Wohnung ein Tatort gewesen sein sollte? Das passt eigentlich nicht zu Rike. Sie ist immer sehr direkt.«

»Zu dem Zeitpunkt wussten wir noch nichts von Frau Borquez' tragischem Tod.« Er versuchte sich das Gespräch bei Frau Backhaus ins Gedächtnis zu rufen. Es hatte keinen Anlass gegeben, an irgendeiner Stelle besonders nachzuhaken oder Argwohn zu schöpfen. Aber das würde er jetzt tun – nachhaken. Diesen Fisch würde er nicht von der Angel lassen.

»Sie kennen Frau Mahlmann also schon von Kindesbeinen an?«

Carla widmete sich wieder ihrem Kuchenteller. »Ja, Fritzi und ich, wir wohnten nur ein paar Straßen auseinander. Es war keine schöne Wohngegend für uns Kinder. Fritzis Block war noch verkommener als meiner.«

»Konnte sich Fritzis Vater als Musiklehrer nichts Besseres leisten?«

»Als was?«

»Sie hat uns erzählt, dass ihr Vater Musiklehrer war und seine Schüler mit dem Aufsagen von Tonleitern malträtiert hat.«

Carla starrte ihn einen Moment entgeistert an, dann prustete sie los. Schnell legte sie die Hand vor den Mund. »Entschuldigung, da hat Ihnen die gute Fritzi einen Bären aufgebunden. Sie kannte ihren Vater überhaupt nicht. Ich bezweifle, dass ihre Mutter wusste, wer Fritzis Erzeuger ist. Die Männer waren meistens wieder weg, bevor sich Samen- und Eizelle überhaupt vereinigen konnten. Musiklehrer …«

Schweigend sah Gerke zu, wie Carla die letzten Kuchenkrümel mit der Gabel zusammendrückte.

»Nehmen Sie es mir nicht übel, dass ich lache, aber Fritzi und ihre Mutter in einer intakten Familie mit einem Lehrer als Familienvater, das hat schon was Kurioses.« Ihr Blick schweifte in die Ferne. »Die Leute meinten, dass Fritzis Mutter anschaffen ging. Aber das glaube ich nicht. Fritzi sprach immer davon, dass ihre Mutter einen neuen Papa für sie sucht. Aber dass die Männer meistens nicht bei ihr blieben, weil sie ein Kind hat. Ist das nicht schrecklich? Meine Mutter hat immer gesagt, dass Frau Mahlmann mannstoll ist. Als Kind habe ich mir etwas Lustiges darunter vorgestellt – mannstoll. Rike will nicht mehr Fritzi genannt werden, weil der Name sie an ihre beschissene Kindheit erinnert. Kann man ja verstehen, oder?« Sie sah auf die Uhr und seufzte. »Meine Pause ist gleich um. Ich muss zurück.«

Gerke trank sein Wasser aus und winkte der Bedienung. »Ich begleite Sie noch ein Stück, wenn's recht ist.«

»Klar.« Carla zog sich noch einmal den Zettel mit den Adressen heran. Hinter zwei Namen malte sie ein dickes X.

»Was heißt das?«, fragte Gerke. »Wollen Sie mich vor zwei Damen vom radikalen Flügel warnen?«

»Nein«, lachte Carla. »Bei den beiden brauchen Sie nicht anzuschellen. Ruth ist in Urlaub, und Franziska liegt zurzeit in der Frauenklinik. Sie ist gestern von einem kleinen Jungen entbunden worden.«

»Glückwunsch. Anscheinend hat sie das Lebensmotto der goms nicht ganz so ernst genommen.«

Carla zuckte mit den Schultern. »Man wird sehen. Drücken wir ihr die Daumen.«

Sie verließen das Café, überquerten den Domplatz und bogen in den Schildern ein.

»Wenn es sich irgendwie einrichten lässt, Herr Gerke ...«

»Ja?«

»Wäre es möglich, Rike nicht mit Ihrem Wissen über ihre Vergangenheit zu konfrontieren? Es hat ja nicht wirklich etwas mit diesen beiden toten Frauen zu tun. Rike hat es schwer genug gehabt. Eigentlich erstaunt es mich immer wieder, dass sie ihre Kindheit so unbeschadet hinter sich gelassen hat. Das Heim scheint ihr wirklich gutgetan zu haben. Sie hätte viel eher von der Mutter weggeholt werden müssen.«

»Sie war in einem Heim? Wurde sie der Mutter entzogen?«

»Ja, mit zehn Jahren. Das Jugendamt war schon einige Male dort gewesen und hatte immer wieder ein Auge zugedrückt. Aber dann muss irgendwas passiert sein ... Ich bin nie richtig dahintergekommen, was.« Carla blieb mitten im Fußgängerstrom stehen, als könne sie sich so besser erinnern. »Es war Libori. In den frühen Morgenstunden ging der Feueralarm in unserem Block los. Als ich sah, dass das Feuer in Rikes Straße ausgebrochen war, bin ich mit meinen Brüdern hingelaufen. Ich sah noch, wie ein Feuerwehrmann die schwer verletzte Rike aus dem Haus trug. Nach dem Krankenhausaufenthalt ist sie sofort in ein Heim gekommen.«

»Frau Baumeister, je länger ich mich mit Ihnen unterhalte, umso grausiger wird es.«

»Tut mir leid.«

»Was ist aus der Mutter geworden?«

»Sie und ihr Typ, ein britischer Soldat aus der Alanbrooke-Kaserne, haben üble Brandwunden davongetragen und sollen sehr entstellt gewesen sein. Ich habe sie nie wiedergesehen. Vielleicht ist sie mit ihm nach England gegangen? Ich habe keine Ahnung.«

# FÜNFZEHN

Das Paderquellgebiet war nicht nur für Aßmann eine Erholungsoase, in der er gern seine Mittagspause verbrachte, wenn es ihm möglich war. Einheimische wie Touristen nutzten das Gartendenkmal zum Bummeln und Seele-baumeln-Lassen. Sie liefen barfuß durchs Gras oder lümmelten auf Decken im Grünen. Im Gässchen »Auf den Dielen« hielten Eltern ihre Kleinen hoch, damit sie einen Blick auf das dicke Stein-Froschpaar erhaschen konnten, das die Köpfe aus dem plätschernden Wasser steckte und den Betrachter anlachte. Auf den Bänken saßen die Menschen und hielten die Gesichter mit geschlossenen Augen der Sonne entgegen. Zahlreiche Cafés und Restaurants säumten die Ränder des Paderquellgebiets und sorgten für das leibliche Wohl der Besucher. Sportliche Vertreter starteten hier ihre Joggingstrecken, um dem Verlauf des kürzesten Flusses Deutschlands zu folgen, bis er in Schloss Neuhaus in die Lippe mündete. Hin und zurück betrug die Strecke stolze acht Kilometer, bei zusätzlicher Umrundung des Padersees noch deutlich mehr.

Solche Ambitionen hatte Aßmann nicht. Er schlenderte am liebsten den Inselspitzenweg entlang und erfreute sich an den idyllischen Gartenanlagen zwischen der Dielen- und der Rothobornpader. Die Anwohner hatten kleine Steganlagen gebaut, die es ihnen ermöglichten, die Füße in die an dieser Stelle erst wenige Meter jungen Wasserläufe zu tauchen.

Heute hatte Aßmann einen zusätzlichen Grund, seine Runde durch die Grünanlagen des stärksten deutschen Quellgebiets zu genießen. Er hatte sich mit Marleen zum Mittagessen im Brauhaus verabredet. Normalerweise reichten ihm mittags ein Kaffee und ein Croissant auf die Hand. Aber in ihrer Begleitung genoss er es, sich an einem der wuchtigen Holztische einen gemütlichen Platz zu suchen und die Zeit mit Essen und Plaudern zu verbringen. Nach einem doppelten

Espresso schlenderten sie über den Jenny-Aloni-Weg stadteinwärts. Marleen hakte sich bei ihm ein. Sie schlug für den Rückweg einen Abstecher durch den Geißelschen Garten vor, das Laub leuchtete um diese Jahreszeit im kleinen Paderborner Urwald besonders farbenfroh. Als Aßmann ihr nur mit einem geistesabwesenden »Hm, hm« antwortete, zupfte sie an seinem Ohrläppchen. »Hallo, Erde an Bela.«

»Entschuldige.« Er rieb sich die Stirn. Die Arbeit hatte ihn gedanklich schon wieder eingeholt. Mit düsterer Miene kickte er ein Steinchen zur Seite. »Ich fresse einen Besenstiel, wenn wirklich nur neunhundert Euro in Louisas BH versteckt waren. Der Bursche verarscht uns nach Strich und Faden, und ich kann es nicht beweisen. Ich hätte mir die Quittung von dem Fernseher zeigen lassen sollen. Aber selbst die hätte ja nicht bewiesen, dass noch viel mehr Geld in der Schublade war.«

»Du könntest ihn anzeigen, egal, wie viel Geld es war. Immerhin hat er zugegeben, es genommen zu haben.« Marleen zog fröstelnd ihren Mantelkragen hoch.

»Das hat er getan, weil wir ihn mit Louisas Tod überrumpelt hatten. Dabei hätte er nur behaupten müssen, dass sie ihm erlaubt habe, sich das Geld zu nehmen. Wir könnten ihm nicht das Gegenteil beweisen. Und wenn ich ihn jetzt anzeige, wird er genau das erzählen. Deshalb kann ich es gleich lassen.«

»Was passiert mit dem Geld?«

»Ich habe es dem Nachlassgericht übergeben, zusammen mit der Telefonnummer von Louisas Schwester in Neuseeland. Ich denke, dass sie alles erben wird. Aber das wird das Gericht klären.«

»Ärgere dich nicht. Davon bekommt man Magengeschwüre, und das ist der Typ nicht wert.« Sie legte ihre Hand in seine und schüttelte sie sanft, um ihn aus seinem Groll zurück in die Gegenwart zu holen.

Er schaute auf sie hinab. Von Simone war er Kommentare wie »Du hast dir deinen Beruf selbst ausgesucht, also jammere nicht« gewohnt. Im Vergleich hierzu kam ihm Marleens Reaktion wie eine Liebkosung vor. Er hob ihre Hand zu seinem

Mund und küsste ihre Fingerspitzen. »Lass uns über den Damm gehen«, bat er. »Ich möchte dich jemandem vorstellen.«

»Wem denn?«

»Meiner Großmutter.«

»Oh Gott, Bela, deine Großmutter lebt noch?«

»Irgendwie schon.«

»Konntest du das nicht eher sagen? Ich hätte einen Strauß Blumen besorgt oder etwas Süßes.«

»Sie gibt nichts auf Geschenke. Mach dir keine Gedanken, Marleen.«

»Wir können sie doch nicht einfach so überfallen. Wie alt ist sie denn? Lebt sie drüben in der Kaiser Karls Residenz?«

»Im Vorgarten sozusagen. An der Warmen Pader.«

»Waaas?«

Nach einigen Metern, am Rand des Quellbeckens der Warmen Pader, standen sie vor den lebensgroßen Bronzestatuen der Paderborner Waschfrauen. »Darf ich vorstellen. Hedwig Aßmann – Marleen Schulte.«

»Ah!« Sie hielt sich lachend die Hand vor die Stirn. »Deine Großmutter war eine der Waschfrauen, jetzt verstehe ich. Du hast mir einen schönen Schreck eingejagt. Ich hatte wirklich befürchtet, völlig unvorbereitet an das Bett einer uralten Frau geführt zu werden.«

Aßmann tat erschüttert. »So alt bin ich nun auch wieder nicht.«

Sie tätschelte seinen Arm. »Natürlich nicht. Und welche der vier Damen ist es nun?«

»Die mit dem erhobenen Zeigefinger.«

»Aha.« Marleen legte den Kopf auf die Seite und betrachtete die Frau nachdenklich. »Sie sieht nett aus. Hat deine Großmutter wirklich hier gelebt, oder warum ist sie eine der Waschfrauen?«

»Ich kann dir ein Foto von 1948 zeigen, da steht sie genau wie die Statue dort mit erhobenem Zeigefinger und unterhält die ganze Schar an Wäscherinnen. Sie war für ihr loses Mundwerk bekannt und gefürchtet. Ihr Haus stand unterhalb des

Kaiser-Karls-Bads. Es wurde leider abgerissen. Als kleiner Junge habe ich meine Sommerferien genau hier, wo die Quellen am wärmsten sind, mehr oder weniger unter Wasser verbracht.«

»Du bist aber nicht der Bronzejunge dort drüben, der die Gänse über die Wiese scheucht?«

Aßmann lachte. »Wäre ich fünfzig Jahre eher geboren, dann hätte das tatsächlich ich sein können. So war ich nur der Wasserschreck, der die Mädchen zum Quieken brachte.«

Auf der anderen Seite näherte sich eine Touristengruppe. Die Stadtführerin machte ihre Gäste ebenfalls auf die bronzenen Waschfrauen aufmerksam und forderte sie auf, mit den Händen die Temperatur des Wassers zu prüfen. An dieser Stelle sei es um sechs Grad wärmer als an allen anderen Quellen, was ihr schließlich den Namen »Warme Pader« eingebracht habe.

»Kein Wunder, dass du hier herumgeplanscht hast«, lachte Marleen. »Ein schönes Andenken an deine Großmutter.«

Sie gingen Hand in Hand weiter. Unterhalb des Abdinghofs zogen sie eine Schleife, um durch den Geißelschen Garten zurück zum Brauhaus zu gelangen. Marleen hatte ihr Fahrrad am Restaurant abgestellt. Sie erledigte fast alle Wege in die Stadt per Rad oder zu Fuß – zu Libori sowieso.

Kurz bevor sie wieder auf die Mühlenstraße gelangten, entdeckten sie eine Frau im Rollstuhl. Sie befand sich auf der Grünfläche, einige Meter abseits des Weges. Es wirkte, als sei sie hier einfach abgestellt worden. Ihre Behinderung erlaubte ihr kaum, die Gliedmaßen zu bewegen. Umso mehr machte sie sich durch Lautäußerungen bemerkbar. Allerdings nicht, um die Aufmerksamkeit der Spaziergänger auf sich zu ziehen, ihre Augen waren vielmehr auf das Buschwerk gerichtet, das an dieser Stelle dicht bewachsen den Rand der Pader säumte. Sie schob das Kinn vor und blickte suchend in das Gebüsch.

»Was ist denn da los? Wie kommt die Frau in die Botanik? Einen Meter weiter, und sie landet rückwärts im Wasser.« Aßmann sah sich nach einem möglichen Begleiter um.

»Vielleicht hat sie sich festgefahren?«, überlegte Marleen.

»Ich bezweifele, dass sie in der Lage ist, das Ding selbst zu manövrieren.«

Kaum hatte er den Rasen betreten, um zu helfen, da stolperte ein Mann aus dem Gebüsch hervor. Er fingerte im Gehen an seinem Hosenbund. »Bin schon da, bin schon zurück.« Er winkte zu Aßmann hinüber. »Alles in Ordnung.« Fahrig stopfte er sich sein Hemd in die Hose.

Aßmann räusperte sich und schaute ihn vorwurfsvoll an.

»Ja, ja, ich weiß, dass es verboten ist, aber was soll ich machen, ich habe eine Blasenschwäche. Bitte entschuldigen Sie.«

Die Frau im Rollstuhl ließ sich nicht so leicht besänftigen. Sie legte den Kopf in den Nacken und jaulte wie ein angeschossener Hund.

»Bitte beruhige dich, Caro. Es ist doch alles gut. Komm, wir fahren nach Hause. Ich koche dir einen Beruhigungstee.« Der Mann löste die Bremsen am Rollstuhl und schob ihn fahrlässig schnell über den holprigen Rasen von den Spaziergängern weg.

Aßmann blickte ihm nach. Und dann zurück zum Busch. »Hat es da nicht gerade geknackt?«

»Ich habe nichts gehört. Er hat doch nur sein Geschäft verrichtet. Sieh es ihm nach.«

»Es würde mich nicht wundern, wenn da etwas ganz anderes abgelaufen ist. Von wegen Blasenschwäche.«

»Einmal Kommissar – immer Kommissar.« Marleen hakte sich wieder bei ihm unter und zog ihn sanft weiter. »Sehen wir uns heute Abend?«

»Das hoffe ich doch sehr.« Die Aussicht auf einen gemeinsamen Abend mit Marleen lenkte ihn schnell ab. Als er sich nach einigen Metern doch noch einmal umsah, fiel ihm eine Joggerin auf, die sich mit wippendem Pferdeschwanz von ihnen wegbewegte. Eigentlich hätte sie ihnen zuvor auf diesem Weg begegnen müssen. Er schnalzte mit der Zunge. Hatte er mit seiner Vermutung doch richtiggelegen.

»Was soll ich kochen? Du hast einen Wunsch frei.«

»Kann ich auch Küche gegen Schlafzimmer tauschen?«

Marleen legte nachdenklich die Stirn in Falten. »Okay, du hast *zwei* Wünsche frei. Aber erst wird gegessen.« Sie stellte sich auf die Zehenspitzen und gab ihm einen Kuss. »Westfälische Krüstchen?«, schlug sie vor.

»Westfälisch ist immer gut. Ich kann allerdings nicht abschätzen, wann ich fertig bin. Die Spedition hat sich zeitlich nicht festgelegt. Außerdem habe ich mir fest vorgenommen, die Mäuse einzufangen, und wenn ich die komplette Wohnung dafür auf den Kopf stellen muss. Wenn es heute nicht klappt, muss ich zu drastischeren Maßnahmen greifen.«

»Lass dir Zeit. Heute ist Dienstag, Badetag für Gudrun. Das dauert immer länger. Außerdem will Schwester Rike mir beibringen, Insulin zu spritzen. Ich möchte es in Zukunft gern selbst machen, dann brauchen wir zumindest beim Frühstück nicht immer auf den Pflegedienst zu warten. Hoffentlich stelle ich mich nicht so dumm an. Respekt habe ich schon davor.«

»Ich habe gehört, es sei heutzutage ein Kinderspiel mit diesen Pens.«

»Die Pens sind auch nicht das Problem«, antwortete Marleen. »Gudrun hat stark schwankende Blutzuckerwerte. Ich habe oft mitgekriegt, dass sich die Krankenschwestern erst beim Hausarzt absicherten, bevor sie spritzten. Manchmal, wenn der Blutzuckerspiegel sehr entgleist ist, bekommt sie zusätzlich ein zweites, ein sogenanntes Alt-Insulin. Und das muss sehr genau dosiert sein. Gibt man zu viel, kann es zu einem hypoglykämischen Schock kommen, und das ist lebensgefährlich.«

»Dann will ich nichts gesagt haben. Du hörst dich schon jetzt wie ein halber Profi an.«

»Schwester Louisa hat mir viel erklärt, und ich bin auch immer dabei, wenn der Hausarzt Visite macht.« Sie steckte den Schlüssel ins Fahrradschloss. »Rufst du mich an, wenn du abschätzen kannst, wann du kommst? Oder soll ich die Krüstchen auf sieben Uhr in den Backofen schieben?«

»Ja, mach das. Wenn ich bis sieben nicht fertig bin, haben

Siegfried und Roy sowieso gewonnen.« Zärtlich schob er ihr eine Locke hinter das Ohr. »Bis später, ich freu mich.«

Gerke trommelte ungeduldig mit den Fingern auf das Lenkrad. Immer wieder beugte er sich vor und starrte zum Hauseingang des Altbaus in der Theodor-Heuss-Straße. Er wartete nun schon seit über einer Stunde auf Rike Mahlmann. Natürlich hätte er sie auch am Telefon zu Conchita befragen können, aber ihm war es lieber, ihr in die Augen zu schauen, nachdem sie ihn schon einmal angekrückt hatte.

Er wählte die Nummer des w-a-w. Frau Backhaus würde ihm sagen können, ob Rike noch bei der Arbeit sein könnte. Vielleicht war heute sogar Dienstbesprechung, ihm war in dem Zusammenhang der Dienstag in Erinnerung geblieben.

Frau Backhaus war nicht mehr in ihrem Büro. Eine Mitarbeiterin klärte ihn auf, dass keine Dienstbesprechung stattfand. Ob Schwester Rike mit ihrer Tour schon durch war, konnte sie ihm allerdings nicht sagen. Er rief sie nun doch auf ihrem Handy an, aber es war ausgeschaltet. »Das wäre ja auch was ganz Neues gewesen«, brummte er.

Zwei Männer kamen aus dem Haus, stiegen in einen tiefergelegten BMW und legten einen Formel-1-Start hin. Grimmig schaute er den qualmenden Reifen nach. Bela hatte noch immer nicht zurückgerufen. Es war nicht zu fassen. Gerke musste zwar oft Geduld haben, bis er seinen Kollegen an die Strippe bekam, aber dass er gar nicht erreichbar war, hatte Seltenheitswert, freier Nachmittag hin oder her.

Das Display leuchtete auf. Missmutig warf er einen Blick darauf. Borchert rief an. »Hey! Was gibt's?«

»Hallo, Chef. Ich habe mit Galina Schepagalowa gesprochen. Du weißt schon, dem Model, das auf dem Foto neben Conchita saß.«

»Phantastisch, lass hören.«

»Die beiden Frauen haben sich bei Aufnahmen für ein Dessous-Label kennengelernt. Conchita hatte ihr versprochen, sie nachzuholen, wenn sie erst in Amerika Fuß gefasst habe.

Sie wollte bei Big Boss ein gutes Wort für sie einlegen, damit er ihr ebenfalls einen Job besorgt. Und Geld hat Galina ihr auch gegeben, damit sie den Flug bezahlen kann.«

»Hut ab. Die Dame hat es verstanden, Geld für ihre Oberweite aufzutreiben.«

»Ja. Den Job kann sich diese Galina abschminken und das Geld sowieso.«

»Das ist in Plastik angelegt.« Gerke beobachtete im Rückspiegel ein Pärchen, das die Straße heruntergeschlendert kam. »Dann ist kaum davon auszugehen, dass sie Conchita mit falschen Medikamenten versorgt haben könnte.«

»Stimmt, das würde wenig Sinn machen. Das Foto ist übrigens an jenem Nachmittag entstanden, als Conchita von ihrem Amerikaner einen Heiratsantrag bekommen hat. Galina konnte sich noch gut daran erinnern. Conchita wäre vor Freude wie ein Flummi durch die Wohnung gehüpft. Sie hatten es mit einer Flasche Sekt auf dem Balkon gefeiert. Eigentlich wäre es etwas zu frisch gewesen, aber sie hätten die Klamotten für ein Viertelstündchen ausgezogen, um dem notgeilen Opa auf dem Nachbarbalkon – das waren ihre Worte – eine kleine Freude zu machen.«

»Eine sehr soziale Einstellung. Hat sie dir auch erzählt, wer das andere Mädchen ist? Das mit dem Tattoo?«

»Ja. Das ist eine alte Bekannte, Chef. Friederike Mahlmann.«

Gerke richtete sich auf. »Scheiße. Erst stochern wir wie blöde im Dunkeln, und jetzt läuft mir ständig dieser Name über den Weg.«

Das Pärchen hatte seinen Wagen erreicht, überquerte die Straße und schlug den Plattenweg zum Haus ein. Gerke öffnete die Autotür und stieg schnell aus. »Ich gehe jetzt ins Haus und werde mich dort umsehen. Bis später.« Er eilte dem Pärchen nach. Sie achteten nicht weiter auf ihn, als er sich hinter ihnen in den Hausflur drückte, bevor die Tür ins Schloss fiel. Bei acht Wohnparteien war die Anonymität anscheinend schon groß genug, um sich nicht über Fremde zu wundern. Das Pärchen verschwand in einer Souterrainwohnung.

Er stand im Treppenhaus und lauschte. Aus einer der oberen Etagen dröhnten zu stark eingestellte Bässe und das Gekeife einer Frau, die mit Erfolg gegen die Musik anzeterte. Rike Mahlmanns Nachbarn, sie hatte ihnen erzählt, dass es mit ihnen Probleme gab, rief er sich ins Gedächtnis. Er folgte dem Lärm in die erste Etage und musste Rike recht geben: Hier war der Einsatz der Kollegen wegen Ruhestörung durchaus berechtigt.

Er sah auf die Namensschilder. Jager/Ruschke bewohnten die Diskothek. An der Wohnungstür nebenan waren die Buchstaben stark verblasst. Aber mit etwas gutem Willen war ein »...lmann« zu lesen. Eigentlich konnte er sich das Klopfen sparen. Es würde ohnehin in den Bässen der Disco nebenan untergehen.

Über ihm knallte eine Wohnungstür. Jemand kam eiligen Schrittes die Treppe herunter und blieb ebenfalls vor Rikes Tür stehen. »Sagen Sie nicht, dass sie nicht da ist.« Ohne auf eine Antwort von Gerke zu warten, hämmerte die junge Frau gegen die Tür. »Das darf nicht wahr sein.« Sie sah auf ihre Armbanduhr und schnaufte verzweifelt.

»Sind Sie eine Freundin von Frau Mahlmann?«, fragte Gerke.

Die Frau sah ihn kurz von der Seite an. »Und wer sind Sie?«

Er zog seinen Ausweis hervor. »Ich brauche ein paar Informationen von ihr.«

»Na klasse. Und ich brauche mein Kochbuch zurück. Sie wollte es mir heute früh vor die Tür legen, aber sie hat natürlich wieder nicht dran gedacht. Sind ja auch nur meine zukünftigen Schwiegereltern, die ich zum Essen eingeladen habe. Kann ihr ja egal sein, ob ich einen guten Eindruck hinterlasse.« Sie stemmte die Hände in die Seiten und stierte auf die Tür. »Wenn ich den Scheiß-Bock versaue, kann ich gleich einpacken.«

»Bock?«

»Damhirschgulasch Hubertus, eine westfälische Spezialität. Meine zukünftige Schwiegermutter ist furchtbar altmodisch und hat sich gewünscht, dass ich für die Familie koche.«

»Aha, hört sich auf jeden Fall lecker an.« Gerke wippte auf den Fußsohlen. »Wann kommt Frau Mahlmann denn gewöhnlich nach Hause?«

»Um diese Uhrzeit ist sie eigentlich immer da. Es geht doch gleich ihre Sendung los.«

In der Wohnung nebenan ging der Streit in die nächste Runde. »Das ist ja schlimm.« Gerke deutete mit dem Daumen über die Schulter. »Wie halten Sie das nur aus?«

Die Frau zog die Mundwinkel herab. »Das geht doch noch. Richtig unangenehm wird es erst, wenn sie sich gleich versöhnen. Davon kriegen Sie rote Ohren – da ist mir das Gekeife tausendmal lieber. Wissen Sie zufällig, ob das Apfelmus mit dem Damhirschgulasch Hubertus zusammen schmoren muss?«

Gerke hob abwehrend die Hände. »Sorry, ich kenne mich nur mit Fischstäbchen aus. Kann man das nicht im Internet nachlesen?«

»Bestimmt nicht das Originalrezept von den Münsteraner Landfrauen. Meine Schwiegermutter ist da extrem pingelig.«

»Haben Sie Frau Mahlmann schon angerufen?«

»Sie geht nicht ran.« Plötzlich schlug sie sich vor die Stirn. »Moment mal. Ich müsste doch noch ihren Wohnungsschlüssel vom letzten Blumengießen haben.« Sie machte auf dem Absatz kehrt und rannte die Treppe hinauf. Wieder knallte eine Tür, ein Freudenschrei, und schon stand sie erneut vor Gerke und wedelte mit einem Schlüsseletui.

Er lächelte zurück. »Jetzt wird es doch noch was mit dem Hubertus.« Wie selbstverständlich betrat er mit ihr die Wohnung.

Die Frau steuerte zielstrebig die Küche an. »Vielleicht können Sie sich auch umschauen! Es ist ein blau kariertes, dickes Kochbuch.«

»Klar, mache ich.« Gerke hatte das Buch längst entdeckt, es lag gleich neben der Wohnungstür auf der Kommode und war vermutlich tatsächlich am Morgen vergessen worden. Schnell zog er ein Halstuch von der Garderobe und deckte das Buch zu. Er brauchte etwas Zeit. Zehn Minuten mehr oder weniger würden dem Apfelmus neben einem brutzelnden Hubertus schon nicht schaden.

Er kümmerte sich nicht weiter um die Frau und ging ins Wohnzimmer. Friederike legte anscheinend keinen großen Wert auf modernes Wohnen. Das Mobiliar war aus Großmutters Zeiten, wenn nicht noch älter. Er warf einen kurzen Blick in den angrenzenden Raum, der nur mit einem Vorhang abgetrennt war. Ein einzelnes Bett und ein kleiner Kleiderschrank quetschten sich schmucklos auf engstem Raum. Er spähte kurz in den Schrank, dann ging er zurück. »Ich benutze schnell das Klo!«, rief er.

Auch hier war die Einrichtung aufs Nötigste beschränkt. Eine Toilette, eine winzige Eckdusche und ein Waschbecken. Nirgends ein Schränkchen, hinter dessen Tür geheimnisvolle Medikamente, ein Handy oder gar ein Schlüssel zum Vorschein kommen könnten.

Gerke betätigte die Klospülung und konzentrierte sich wieder auf das Wohnzimmer. Der wuchtige dunkle Eichenschrank, an den Stollen mit üppigen Schnitzereien verziert, stand über Eck und bedeckte zwei komplette Wände. Eine Sitzgarnitur aus braunem Cord belegte die gegenüberliegenden Wände. Ihr Stoff wirkte nahezu unberührt, nur an einer Stelle glänzte er speckig und durchgesessen. Anscheinend war es Rikes Fernsehplatz. Der Couchtisch in der Mitte des Raums war mit bunten Fliesen bestückt. Ihre Motive stammten aus vergangenen Zeiten: Wanderer mit großen Spitzhüten und langen Wanderstäben in der Hand oder eine Wassermühle im trüben Herbstnebel. Seine Großeltern hatten damals ein ähnliches Exemplar besessen. An der Seite war eine Kurbel gewesen, mit der man die Höhe der Tischplatte hatte verstellen können; je nachdem, ob man sein Abendessen beim Fernsehen zu sich nehmen oder nur das Bierglas darauf abstellen wollte. Er ging in die Hocke, um nach der Kurbel zu sehen, die ihn damals so fasziniert und den Großeltern viel Geduld abverlangt hatte, weil er bei seinen Besuchen ständig daran herumspielte. Ja, es gab sie auch hier, und sie funktionierte sogar, mit einem gequälten Quietschton zwar, aber immerhin. Während er da auf den Knien herumrutschte, weckte ein blassrosa Farbklecks unter der Couch sein Interesse. Er beugte sich noch tiefer, musste gar auf alle viere gehen, um zu sehen, was sich da weit zurückgeschoben unter der Couch befand. Er kriegte eine Ecke des rosafarbenen Gebildes zu fassen und zog daran. Es war ein alter Schultornister. Stöhnend richtete er sich auf und legte seinen Fund aufs Sofa. Die Vorderseite zeigte einen Pferdekopf mit bunten Glitzerspangen in der Mähne. An der Seite baumelte ein Brustbeutel gleicher Farbe. Er wendete den Beutel und versuchte, die verblichenen Striche eines Füllfederhalters zu entziffern, die auf einem Zettel hinter der Klarsichtfolie standen. »Friederike Mahlmann, Klasse 4b«. Der Tornister war schwer und prall gefüllt. Ein Grundschulkind hätte ihn unmöglich tragen können. Gerke versuchte ihn zu öffnen. Die beiden Schnallen waren angerostet und gaben nur unwillig nach.

Während er sich noch damit abmühte, ließ ihn ein leises Knacken hinter ihm zusammenzucken. Er kannte dieses Geräusch: Jemand hatte in seinem Rücken eine Pistole entsichert! Sein Herz verdreifachte im Bruchteil einer Sekunde den Pulsschlag. Er spürte, wie sich die Nackenhaare aufstellten.

Es klackte noch einmal, dieses Mal lauter, dann ging das Geräusch in ein gleichmäßiges Surren über. Erleichtert ließ er den Kopf auf die Brust sinken und atmete einmal tief durch. Alles gut! Er hatte sich von einem elektrischen Gerät täuschen lassen, das hinter den schweren Eichentüren eingebaut war und sich anscheinend automatisch eingeschaltet hatte. Er ließ den Tornister stehen, öffnete die Schranktür und fand einen Fernseher, der an Jahren kaum dem Mobiliar nachstand. Daneben surrte ein Videorekorder, dessen rote Leuchte den Aufnahmemodus anzeigte. Dass jemand in Rikes Alter tatsächlich noch diese antiquierte Technik benutzte!

In den Regalen darunter, darüber und daneben stapelten sich beschriftete Videokassetten. Er öffnete die anderen Schranktüren, hinter denen sich die Reihen der Kassetten fortsetzten. Es mussten Hunderte sein, die komplette Schrankwand war voll, wahrscheinlich ging es auf der anderen Seite weiter.

»Das ist ein Tick von Rike.« Die junge Frau war hinter ihm aufgetaucht und wischte sich entmutigt die Haare aus der Stirn. »Dort steht das Buch sicherlich nicht. Da sind nur ihre hochheiligen Aufnahmen.«

»Was nimmt sie denn ständig auf?« Gerke zog eine Kassette heraus und las die Beschriftung. »Das sind ›Wer wird Millionär?‹-Aufzeichnungen!«, rief er verblüfft.

»Ja. ›Wer wird Millionär?‹, das NRW-Quiz, Hirschhausen, das Quiz-Duell. Rike ist der Quiz-Crack schlechthin. Sie war schon zweimal im Fernsehen. Sie hat es gar nicht so schlecht gemacht, aber der große Gewinn war bisher noch nicht drin. Beim ersten Mal ist sie an einer Frage zur griechischen Mythologie gescheitert, das andere Mal an einer mathematischen Formel. Sie zieht sich alle Fragen rein, um irgendwann, wenn sie mal wieder eingeladen wird, perfekt vorbereitet zu sein.«

»Was will sie denn mit dem Gewinn?«

»Sich eine eigene Insel kaufen, irgendwo in Neuseeland oder Mexiko, und dort ganz allein hausen. Eine Hallig würde es auch tun. Aber die sind alle besetzt oder dürfen nicht bewohnt werden – wegen der Vogelschutzgebiete. Rike hat sich schon erkundigt. Ich sage ja, sie hat einen Tick.« Die Frau wedelte mit der offenen Hand vor dem Gesicht. »Wer will denn mutterseelenallein auf einer Insel leben?«

»Das ist ja …« Gerke starrte die langen Reihen der Kassetten an. Er brauchte nicht lange nach der Aufnahme vom vergangenen Freitag zu suchen. »Diese kleine Hexe.« Er fischte nach seinem Handy, das ihm allerdings nur erneut mitteilte, dass der Teilnehmer Aßmann nicht erreichbar sei.

»Was soll denn dieser Mist!« Wütend warf er das Smartphone auf das Cordsofa, wandte sich wieder dem Tornister zu und fummelte erneut an den Schnallen herum.

»So langsam würde mich schon interessieren, was Sie von Rike wollen.« Die Frau beobachtete ihn mit verschränkten Armen. »Dürfen Sie das überhaupt?«

Gerke sah zu ihr hinüber. Es war Zeit, dass sie ging. Er stapfte in den Flur, holte das Kochbuch unter dem Tuch hervor und hielt es ihr hin. »Rezepte aus dem Münsterland, Band zwei. Bitte schön.« Er drückte der verdutzten Frau das Buch vor die Brust.

»Danke. Jetzt müssen wir aber gehen.«

»Sie müssen gehen, ich habe hier noch zu tun.« Er ging vor dem Schulranzen auf die Knie. Es ärgerte ihn maßlos, dass sie sich von Rike Mahlmann hatten hinters Licht führen lassen. Noch einmal langte er nach seinem Handy. »Jogi? Na, wenigstens du bist erreichbar. Besorg mir bitte einen Durchsuchungsbefehl für Frau Mahlmanns Wohnung. Und dann sieh zu, ob du Bela aufscheuchen kannst, und bring ihn her, ja?«

Endlich ließ sich der Tornister öffnen. Gerke sah noch einmal auf. »Kümmern Sie sich ruhig um Ihren Hubertus. Ich brauche hier noch länger. Vielen Dank für Ihre Hilfe.«

Die Frau zuckte mit den Schultern. Das Buch fest an die Brust gedrückt, verließ sie das Zimmer. »Wenn ich Ärger mit Rike kriege, werde ich sie an Sie verweisen.«

»Ich bitte sogar darum.« Gerke spähte in den Schulranzen. Er war vollgestopft mit Schulheften. Sie waren so eng zusammengepresst, dass er keines richtig zu fassen bekam und herausziehen konnte. Er stülpte ihn um und schüttelte so lange, bis sich schließlich ein Meer von DIN-A4-Heften auf den Fußboden ergoss. Er nahm ein beliebiges und las: »Tagebuch Juni 2005«, ein weiteres »Tagebuch Februar 2010«. Er suchte nach Heften neueren Datums. Dabei flatterte ihm ein zusammengefaltetes Foto entgegen. Ungläubig starrte er darauf, zwinkerte, als würde ihm sein Augenlicht einen Streich spielen. Das waren doch … Zwischen zwei verblüfften Lachern stieß er ein paar unartikulierte Laute aus, die an erste Sprechversuche eines Kleinkindes erinnerten. Schließlich fand er seine Sprache wieder. Er klatschte auf das Foto. »Dieses verdammte kleine Luder, na warte …«

# SECHZEHN

Prüfend sah sich Marleen um. Heute war Badetag. Aus Erfahrung wusste sie, dass die dafür benötigten Utensilien besser vorher an Ort und Stelle waren, da Gudrun, wenn sie erst in der Wanne saß, nicht allein gelassen werden durfte.

Sie legte Duschgel und Haarshampoo auf die Ablage, hängte das große Badetuch an den Haken und stellte den Badewannenlift ein.

»Wir kommen jetzt!«, rief Schwester Rike von nebenan.

»In Ordnung, ich bin so weit.« Sie prüfte die Temperatur des Badewassers, stellte den Wasserhahn ab und machte Platz, damit Rike den Rollstuhl an den Wannenrand fahren konnte. »Ich werde in der Zwischenzeit das Bett beziehen.«

Frau Brehmer hielt sie im Vorbeigehen am Handgelenk fest. »Nimm die Biber-Bettwäsche, Marleen. Die ist wärmer. Es wird Herbst. Meine Knochen melden sich.«

»Mache ich, Gudrun.« Sie tätschelte der alten Frau die Schulter. »Die mit dem Herbstlaub, nicht wahr? Die bringt Farbe ins Zimmer.«

Marleen hätte auch ohne Gudruns Aufforderung die warme Bettwäsche aufgezogen. Sie hatte sich im Laufe der Zeit auf die Bedürfnisse der alten Dame eingestellt. Es war ein Geben und Nehmen zwischen ihnen. Dass Frau Brehmer seit ihrer Pflegebedürftigkeit mehr nehmen als geben konnte, empfand sie nicht so. Marleen mochte das Gefühl, gebraucht und geachtet zu werden. Es machte ihr Spaß, die Seniorin zu umsorgen. Allein das gemeinsame morgendliche Frühstück, bei dem sie Frau Brehmer aus der Tageszeitung vorlas und sie anschließend Paderborns Kommunalpolitik diskutierten, war zu einem Ritual geworden, das keiner von ihnen missen wollte.

Sie hatten sich bereits kennengelernt, lange bevor sie Wohnungsnachbarinnen geworden waren. Ihre Parzellen in der Kleingartenanlage »Im Samtfeld«, am Stadtrand Paderborns, lagen nebeneinander. Zunächst hatte sich der Kontakt zwischen ihr und der älteren Dame auf lockere Plaudereien über den Gartenzaun hinweg beschränkt. Wenn Marleen noch etwas für das Wochenende im nahe gelegenen Südring-Einkaufscenter besorgen musste, klopfte sie schon mal kurz an und fragte nach, ob die Nachbarin auch etwas benötigte. Das änderte sich jedoch an jenem Tag, als der Apfelbaum, den Marleen ihrem Mann Udo zum dreißigsten Geburtstag geschenkt hatte, endlich zu blühen begann. Sechs Jahre lang hatte sich Udo vergeblich um das Bäumchen bemüht. Er hatte es gehegt und gepflegt, Hilfe bei Obstbaumexperten eingeholt und sich gefragt, was ihm fehlen könnte. Als es endlich zum ersten Mal seine zarten weißen Blütenblätter der Sonne entgegenstreckte, erlebte er es nicht mehr. Er war drei Wochen zuvor an einem Herzinfarkt gestorben.

Sie hatte es als Fluch empfunden. Wie hatte sich der Baum erdreisten können, ihrem Mann all die Jahre die Ernte zu verwehren und nicht einen Apfel hervorzubringen? Und nun, da er tot war, strotzte er geradezu vor Kraft und Blütenpracht. Weinend hatte sie an jenem Morgen in ihrem Garten gestanden – sie war das erste Mal nach dem Tod ihres Mannes wieder hier gewesen – und ungläubig die Blüten betastet. Abrupt hatte sie sich abgewandt und war zum Schuppen gestapft. Mit einer Axt in der Hand war sie zurückgekommen.

Sie hatte noch nie einen Baum gefällt. Eigentlich tat es ihr um jedes Stängelchen Unkraut leid, das sie zupfen musste. Aber dieser Baum hatte es in ihren Augen nicht verdient, weiterzuleben.

Da hatte plötzlich Frau Brehmer neben ihr gestanden und ihr die Hand auf den erhobenen Arm gelegt. »Was haben Sie vor, Frau Schulte?«

Schluchzend hatte sie auf den Baum gezeigt, als sei seine Anwesenheit Grund genug, ihn zu fällen.

Frau Brehmer hatte einen Zweig herangezogen und mit dem Daumen über die zarten weißen Blätter gestrichen. »Er blüht. Schöner kann sich der Frühling doch gar nicht präsentieren.«

»Zu spät. Er blüht zu spät. Können Sie sich noch daran erinnern, wie sehr mein Mann sich um ihn bemüht hat?«

»Oh ja.«

»Warum erst jetzt? Warum konnte er ihm nicht letztes Jahr den Gefallen tun?«

»Und Sie meinen wirklich, Ihr Mann würde es gutheißen, dass Sie ihn jetzt fällen? Das kann ich mir beim besten Willen nicht vorstellen.«

»Ich kann seinen Anblick nicht ertragen.«

»Es ist aber doch das Verdienst Ihres Mannes, dass der Baum jetzt endlich blüht. Oder glauben Sie, allein die letzten drei Wochen hätten dies ermöglicht? Bitte tun Sie nichts, was Sie später bereuen könnten. Außerdem, wer sagt Ihnen, dass Ihr Mann sich nicht trotzdem an dem Bäumchen erfreut – wo immer er jetzt sein mag?« Frau Brehmer hatte mit dem Arm eine ausladende Geste gemacht.

Marleen war eine Träne aus den Augenwinkeln die Wange hinabgelaufen. Sie hatte die Axt ins Gras fallen lassen.

»Kommen Sie. Ich habe frischen Kaffee aufgesetzt.« Frau Brehmer hatte sie sanft weggezogen.

Seitdem waren fünf Jahre vergangen. Aus einer lockeren Schrebergartenbekanntschaft war eine feste Freundschaft entstanden. Und als Gudrun nach zwei Schlaganfällen und einer Schenkelhalsfraktur bettlägerig geworden war, hatte Marleen kurzerhand ihr Haus verkauft und war in ihre direkte Nachbarschaft gezogen. Das Haus war ihr sowieso zu groß geworden, nachdem ihr Sohn Paul gleich nach dem Abitur zum Studieren ins Ausland gegangen war.

Mit dem Bäumchen hatte sie Frieden geschlossen. Es versetzte ihr zwar noch immer einen Stich, es im Frühjahr in voller Blüte stehen zu sehen. Aber bei der Ernte und spätestens, wenn der Duft des frisch gebackenen Apfelstrudels durch die Wohnung zog, dankte sie Gudrun, dass sie ihr damals gut zugeredet und eine Lanze für den kleinen Spätzünder gebrochen hatte.

Sie ging nach nebenan und zog die Bettwäsche ab. In Gedanken war sie bereits einige Stunden voraus, schob die angebratenen Krüstchen in den Backofen und durchforstete ihre Garderobe nach einem hübschen Outfit für den Abend.

Bela schätzte es, wie sie sich für ihn zurechtmachte. Er sprach es nicht aus, aber sie sah es in seinen Augen. Ihr wurde warm ums Herz bei dem Gedanken, wie er hinter ihr in der Küche stand, ein Glas Wein in der Hand, und mit einer ihrer Locken spielte. Er erwartete nichts von ihr. Er freute sich, wenn sie für ihn kochte. Er freute sich noch mehr, wenn sie gemeinsam am Tisch saßen und plauderten. Er sagte von sich selbst, dass er es nie für möglich gehalten hätte, aus einem Ostwestfalen eine Plaudertasche zu machen. Wie hatte seine Großmutter, die Waschfrau, immer so schön gesagt? Sie kamen vom Hölzchen aufs Stöckchen.

Es widersprach ganz und gar ihrem Naturell, gleich am zweiten Abend mit einem Mann im Bett zu landen. Und auch er hatte es nicht erwartet – obwohl sie beim Chinesen darüber geulkt hatten. Aber vielleicht war es genau das gewesen. Sein vorsichtiges Herantasten, es hatte sie gerührt. So hartnäckig und mürrisch er offenbar beruflich seinen Weg ging, so verletzlich zeigte er sich privat. Er brachte vieles mit nach Hause und nahm dankbar jede Art von Ablenkung an. Sie freute sich darauf, die private Seite dieses Mannes noch besser kennenzulernen.

Die Kleiderfrage war entschieden. Sie würde die tannengrüne Bluse anziehen. Grün harmonierte wunderbar mit ihren roten Haaren. Bela würde ihr einen Kuss auf den freigelegten Nacken geben, wenn sie sich zum Essen an den Tisch setzten und er ihr den Stuhl zurechtrückte. Lächelnd fuhr sie sich mit der Hand über die Schulter, auf die er am Morgen einen Abschiedskuss gehaucht hatte.

Als sie vom Bett wegtrat, stolperte sie über Rikes Rucksack und taumelte ein paar Schritte, bis sie ihr Gleichgewicht wiedergefunden hatte. Sie rieb den schmerzenden Ellenbogen, den sie sich an der Tischkante gestoßen hatte, und schob mit der anderen Hand den Rucksack zur Seite, damit Rike nicht dasselbe passierte.

Dabei stach ihr etwas Babyblaues ins Auge. Es gehörte zu einem Schlüsselbund, der halb aus dem Rucksack gerutscht war. Es war dasselbe Babyblau, das für das fünfte Stockwerk stand. Der Erbauer des Hauses hatte die Stockwerke farblich gekennzeichnet, so wie in großen Tiefgaragen die unterschiedlichen Ebenen markiert waren, damit man sein Auto besser wiederfand. Dicke farbige Balken an den Flurwänden wiesen darauf hin, auf welcher Etage man sich befand, ebenso wie die Knöpfe im Aufzug. Braun fürs Parterre, Grün für den ersten Stock, Gelb für den zweiten, Rot für den dritten, Lila für den vierten und Babyblau für den fünften. Anscheinend hatte der Bauherr die zukünftigen Hausbewohner für vergesslich gehalten. Und für ganz Vergessliche wiesen gar die Wohnungsschlüssel die passende Farbe auf. Marleen hatte es immer übertrieben gefunden, obschon sie zugeben musste, dass sie ihren roten Schlüssel in der Handtasche schnell fand.

Sie starrte in Rikes Rucksack. Dieses leuchtende Babyblau hatte sie bisher nur hier im Haus gesehen. Nirgendwo sonst war ihr eine solch intensive Farbe untergekommen, vielleicht konnten die Nuckel für männliche Babys noch mithalten.

Was tat ein Schlüssel aus der obersten Etage in Rikes Tasche? Kannte sie etwa noch jemanden in diesem Haus? Noch dazu so gut, dass ihr diese Person ihren Wohnungsschlüssel überließ?

Sie richtete sich auf. Das Wasserrauschen im Bad sagte ihr, dass Gudrun noch in der Wanne saß. Nachdenklich strich sie letzte Falten aus dem Bettbezug. Sie bückte sich und klaubte die abgezogene Bettwäsche zusammen. Den Kopf auf Höhe des Rucksacks, warf sie noch einmal einen Blick hinein. Bestimmt hatte sie sich getäuscht. Aber nein – das Babyblau glänzte zwischen den anderen Schlüsseln.

Sie hatte mitbekommen, dass Louisa von Conchitas Balkon im fünften Stock gestürzt war. Die Tatsache, dass Louisa unmöglich allein in der Wohnung gewesen sein konnte, beschäftigte Bela in jeder freien Minute, wenn sie ihn nicht gerade ablenkte. Rike war die Letzte gewesen, die außer den zwei Frauen im

Aufzug Kontakt zu Louisa gehabt hatte. Fakt war, dass dieser Schlüssel, so grotesk es schien, tatsächlich der Schlüssel zur Aufklärung eines, wenn nicht sogar zweier rätselhafter Todesfälle sein könnte. Marleen versuchte, sich einzureden, dass der Bauherr gewiss ein weiteres Haus mit ähnlich farblicher Ausstattung gebaut hatte. Ja, so würde es wohl sein, er gehörte in ein anderes Haus.

Nebenan hievte der Badewannenlift mit leisem Surren Gudrun aus der Wanne. Unschlüssig stand Marleen mit dem Berg Bettwäsche im Arm und wusste nicht, was sie tun sollte. Der Schlüssel ließ ihr keine Ruhe. Sie stieß mit der Schuhspitze an den Rucksack, bis sie ihn von oben wieder sah. Er war nur mit einem winzigen Karabinerhaken am Ring befestigt. Sie müsste ihn nicht umständlich abfummeln … Sie lauschte in den Raum hinein und versuchte, die Zeit abzuschätzen, die ihr blieb, um in den fünften Stock zu fahren und den Schlüssel an Conchitas Türschloss auszuprobieren. Gudrun abtrocknen, das Nachthemd anziehen, die Haare föhnen – fünf Minuten würde sie haben, höchstens acht. Gudruns dünnes Haar war schnell trocken, und sie sollte besser zurück sein, bevor die beiden aus dem Bad kamen.

Eigentlich könnte sie Rike auch einfach darauf ansprechen, wo sie diesen babyblauen Schlüssel einsetzte. Aber wenn es sich um ebenjenen zu Conchitas Wohnung handelte, wäre das für die Ermittlungen fatal. Sie war kriminalistisch nicht vorbelastet, aber ein Gefühl sagte ihr, dass sie die Entdeckung besser für sich behalten sollte.

Kurz entschlossen machte sie ihn ab, nahm die schmutzige Bettwäsche und sah um die Ecke ins Bad. »Ich laufe schnell in den Keller und stecke die Wäsche in die Maschine.«

Rike hockte mit dem Rücken zu ihr auf dem Boden und trocknete Gudruns Zehenzwischenräume mit einem Frotteetuch. »Ist recht. Es wird übrigens Zeit, die Fußpflege zu bestellen. Bei Diabetikern dürfen wir die Nägel nicht selbst schneiden.«

Marleen starrte auf Rikes Rücken. Durch die gebückte

Position hatte sich ihr T-Shirt hochgezogen. Der Bund der Hose stand ein Stück ab, wodurch der Ansatz eines Tattoos auf ihrem Rücken sichtbar wurde. Wenn sie das Bild nicht schon einmal gesehen hätte, hätte Marleen die feinen, gebogenen Striche sicher nicht so schnell zuordnen können. So aber war sie sich sicher, dass es die Wimpern eines Auges waren. Jenes todtraurigen Auges, das Herr Meyers aus dem fünften Stock in einem unbeobachteten Moment geknipst hatte.

»Frau Schulte? Ist alles in Ordnung?« Rike sah sie forschend an.

Sie rieb sich über dic Augenbrauen. Ihre Halsschlagader pochte. »Ja, ja, ich habe nur Kopfschmerzen, nichts Schlimmes. Ich werde gleich morgen einen Termin bei der Fußpflege machen.« Der Schlüssel in ihrer geschlossenen Hand wurde unangenehm warm. Sie schob die Faust in den Wäscheberg. »Ich bin gleich zurück.«

Rike richtete sich auf. »Okay, bleiben Sie aber nicht zu lange. Wir wollen noch wegen des Insulins schauen.«

Im Treppenhaus legte sie die Bettwäsche in eine Ecke. Jetzt noch in den Keller zu laufen, das schaffte sie nicht. Sie stürmte zum Lift und fuhr die zwei Etagen bis in den fünften Stock hinauf. Vor Conchitas Tür atmete sie einmal kräftig durch. Ihre Finger zitterten so sehr, dass sie immer wieder am Schlitz vorbeirutschte. »Jetzt komm schon«, zischte sie nervös. Endlich – der Schlüssel glitt ins Schloss, ließ sich aber nur bis zur Hälfte einführen.

Erleichtert lachte Marleen auf. Wie albern – wie vorschnell hatte sie Rike verdächtigt und mit den toten Frauen in Verbindung gebracht. So schnell konnte man Menschen in Verruf bringen. Klar, es wäre schön gewesen, wenn sie Bela hätte helfen und ihm möglicherweise einen Tipp zur Aufklärung hätte liefern können. Aber immerhin konnte sie ihm nun sagen, wer das Mädchen mit dem Tattoo war. Bestimmt würde ihm das weiterhelfen.

Um sich zu bestätigen, dass sie es wirklich versucht hatte, drückte sie noch einmal nach. Mit einem Ruck rutschte der

Schlüssel komplett ins Schloss. Erschrocken zog sie ihn zurück, als hätte sich das Schloss in glühendes Eisen verwandelt.

Er passte doch! Sie wimmerte leise ein »Scheiße, Scheiße« und griff sich an den Kopf. Aber vielleicht ließ er sich gar nicht drehen. Da er so schlecht einzuführen gewesen war, würde er sich gewiss nicht drehen lassen. Sie versuchte es vorsichtig. Es ging butterweich. Die Tür schwang auf, und sie stand auf der Schwelle zu Conchitas Wohnung.

Hinter ihr schloss sich mit einem Zischen die Aufzugtür. Erschrocken fuhr sie zusammen. Schnell zog sie die Wohnungstür wieder ins Schloss und lief über das Treppenhaus zurück. Sie hatte genug gesehen. Gern hätte sie Bela angerufen oder den anderen Kommissar. Aber dummerweise lag ihr Handy bei Gudrun auf dem Wohnzimmertisch, und auf ihrem Festnetztelefon hatte sie seine Nummer noch nicht eingespeichert. Es war nicht zu ändern, sie würde ihn benachrichtigen, wenn Rike gegangen war.

Sie lauschte an der Wohnungstür. Der Föhn ging gerade aus. Es wurde knapp. Sie huschte an der Badezimmertür vorbei ins Schlafzimmer und stutzte. Hatte der Rucksack nicht eben noch am anderen Tischbein gelehnt? Sie suchte nach dem Schlüsselbund. Er hatte doch gleich obenauf gelegen. Wo war er geblieben? Panik stieg in ihr auf.

Es gelang ihr nicht mehr, sich nach dem leisen Geräusch neben ihr umzudrehen. Ein Schlag gegen die Schläfe riss ihr die Beine weg. Es war schon dunkel um sie herum, bevor ihr Körper auf dem Boden aufschlug.

## SIEBZEHN

Marleen stöhnte leise. Ihre Lider flatterten, als würden sie sich weigern, ihre Augen der Realität auszusetzen. Sie versuchte, nach der schmerzenden Stelle am Kopf zu tasten, aber sie bekam die Hand nicht frei. Beide Hände steckten hinter ihrem Rücken fest und ließen sich nur wenige Millimeter im Gelenk bewegen.

Sie spürte die pochende Beule an der Schläfe, auch ohne danach zu tasten. Warum konnte sie sich nicht bewegen? Was war passiert? Die Erinnerung ließ sich nur widerwillig einfangen. Sie hatte Stress gehabt, sie hatte etwas unter Zeitdruck gesucht, sie musste dringend telefonieren. Sie zwang sich, die Augen zu öffnen, um den Nebel aus dem Kopf zu vertreiben und klarer denken zu können.

Sie saß auf einem Stuhl an Gudruns Esszimmertisch, mit dem Hosengürtel an der Rückenlehne festgezurrt. Ihre Hände und Füße waren gefesselt.

Ihr gegenüber saß jemand und spielte mit einem Gegenstand auf dem Tisch. »Ah, die Dame hat ausgeschlafen. Ich dachte schon, das wird heute nichts mehr.« Rike klopfte gelangweilt mit dem babyblauen Schlüssel auf die Tischplatte.

»Schwester Rike, was soll das? Machen Sie mich los.«

»Schwester Rike, was soll das?«, äffte Rike sie nach. »Was soll das wohl! Ich würde sagen, Sie waren etwas zu neugierig. Jetzt haben wir den Salat.«

»Ich verstehe nicht, was Sie meinen.«

»Ich meine, dass Sie nicht in meinem Rucksack hätten herumschnüffeln sollen.«

»Das habe ich nicht getan. Ich bin darüber gestolpert.«

»Scheißegal, wie es passiert ist. Tatsache ist, dass Sie jetzt mein kleines Geheimnis kennen, und das ist nicht gut. Das ist sogar sehr schlecht.«

»Ich weiß gar nichts.«

»Verkaufen Sie mich nicht für blöd.« Rike schnellte vor und drückte ihr die Schlüsselspitze unter das Kinn. »Ich habe es Ihnen doch angesehen, als Sie mit der Wäsche losgezogen sind.«

»Ich weiß nur, dass Sie den Schlüssel zu Conchitas Wohnung haben, mehr nicht.«

»Und das heißt was? Hä? Was heißt das wohl? Hat Ihnen Ihr Stecher, der Herr Kommissar, noch nichts beigebracht?«

»Bitte, Rike, machen Sie mich los. Die Fesseln tun weh.«

»Keine Sorge, gleich wird gar nichts mehr wehtun.«

»Was haben Sie vor?«

Rike tat nachdenklich. »Mir geht eine Idee nicht aus dem Kopf. Ich glaube, ich sollte sie in die Tat umsetzen.«

Marleen sah es Rikes Augen an. Was auch immer ihr vorschwebte, sie meinte es ernst. Sie würde kurzen Prozess machen – egal, was sie ihr versprechen würde. Wie spät mochte es sein? Würde Bela bald kommen und diesem Alptraum ein Ende bereiten? Fieberhaft suchte sie nach einem Ausweg. Würde jemand ihren Hilferuf hören? Sie hatte vorhin alle Fenster geschlossen, damit sich Gudrun nicht erkältete, wenn sie aus dem Bad kam. Zu dumm … Über ihr der Lehrer? Er verrammelte sich immer um diese Uhrzeit. Aus ihrer eigenen Wohnung konnte keine Hilfe kommen und zur anderen Seite war nur der Aufzug. Vielleicht die Frauen von unten?

»Ts, ts …« Rike hob drohend den Zeigefinger. »Denken Sie erst gar nicht daran. Mit durchgeschnittener Kehle lässt sich schlecht nach Hilfe rufen.«

Marleen schnappte nach Luft. Ein gequältes Wimmern drang aus ihrer Brust. Die Vorstellung war so grausig, dass sie keinen klaren Gedanken fassen konnte. Niemals würde sich Rike darauf einlassen, ihr ein Schweigegelübde abzunehmen. Zeit, sie brauchte Zeit. Sie setzte zum Sprechen an, aber ihre Mundhöhle war staubtrocken. Sie schluckte. So weit es die Fesseln zuließen, beugte sie sich vor und tat, als wolle sie in Frau Brehmers Zimmer schauen. Dabei erhaschte sie einen Blick auf die Wanduhr. Viertel nach sechs. Wenigstens noch eine Dreiviertelstunde – eine halbe Ewigkeit. Wie sollte sie Rike so lange hinhalten? »Was ist mit Frau Brehmer? Wo ist sie?«, krächzte sie.

»Unser Zuckerstückchen hat brav Abendbrot gegessen und ist schon im Land der Träume. Ich habe ihr gleich zwei ihrer Schlaftabletten gegeben. Ich habe ihr gesagt, dass Ihnen nicht gut ist und Sie sich in Ihre Wohnung zurückgezogen haben.« Rike ließ den Schlüssel auf den Tisch fallen und zog eine kleine Stechampulle heran. Langsam ließ sie sie vor Marleens Augen durch ihre Finger gleiten. »Tja, mit dem Insulinspritzen wird das wohl nichts mehr, zumindest nicht bei Frau Brehmer.«

»Ich verstehe nicht.«

»Keine Sorge, das werden Sie gleich. Sie wollten doch unbedingt lernen, Insulin zu spritzen. Sie können jetzt noch einmal genau zuschauen, wie es geht, und vor allem …«, sie hob bedeutungsvoll den Zeigefinger, »können Sie am eigenen Leib die Wirkung erleben. Fünfzig Einheiten Alt-Insulin unter die Haut … Das wird eine ganz besondere Erfahrung, die nur wenige mit Ihnen teilen. Eine angemessene Dosis, um sich von dieser Welt zu verabschieden.« Sie riss die sterile Verpackung einer Spritze auf und steckte eine Kanüle darauf.

Marleen keuchte. »Das ist nicht Ihr Ernst.«

»Stimmt, die elegantere Methode wäre es, das Insulin gleich intravenös zu spritzen. Dann dauert es keine fünf Minuten. Ich persönlich würde es jeder Überdosis an Schlaftabletten vorziehen. Fünf Minuten Herzrasen, Übelkeit, Kopfschmerzen, ach, die haben Sie ja sowieso schon. Wenn Sie Glück haben, sind Sie schon bewusstlos, bevor die Krämpfe einsetzen. Alles in allem eine schnelle Sache. Subkutan, also unter die Haut, haben Sie zwanzig Minuten länger Zeit, Ihre Sünden vor dem Herrn zu beichten.« Rike stach die Kanüle in die Ampulle, schwenkte sie auf den Kopf und zog die klare Flüssigkeit mit einem Lächeln auf den Lippen durch die Kanüle.

Marleen beobachtete, wie sich die Spritze füllte. Sie hatte gewusst, dass man mit Insulin vorsichtig umgehen musste.

Louisa hatte es ihr oft genug gesagt. Aber dass diese Substanz, die Millionen von Menschen Tag für Tag ein gutes und sicheres Leben ermöglichte, in wenigen Minuten für ihren Tod verantwortlich sein sollte, war unfassbar. Bilder erschienen vor ihrem inneren Auge: ihr Sohn Paul. Was sagte er zum Abschied immer am Telefon? »Pass gut auf dich auf, Mama.« Sie schluchzte. Und Bela. Mit wie viel Lebensfreude hatte sie an den bevorstehenden Abend gedacht. Wie sehr hatte sie dem Zusammensein mit ihm entgegengefiebert. Mit einem Paukenschlag tat sich ein tödlicher Abgrund vor ihr auf. Ihre Augen füllten sich mit Tränen.

»Aber, aber, Frau Schulte. Wer wird denn weinen? Nehmen Sie sich ein Beispiel an unserer tapferen Louisa. Augen zu und durch.«

»Louisa«, schniefte sie, »ich habe keine Ahnung, wie Louisa sich verhalten hat.« Zeit schinden, sie musste irgendwie Zeit schinden und Rike in ein Gespräch verwickeln. »Warum sollte Louisa angesichts des Todes nicht geweint haben?«

***

*Seit einem halben Jahr lag mir Louisa mit ihrem Supermann Benni in den Ohren. Der Schönste, der Geilste, der Charmanteste – die Superlative überschlugen sich. Ich konnte es nicht mehr hören. Jeden Freitag bei der Schlüsselübergabe dasselbe Affentheater. Je näher der Termin seiner Heimkehr rückte, desto aufgedrehter wurde sie. Ich habe sie gefragt, ob sie an das Ammenmärchen glaube, ihr Benni habe in den Staaten ein Einsiedlerdasein geführt. Solche Supermänner brauchen schließlich immer Bewunderung. Sie schaute mich an wie ein waidwundes Reh. Ihr Benni doch nicht! Einen treueren Mann als ihn gebe es nicht.*

*Als ich vor ein paar Tagen zum Schichtwechsel bei ihr im Haus war, zeigte sie mir zum tausendsten Mal das Foto. Ja, ja, sie hatte ja recht – er sah verdammt gut aus; zu gut. Und während ich mal wieder auf das Bild schaute, kam mir plötzlich ein Gedanke. In einem unbeobachteten Moment, als Louisa auf dem Klo war, fotografierte ich das Bild mit meinem Handy ab.*

*Ich bin zwar kein Computerfreak, aber mit diesen neuen Programmen kann selbst ich aus zwei Fotos eins machen. Ich habe Supermann genommen und ihm Coco mit nacktem Oberkörper an die Brust gedrückt. Das Foto war im Sommer auf Cocos Balkon entstanden, zusammen mit diesem russischen Model. Quer über das Bild habe ich mit einem Edding »Amerika wird geil, mein Schatz« geschrieben und ein dickes Herz dazugemalt. Sollte sich Louisa aussuchen, wer von beiden es geschrieben hatte.*

*Irgendwann würde ich es ihr unter die Nase halten – ihr die vor Glück triefenden Augen öffnen. Optimal wäre es kurz vor seiner Rückkehr. Wenn sie vor glücklicher Erwartung hochgepuscht war bis zum Gehtnichtmehr.*

*Am Freitag war es so weit. Ich hatte alles perfekt geplant. Und was machte die dumme Gans? Sie sprang vom Balkon! Es ist nicht zu fassen.*

*Ich fuhr zur Schlüsselübergabe. In ihrem Haus sah es aus wie in einem Puff. Überall Kerzen, Herz- und blutrote Lippenkissen, penetranter Rosenduft. In ihrem Eifer hatte sie das Schlüsselbund verlegt. Ich ließ sie suchen und wartete im Wohnzimmer. Als sie es endlich gefunden hatte, zeigte ich auf das Foto und sagte: »Mir ist übrigens eingefallen, dass ich deinen Typen schon mal gesehen habe.«*

*Sie schaute verdutzt und fragte natürlich sofort nach. Ich antwortete ihr, dass in Cocos Wohnung ein ähnliches Foto stehe. »Er hat sogar dasselbe Hemd an wie hier. Irgendwas von Amerika steht darauf.«*

*»Welche Wohnung? Wer ist Coco?«*

*»Conchita Borquez, sie wohnt in der Warburger Straße im selben Haus wie Frau Brehmer. Ich versorge ihre Blumen, während sie in Amerika ist.«*

*Louisa wurde leichenblass. »Die sind also tatsächlich zusammen dort?«*

*»Keine Ahnung«, antwortete ich. »Es würde mich aber nicht wundern.«*

*Louisa lachte hysterisch. »Du willst mich verarschen, Rike. Du mit deinem Scheiß-Männerhass gönnst mir mein Glück nicht.«*

*Ich nahm das Schlüsselbund. »Wie du meinst. Sag aber hinterher nicht, ich hätte dich nicht gewarnt. Ich bin mir sicher, dass es derselbe*

*Typ ist. Er legt genau wie hier den Arm um Cocos Schulter. Einziger Unterschied – Coco ist nackt. Wenn ich es mir recht überlege, sieht sie aus wie gerade frisch gevögelt.« Ich stand auf und ging zur Tür. »Falls es dich beruhigt, schaue ich gleich noch mal genauer hin, wenn ich zum Blumengießen rüberfahre.«*

*Louisa reagierte genau, wie ich es erwartet hatte. »Warte, ich komme mit. Das muss ich selbst sehen.«*

*»Wie du willst. Nimm aber bitte dein eigenes Auto, ich will anschließend nicht noch mal über Elsen fahren. Wir treffen uns vor Cocos Wohnung im fünften Stock.«*

*Ich glaube, Louisa ist im Tiefflug nach Elsen. Als ich ankam, stand ihr Wagen bereits vor dem Haus. Sie selbst stand völlig aufgelöst im Flur des fünften Stocks. Ich schloss auf, machte das Licht an und ließ sie eintreten. Das Foto hatte ich bereits am Vortag auf der Kommode platziert. »Bitte, dort drüben auf der Kommode steht es.«*

*Louisa ging mit steifen Schritten hin, legte ihr Handy auf die Kommode und nahm das Bild. Sie wandte sich ab, ich konnte ihr Gesicht nicht sehen. »Amerika wird geil, mein Schatz«, las sie mit tonloser Stimme. Nach ein paar Sekunden stellte sie das Foto wieder zurück, vorsichtig, als wollte sie es nicht kaputt machen. Sie drehte sich zu mir um. Ich lächelte ihr tröstend zu. Endlich war dieser dämliche Gesichtsausdruck weg – dieses glückselige Strahlen. Ihre Augen waren wie zwei matte dunkle Steine. Ich triumphierte innerlich. Wieder eine geheilt …*

*Und dann ging alles plötzlich ganz schnell. Sie lief schnurstracks zum Balkon und stieg auf den Blumenkübel. Ich dachte, sie wollte mir einen Schrecken einjagen. Ich lachte und sagte, dass es Schlimmeres gebe und sie wieder reinkommen solle. Sie schaute mich noch einmal an, dann sprang sie. Sprang, als würde sie einen kleinen Weidezaun überspringen, der ihr auf einer Wanderung im Weg stand.*

*Krass. Mit dieser Reaktion hatte ich nicht gerechnet. Ich hatte keine Zeit, lange darüber nachzudenken. Besser, ich verschwand, bevor unten irgendwer in hysterisches Geschrei ausbrach. Ich nahm das Foto wieder an mich, wischte mit dem Ärmel über die Kommode. Mist – sie hatte ihr Handy liegen lassen. Ich nahm es und wollte es schnell hinter ihr herwerfen, so, als sei es im Fall aus ihrer Jacken-*

*tasche gerutscht. Als ich über das Geländer schaute, sah ich ein paar Stockwerke unter mir jemanden über die Brüstung kotzen, genau auf Louisas Beine. Ich zuckte zurück, putzte alles mit einem sauberen Tuch ab, was Louisa und ich angefasst hatten. Viel war es nicht. Das Handy zerstörte ich und warf es auf dem Heimweg in einen Müllcontainer.*

*So hatte ich mir das alles nicht vorgestellt, aber zumindest werde ich in Zukunft Ruhe bei den Schlüsselübergaben haben.*

***

»Rike, hören Sie. Das ist wirklich dumm gelaufen mit Louisa. Aber Sie sind doch keine Mörderin. Das lässt sich alles irgendwie ausbügeln. Sie machen es erst wirklich schlimm, wenn Sie mich töten.«

Rike riss erstaunt die Augen auf. »Wieso ich? Sie werden Selbstmord begehen, Frau Schulte. Auf der Spritze werden nachher nur Ihre eigenen Fingerabdrücke zu finden sein. Sie haben durch Frau Brehmer direkten Zugang zum Insulin, und das Spritzen ist ja nun wirklich ein Kinderspiel. Einfacher geht Selbstmord nicht. Ich werde Sie gleich hübsch dort auf dem Fußboden drapieren. Möchten Sie auf dem Bauch liegen oder lieber auf der Seite? Besser auf der Seite, das würde auch das Hämatom an Ihrer Schläfe erklären, das Sie sich beim Sturz zugezogen haben.«

Marleens ungläubiger Blick hing an Rikes Lippen. »Aber warum? Warum sollte ich das tun? Ich habe keinen Grund, Selbstmord zu begehen. Man wird in dieser Sache ermitteln.«

»Ich denke, wenn man Conchitas Wohnungsschlüssel in Ihrer Hosentasche finden wird, hat sich die Frage nach der Täterin erledigt. Warum Sie das getan haben? Keine Ahnung. Neid auf junge, glückliche Frauen? Sie hocken tagtäglich bei der alten Frau Brehmer, und das Leben zieht an Ihnen vorbei. Zu dumm, dass Sie sich Ihr gerade gewonnenes Glück mit Ihrer Neugier selbst zerstört haben. Ach«, Rike machte eine wegwerfende Handbewegung, »die Kommissare werden sich schon was zusammenbasteln. Da habe ich gar keine Bedenken. Ein schlechtes Gewissen wegen der beiden Frauen kommt immer gut. Zu einem Abschiedsbrief werde ich Sie wahrscheinlich nicht mehr überreden können, oder?« Rike lächelte ihr mit einem Augenzwinkern zu. »Oder möchten Sie sich mit warmen Worten von Ihrem Schatz verabschieden?« Sie rückte ihren Stuhl heran, sodass sie direkt voreinander saßen. »Es tut nicht weh. Ein kleiner Mückenstich.«

Marleen schrie und rüttelte verzweifelt an ihren Fesseln.

Blitzschnell war Rike Mahlmann hinter ihr und presste ihre Hand auf Marleens Lippen. »Frau Schulte, bitte reißen Sie sich zusammen. Wenn Sie weiterschreien, muss ich Ihnen den Mund zukleben. Dann ersticken Sie noch an Ihrer Kotze, bevor Sie richtig weg sind. Das wollen wir doch verhindern, oder?« Rike hob die Spritze senkrecht an und klopfte mit dem Mittelfinger dagegen. Sie drückte den Kolben, bis ein Tropfen des Insulins auf der Kanülenspitze thronte. »Kleine Krankenschwesterangewohnheit«, lächelte sie, »immer schön luftleer spritzen. Wie hätten Sie es nun gern? Ich schlage die subkutane Methode vor. Intravenös ist was für Profis, und ein Profi sind Sie nun mal nicht.«

# ACHTZEHN

Johanna sah sich irritiert um. Ihr war Aßmanns Wohnung extrem sauber und aufgeräumt in Erinnerung. Heute schien ein Wirbelsturm hindurchgefegt zu sein, ganz zu schweigen von dem Gestank. Hatte sie am Samstag noch auf einem intakten Sofa gesessen und auf ihren Chef gewartet, so wirkte die Sitzgelegenheit jetzt wie durch den Schredder gezogen. Um ins Wohnzimmer zu gelangen, musste sie einen Hindernisparcours aus umgestürzten Stühlen und zusammengerollten Teppichen bewältigen. Gut, Aßmanns Frau war ausgezogen, aber dass der Chef seine Wohnung innerhalb kürzester Zeit als Single in ein Trümmerfeld verwandelt hatte, war eine stramme Leistung.

Aßmann, normalerweise die Souveränität in Person, hockte inmitten des Chaos. Das Hemd hing ihm aus der Hose, und weiße Flöckchen zierten sein kurzes Haar. In den Händen hielt er eine Brotdose weit von sich gestreckt, als würde ihm das Ding jeden Moment um die Ohren fliegen. »Johanna, gut, dass du kommst. Dich schickt der Himmel. Ich befürchte, Siegfried und Roy haben von dem schlechten Fisch gefressen. Wenn wir sie nicht sofort zum Tierarzt bringen, werden sie sterben.«

Sie schluckte unbehaglich. »Eigentlich schickt mich Gerke, um Sie abzuholen. Er ist auf eine Spur gestoßen und ziemlich sauer, dass er Sie nicht erreichen kann.«

»Wieso kann er mich nicht erreichen? Mein Handy ist immer eingeschaltet. Es liegt momentan sogar am Ladekabel. Halt mal.« Er drückte ihr die Brotdose in den Arm und ging in den Flur. »Wie ich gesagt habe.« Er zeigte auf das Gerät. Verständnislos starrte er auf das schwarze Display. »Wieso ist es denn aus? Das kann doch gar nicht sein. Es lädt seit drei Stunden.« Er fummelte hinter der Kommode herum und zog ein angenagtes Kabel hervor. »So ein Mist, dann kann es natürlich nicht aufladen. Das tut mir leid, ist aber jetzt nicht zu ändern.«

Er ließ das Kabel achtlos fallen. »Wir müssen uns beeilen. Ich habe im Telefonbuch nachgeschaut. Der tierärztliche Notdienst ist in der Detmolder Straße 195. Ich nehme die Dose, du fährst.«

»Wir müssen aber in die Theodor-Heuss-Straße.«

»Die liegt doch fast auf dem Weg. Wir geben die beiden nur schnell in der Praxis ab und fahren sofort weiter. Auf geht's, so eilig wird es Gerke schon nicht haben.«

Johanna seufzte. Die Detmolder Straße lag genau entgegengesetzt. Aber Aßmann zu widersprechen, wenn es um das Leben seiner Mäuse ging, war ähnlich sinnlos, wie ihrer Schwiegermutter einen Wochenendbesuch in Paderborn auszureden. »Und Gerke?«, wagte sie einen letzten Versuch.

»Den rufe ich von unterwegs an.« Aßmann schob sie zur Tür hinaus. »Weißt du, wie weh es tut, an einer Fischvergiftung zu sterben, Johanna? Die zehn Minuten müssen jetzt einfach drin sein. Dominik wird das verstehen. Er ist ein Tierfreund.«

Auf halber Strecke lupfte Aßmann den Deckel der Dose und spähte vorsichtig hinein. »Kannst du nicht etwas schneller fahren? Siegfried bewegt sich kaum noch. Ich glaube, er hat sich zum Sterben in eine Falte meines alten Tischläufers zurückgezogen.« Er zupfte an dem Stoff und schob den Deckel seufzend wieder zurück. »Bitte, lieber Gott, lass es nicht schon zu spät sein.«

»Chef, ich fahre schon schneller, als die Polizei erlaubt. Sie wollten Gerke noch anrufen. Er hat mich vor einer halben Stunde losgeschickt. Er wird toben.«

»Toben bringt den Kreislauf in Schwung. Er regt sich schon wieder ab. Oder war er in Gefahr?«

»Nein, es sei denn, er kann seinen Kreislauf nicht bändigen.«

Aßmann winkte ab. »Sag mal, wie spät ist es eigentlich? Ich habe meine Uhr vergessen.«

»Kurz nach sieben.«

»So spät schon? Gibst du mir bitte dein Handy? Ich muss vorher noch dringend Marleen anrufen und Bescheid geben, dass sie mit den Krüstchen warten soll.« Er tippte ihre Nummer auswendig ein und wartete. »Wieso dauert das denn so lange?« Er schaute aufs Display – die Nummer stimmte – und hielt das Handy wieder ans Ohr. Der Tausendquell-Park rauschte an seinen Augen vorbei, während er es durchschellen ließ …

Rike schaute genervt über die Schulter. Marleens Handy surrte. »Dafür haben wir jetzt leider keine Zeit mehr.«

»Das ist der Kommissar«, behauptete Marleen, obwohl es sich bei dem Klingelton nicht um Belas Erkennungsmelodie handelte. »Er steht unten vor dem Haus und wartet auf mich.«

»Bullshit.«

»Doch, bestimmt. Wir sind verabredet.« Sie betete, dass das Handy nicht verstummen möge. Es war ihre letzte Rettung, egal, wer dran war. Sie musste Zeit schinden, bis Bela irgendwann eintraf. »Sie können mir die verdammte Spritze in den Bauch rammen«, krächzte sie, »aber Sie werden keine Zeit mehr haben, einen Selbstmord daraus zu basteln. Sie werden ihm direkt in die Arme laufen, wenn Sie die Wohnung verlassen.«

Rike warf die Spritze ärgerlich auf den Tisch. Die kleine Blase an der Kanülenspitze zerplatzte. »Wimmeln Sie ihn ab«, forderte sie. »Ein falscher Ton, und ich steche zu. Und ich werde Ihre Halsvene treffen, ich schwöre es Ihnen. Dann ist mir der Rest auch egal.« Sie nahm das Handy und schaute auf das Display. »Kein falsches Wort«, zischte sie und hielt es Marleen ans Ohr.

»Hallo?«

»Hallo, Liebes, ich bin's.«

»Bela.« Sie räusperte sich. Ihre Gedanken rasten. Sie durfte ihre letzte Chance nicht verstreichen lassen. Sie musste ihm zu verstehen geben, dass sie in Gefahr war.

»Ich schaffe es leider nicht pünktlich. Kannst du bitte die Krüstchen –«

»Bela, ich muss den Kochkurs für heute Abend leider absagen. Ich habe Migräne.«

»Hä?«

»Ihr schafft das auch ohne mich. Wir haben die Rezepte letzte Woche schon besprochen.«

»Marleen, letzte Woche um diese Zeit kannten wir uns noch gar nicht. Wir haben gar nichts besprochen.«

»Und denk an die Rosinen. Sie gehören in den Teig – unbedingt müssen die Rosinen hinein.«

»Marleen, was zum Teufel ist los?«

»Ich muss Schluss machen, bis –«

Abrupt zog Rike das Telefon von ihrem Ohr weg und schaltete es ab. »Schluss jetzt.« Achtlos warf sie das Gerät in eine Zimmerecke. »Der arme Bela, was wird er enttäuscht sein, der Herr Kommissar. Seine Marleen eine Mörderin – und eine Selbstmörderin dazu.«

»Er wird es nicht glauben.«

Rike zuckte mit den Schultern. »Es wird ihm nichts anderes übrig bleiben. Wie lange waren Sie zusammen? Drei Tage? Das ist eine verdammt kurze Zeit; zu kurz, um jemanden durch und durch kennenzulernen. Manche schaffen das auch nach vielen Jahren nicht. Hoffentlich haben Sie sich wenigstens in der kurzen Zeit sexuell ein wenig ausgelebt? Heute Mittag an der Warmen Pader, allerliebst, wie Sie Hand in Hand dahergeschlendert sind.«

»Sie waren auch dort?«

»Gewiss. Beinahe hätte der gute Kommissar mich und meinen Ex im Gebüsch erwischt.«

»Die Frau im Rollstuhl …«

»Der Mehlsack?« Sie lachte verschlagen. »Das ist seine Frau, das dumme Ding. Ich habe genossen, dass sie wusste, was im Gebüsch vor sich geht. Sie sollte es sehen. Richtig weh sollte es tun.«

»Warum? Meinen Sie nicht, dass das Leben ihr schon genug aufgebürdet hat?«

»Oh nein. Von mir aus können wir das jeden Tag wiederholen. Nicht, dass es mit Roland Spaß machen würde. Wenn ich mich ein wenig vor ihm dehne und strecke, läuft er so heiß, dass er sich kaum noch beherrschen kann.« Rike gluckste. »Alles in die Hose gegangen, das alte Ferkel.«

Marleen schaute sie entgeistert an. »Aber warum dieses Schauspiel vor der armen Frau?«

»Arme Frau? Nix arme Frau. Kennen Sie die Brücke im Quellgebiet? Die an dem kleinen Becken mit den Steinstufen? Der Fotograf sollte dort nach der Trauung Fotos von uns machen. Stattdessen hat er zwei Monate später Aufnahmen von ihr und Roland gemacht, auf *unserer* Brücke. Nein, sie hat es verdient. Sie hat den Rollstuhl verdient, und sie soll jeden Tag mit anschauen, was ihr Mann mit mir treibt. Ich hoffe, sie hat ihn stöhnen hören.«

»Sie sind nicht die Einzige, der so was passiert ist. Sie sind jung und hübsch. Suchen Sie sich einen anderen Mann.«

»Um wieder verarscht zu werden? Wie naiv sind Sie denn?« Sie blickte sie beinahe erstaunt an. »Glauben Sie denn wirklich, dass der Kommissar Ihnen treu ist? Jetzt, wo Sie ihm für den heutigen Abend abgesagt haben, ist er doch schon längst auf dem Weg zu einer anderen und haucht ihr irgendwelche Liebesschwüre ins Ohr, da sind sie alle gleich.«

»Nein, bestimmt nicht.«

»Ist ja niedlich. Ihr verliebtes Getue kotzt mich an, Frau Schulte. Es hat schon seinen Grund, warum ich in die ambulante Krankenpflege gegangen bin. Hier treffe ich nur auf alte oder kranke Menschen oder beides. Meist lebt der Partner schon nicht mehr. Und wenn er doch noch lebt, ist nicht mehr viel von Liebe übrig. Da werden andere Prioritäten gesetzt. Eine regelmäßige Verdauung zum Beispiel – in den Augen der Alten übrigens das Highlight eines jeden Tages. Und jetzt kommen Sie mit Ihrem Bullen und gaukeln mir diese schöne verliebte Welt vor? Nein, danke, das brauche ich nicht mehr.«

»Rike, irgendwann muss man doch mal vergeben können. Woher kommt nur Ihr tiefer Hass?«

Wieder ein Schulterzucken. »Wahrscheinlich angeboren.«

»Nein, gewiss nicht, niemand wird mit Hass im Herzen geboren.«

»Oh, werden wir jetzt auch noch philosophisch.« Rike zog sich mit einem übertriebenen Stöhnen die Spritze wieder heran.

Ängstlich verfolgte Marleen jede ihrer Bewegungen. »Wenn Sie mich umbringen, machen Sie alles nur noch schlimmer. Ich könnte mich für Sie einsetzen …«

»Sie brauchen gar nichts für mich tun. Und dass Sie jetzt hier sitzen, haben Sie sich selbst zuzuschreiben. Ich werde einen Teufel tun und mich stellen. Ich gehe nicht ins Gefängnis. Ich habe meine gesamte Kindheit in einem Gefängnis verbracht. Mein Kinderzimmer war mein Gefängnis. Mit einem Plastikeimer als Kloschüssel. Und die Jahre im Heim waren auch nicht viel besser. Niemand wird mich jemals wieder einsperren. Niemals. Das schwöre ich Ihnen.« Grob schob sie Marleens Ärmel hoch. »Und jetzt ist Schluss mit der Laberei.«

»Ausgestellt. Sie hat mich abgewürgt.« Aßmann schaute verdattert auf das Handy in seiner Hand. Er wählte erneut, wurde aber gleich an die Mailbox weitergeleitet. »Und Blödsinn hat sie obendrein geredet. Ich soll die Rosinen nicht vergessen.«

»Vielleicht hat sie einen Schwips?«, schlug Johanna vor.

»Jetzt schon? Nein, das glaube ich nicht. Irgendwie hörte sie sich gestresst an.« Angestrengt schaute er aus dem Fenster und trommelte mit den Fingern auf die Brotdose. »Wir sollten …«

»… umdrehen und schnellstens zu Gerke in Frau Mahlmanns Wohnung fahren?«, schlug Johanna vor.

Aßmanns Kopf fuhr zu ihr herum. »Dominik ist bei Frau Mahlmann?«

»Ja, zumindest ist er in ihrer Wohnung. Ob sie zu Hause ist, weiß ich nicht.«

»Aber was macht er denn da? Und warum sagst du denn nicht gleich, dass er bei ihr ist?«

»Ich bin irgendwie nicht zwischen Ihre Mäuse gekommen, Chef.«

Aßmann schaute nach vorn und nahm das Trommeln wieder auf. »Ich sage dir, da stimmt was nicht. Schwester Rike war am späten Nachmittag in der Warburger Straße, um die alte Frau zu baden. Marleen war am Telefon völlig konfus. Gerke befindet sich in Schwester Rikes Wohnung auf Spurensuche und ist – aus welchem Grund auch immer – aufgebracht. Siehst du das Taxi, das dort hinten einen Fahrgast rauslässt?«

»Ja.«

»Ich steige dort um.«

»Chef, Gerke reißt uns die Köpfe ab.«

»Vertrau mir, Johanna. Ich übernehme die Verantwortung. Du fährst mit Siegfried und Roy zur Tierarztpraxis und gibst die beiden dort ab. Ich fahre mit dem Taxi in die Warburger Straße. Ich nehme dein Handy mit und rufe von unterwegs Dominik an.«

Er klopfte zum Abschied noch einmal sacht auf die Brotdose und warf Johanna einen beschwörenden Blick zu. »Sag dem Arzt, dass es Sardellen waren.«

Er lief zum Taxi und rauschte auf den Beifahrersitz. »Tach, auf dem schnellsten Weg in die Warburger Straße, bitte.«

»Der schnellste Weg wird im Moment nicht befahrbar sein«, brummte der Taxifahrer. »Der Liboriberg ist wegen der Kirmes gesperrt und das Kasseler Tor wegen einer politischen Kundgebung.«

»Super Abstimmung. Dann müssen wir den Umweg über den Südring nehmen. Oder nein, fahren Sie so nah es geht an das Kasseler Tor heran. Ich laufe das letzte Stück.«

Sowie der Mann den Motor startete, rief Aßmann Gerke an. »Dominik, hör mir zu, bevor du mich zur Schnecke machst. Ich bin auf dem Weg zu Marleen. Wir wollten heute eigentlich Krüstchen essen, und jetzt kommt sie mir am Telefon mit Rosinen, die irgendwo nicht hineingehören –«

»Bela, es ist ja schön, dass Frau Schulte deine Geschmacksknospen zum Leben erweckt hat. Aber kannst du bitte mal für ein paar Stunden nicht ans Essen denken und dich auf die Arbeit konzentrieren? Diese Schwester Rike hat uns mit ihrem Quiz an der Nase herumgeführt. Sie hatte die Sendung aufgezeichnet. Also hätte sie zum Todeszeitpunkt durchaus bei Louisa sein können. Wir müssen das unbedingt kontrollieren. Außerdem ist sie eins der Mädchen, die auf Conchitas Balkon sitzen. Die mit dem Tattoo. Das hängt irgendwie zusammen.«

»Genau aus dem Grund bin ich doch auf dem Weg zu Marleen. Sie war völlig gestresst, als würde sie unter Druck stehen. Und diese Schwester Rike war am späten Nachmittag in der Wohnung, um Frau Brehmer zu versorgen. Ich sage dir, da stimmt was nicht.«

»Na gut, ich sehe zwar keinen Zusammenhang zwischen Marleen und Rike, aber ich lasse einen Kollegen herkommen und treffe dich in der Warburger Straße.«

»Erinnerst du dich noch, was wir über verliebte Frauen im Zusammenhang mit dem Fall gesagt haben, Dominik? Jemand scheint es auf sie abgesehen zu haben. Und jetzt könnte Marleen an der Reihe sein.«

# NEUNZEHN

Eigentlich hatte Aßmann Libori immer gutmütig über sich ergehen lassen. Es gehörte zu Paderborn wie der Karneval zu Köln oder das Oktoberfest zu München. Heute allerdings forderten ihm das Fest und seine Besucher starke Nerven ab. Es kam ihm vor, als würde er als einziger Mensch gegen den Strom aus Familien mit Kindern, Kinderwagen und Rollstühlen anlaufen.

Der Taxifahrer hatte ihn am Busdorfwall aussteigen lassen. Er eilte die Brücke über die Bahntrasse hinauf, vorbei an Kindern mit trötenden Pfeifen und knallenden Spielzeugpistolen, Luftballonverkäufern und Menschen mit Bauchläden. Auf der anderen Seite der Brücke wurde es zum Glück etwas ruhiger.

Endlich in der Warburger Straße angekommen, stürzte er atemlos die Treppen in den dritten Stock hinauf, gefolgt von Hausmeister Klinke, den er bereits während der Fahrt vor das China-Restaurant beordert hatte. Er hatte überlegt, ob er Verstärkung anfordern sollte. Aber mit welcher Begründung? Dass eine Frau an völlig unpassender Stelle von Rosinen gesprochen und eine andere verschwiegen hatte, dass sie regelmäßig Quizsendungen aufzeichnete? Oder dass eine Frau in Gefahr sein könnte, weil sie glücklich verliebt war? Die Kollegen würden ihn auslachen oder für verrückt erklären. Er selbst würde kaum anders reagieren. Trotzdem sagte ihm sein Gefühl, dass er sich besser sputen sollte.

Ungeduldig schellte er an Marleens Wohnungstür Sturm. Als sich nichts rührte, ließ er sich vom Hausmeister die Tür aufschließen. Nichts, niemand war hier, der Herd war kalt. Ohne zu zögern, eilte Aßmann zu Frau Brehmers Wohnung und ließ sich auch diese vom Hausmeister öffnen.

»Marleen? Bist du hier?« Die Zwischentür zum Wohnzimmer war verschlossen. Er sah sich nach seinem Begleiter um, aber der hob hilflos die Schultern.

»Schlüssel von Zimmertüren habe ich nicht«, erklärte er.
»Marleen? Frau Brehmer?«, rief Aßmann noch einmal. Ihm war, als käme ein Stöhnen von der anderen Seite. Er ging einen Schritt zurück und warf sich gegen die Tür. Beim zweiten Anlauf gab das Holz splitternd nach. Augenblicklich wurde Aßmann bewusst, dass er einen Fehler begangen hatte. Er hätte Verstärkung anfordern sollen.

Marleen lag auf dem Boden. Ihr Blick irrte seltsam verwirrt durch den Raum und blieb schließlich an einem Gegenstand hängen, der nur für sie sichtbar war. Rike kniete hinter ihr. Für den Bruchteil einer Sekunde wirkte sie ertappt. Doch dann legte sie den Kopf zur Seite und lächelte ihm mitleidig entgegen. »Du bist schnell, Bulle. Irgendwas hat dich hergelockt, nicht wahr? Die Scheiß-Rosinen? Aber es wird ihr nichts nutzen. Du kannst sie nicht mehr retten.« Ihr Gesicht verzog sich zu einer hasserfüllten Maske. »Such dir eine Neue, Bulle. Ihr Männer habt ja kein Problem damit. Die Welt ist voller Frauen, die nur darauf warten, von euch verarscht zu werden.«

Er zog seine Waffe. »Gehen Sie weg von ihr. Zurück.«

Rike ließ das Klebeband fallen, das sie von Marleens Handgelenken gelöst hatte. Sie stand auf und bewegte sich langsam rückwärts. Plötzlich fuhr sie herum, verschwand blitzschnell durch die Küchentür und knallte diese hinter sich ins Schloss. »Wag es ja nicht, hereinzukommen«, knurrte sie, während sie hörbar den Schlüssel von innen umdrehte.

»Rufen Sie einen Notarzt!«, rief Aßmann über die Schulter zum Hausmeister, der neugierig ein paar Schritte näher gekommen war. »Machen Sie schnell. Und warten Sie draußen.« Er sank neben Marleen auf die Knie. »Was ist los, Liebes? Schau mich an. Hast du Schmerzen?«

Er klopfte ihr sanft die Wangen. Sie reagierte nicht. Er tastete nach ihrem Puls, doch zunächst hatte er das Gefühl, nur das eigene Klopfen und Rauschen im Kopf zu spüren. Ihr Puls raste und war schlecht tastbar. Ihre Haut war schweißnass, die Kleidung durchnässt, als hätte jemand einen Kübel Wasser über sie ausgegossen. Er bekam sie nur schwer zu fassen, da ihr Muskeltonus erschlafft war. Es fühlte sich an, als hätte er ein totes Rehlein auf dem Arm, als er sie hinaustrug. »Halte durch, Marleen, bitte, der Notarzt ist unterwegs. Er muss jeden Moment kommen. Ich glaube, ich höre ihn schon.«

Es war Wunschdenken. Den Notarzt und den lieben Gott, er flehte sie im Wechsel um Hilfe an. Der Notarzt konnte noch nicht da sein, auch wenn sich das diensthabende Brüderkrankenhaus gleich eine Parallelstraße weiter befand. War ihm das Fahrzeug nicht vorhin sogar stadtauswärts begegnet? Er wies den Hausmeister an, unten auf den Notarzt zu warten, um ihn möglichst schnell hinaufzudirigieren, und brachte Marleen in ihre eigene Wohnung.

Die Aufzugtür öffnete sich, und Gerke kam mit einem bunten Tornister unter dem Arm heraus.

»Hol Verstärkung!«, rief Aßmann ihm zu. »Rike Mahlmann hat sich in der Küche verschanzt. Ich weiß nicht, was passiert ist oder was sie vorhat, aber irgendwas hat sie mit Marleen gemacht. Und schau nach der alten Frau. Die ist noch drinnen.«

»Hat sie eine Waffe?«, fragte Gerke.

»Keine Ahnung. Aber in der Küche hat sie Zugang zum Messerblock.«

Gerke sah sich kurz in der Wohnung um, dann öffnete er die Tür zu Frau Brehmers Schlafzimmer und lugte hinein. Die alte Dame schlief. Sie war mit einem dünnen Plastikschlauch an einer Sauerstoffflasche angeschlossen, über den sie leise sprudelnd frische Luft zugeführt bekam. Allem Anschein nach hatte sie bisher nichts von dem Drama mitgekriegt, das sich im Nebenzimmer abspielte.

Er ging zur Küchentür und lauschte. »Frau Mahlmann? Hier ist Kommissar Gerke.« Als Antwort wurde ein Möbelstück, wahrscheinlich ein Küchenstuhl, gegen die Tür geschleudert. »Frau Mahlmann, wir können über alles reden. Bitte öffnen Sie.«

»Hauen Sie ab, sonst springe ich aus dem Fenster. Ich meine es ernst! Gehen Sie. Sofort!«

»Bitte beruhigen Sie sich. Lassen Sie uns …« Er kam nicht weiter. Das nächste Möbelstück flog gegen die Tür. Er hörte, wie das Küchenfenster geöffnet wurde.

»Okay, okay. Ich gehe.« Er wandte sich ab. Im Flur forderte er leise die Feuerwehr mit einem Sprungtuch, ein zweites Notarztteam und einen Psychologen an.

Keine fünf Minuten später wimmelte es im und ums Haus herum von Polizisten, Rettungssanitätern und Feuerwehrmännern. Gerke hatte nicht mehr versucht, Kontakt mit Rike aufzunehmen. Ihre Entschlossenheit, zu springen, hatte ihn davon abgehalten.

Die Feuerwehr bestätigte, dass das Fenster weit geöffnet sei, sich aber im Moment keine Person darin befände. Das Sprungtuch wurde geöffnet, und der Psychologe wagte ein vielleicht letztes Gespräch.

Aßmann waren die Minuten, bis der Notarzt endlich eingetroffen war, zur Ewigkeit geworden. Er hatte das Gefühl, Marleen sterbe ihm praktisch unter den Händen weg. Mit jedem Atemzug blähte sich Schaum vor ihrem Mund.

Vom Treppenhaus näherten sich eilige Schritte. Das Rettungssanitäterteam und der Notarzt ließen sich vom Hausmeister ins Zimmer führen. Die Sanitäter legten mit schnellen Handgriffen die Vitalzeichenkontrollen an, der Arzt beugte sich über Marleen.

»Wie haben Sie die Frau vorgefunden? Hat sie irgendwelche Grunderkrankungen? Nimmt sie Medikamente?«, fragte er, während er ihre Lider hob und die Pupillen prüfte.

»Sie lag in der Nachbarwohnung auf dem Fußboden und war nicht ansprechbar. Es befindet sich dort noch immer eine Person, die ihr, wie auch immer, Schaden zugeführt haben könnte.«

»Bitte absaugen. Die Atemwege müssen frei bleiben.« Der Arzt befühlte ihre Haut, die von kaltem Schweiß bedeckt war. »Hat sie Diabetes?« Er hielt die Hand auf und ließ sich von einem Sanitäter eine Braunüle anreichen. Mit sicherer

Hand, die Kanülenhülle zwischen den Zähnen, führte er die Punktionsnadel in die Ellenbeugenvene ein.

»Nein, sie hat keinen Diabetes. Die alte Dame nebenan, die von ihr versorgt wird, hat Zucker.«

»Dann hat sie Zugang zu Insulin?«

»Ja.«

»Blutzuckertest machen«, wies der Arzt einen Sanitäter knapp an, während er ihm die Führungsnadel reichte.

»Der BZ ist achtzehn«, sagte der Sanitäter nach wenigen Sekunden.

»Scheiße.«

»Was ist? Ist achtzehn schlecht?«

»Achtzehn ist besser als sechzehn«, brummte der Arzt. »Jetzt zack, zack. Zwanzig Milliliter vierzigprozentige Glucose.«

Der angeschlossene Monitor gab einen Daueralarmton von sich. Aßmann konnte nicht länger hinschauen und zog sich zurück. Er betete ernsthaft zu seinem lieben Gott, an den er sich bisher immer nur mit flapsig vorgetragenen Bitten gewandt hatte.

Die Hände der Sanitäter flogen, rissen Verpackungen auf und reichten dem Arzt das Geforderte. Zügig spritzte er ein Medikament. »Schließt eine Jonosteril mit dreißig Milliliter vierzigprozentiger Glucose an.«

Aßmann horchte auf. Bildete er es sich nur ein, oder wurde die Tonlage des Arztes ruhiger?

»Und dann hätte ich gern alle zehn Minuten einen BZ-Wert. Er darf nicht zu schnell ansteigen.«

Aßmann kam näher und umkreiste die Männer. Mal links herum, mal rechts herum. Wenn der Monitor beunruhigende Töne von sich gab, blieb er stehen und raufte sich mit beiden Händen die Haare. Zwischendurch horchte er, was in der Nachbarwohnung vor sich ging. Es war recht ruhig geworden. Ihm war nicht entgangen, dass unter dem Fenster ein Sprungtuch aufgespannt worden war.

Der Arzt beobachtete die EKG-Linie auf dem Monitor. Mit

einem Pling zeigte die Maschine den nächsten Blutdruckwert an. »Wir müssen ihrem Kreislauf etwas auf die Sprünge helfen. Fünfzig Milligramm Akrinor, bitte.«

Nach weiteren fünf Minuten gab sich der Arzt zufrieden. Er richtete sich auf. »Sie wird gleich zu sich kommen. Lassen wir ihr etwas Zeit. Es war knapp genug.«

»So schnell?« Aßmann konnte sich nicht vorstellen, dass Marleen gleich einfach so die Augen aufschlagen würde. »Was war mit ihr?«

»Sie hat eine sehr starke Unterzuckerung, einen sogenannten hypoglykämischen Schock. Das Gehirn braucht Glucose. Wenn die über einen gewissen Zeitraum ausbleibt, kann es zu lebensbedrohlichen Zuständen kommen.«

»Wird sie wieder gesund werden?«

»Wir nehmen sie mit in die Klinik. Sie muss wenigstens noch vierundzwanzig Stunden überwacht werden. Aber bei ansonsten gesunder Konstitution wird sie sich sicher bald erholen.«

»Sie sagen das nicht nur, um mich zu beruhigen?«

»Es war sicherlich sehr knapp. Sie hätten sie keine fünf Minuten später finden dürfen. Aber die Vitalzeichen haben sich gut eingependelt. Geben Sie ihr etwas Zeit.«

Aßmann nickte. »Alle Zeit der Welt, wenn sie nur überlebt.« Er setzte sich neben Marleen und nahm ihre kleine leblose Hand.

Nebenan wurden Männerstimmen laut, Befehle erteilt. Eine Tür krachte aus ihrer Verankerung. Mobiliar wurde zur Seite gerückt, weitere Befehle gerufen. Aßmann hörte Gerke kurz fluchen, dann wurde es ruhiger.

Er wandte sich wieder an den Arzt. »Aber wie entsteht ein solcher Schock?«

Der Arzt tippte auf eine winzige Beule an ihrem Oberarm. »Das ist eine frische Quaddel. Sie könnte etwas gespritzt bekommen haben. Insulin zum Beispiel.«

»Dann war es ein Mordversuch.«

»Wenn es ihr tatsächlich gespritzt wurde – durchaus.« Der

Arzt wandte sich an einen Sanitäter. »Wie ist der Blutzucker jetzt?«

»Neununddreißig.«

Marleen gab einen ersten leisen Seufzer von sich.

»Okay. Ihr Kreislauf stabilisiert sich auch. Wir werden sie für den Transport in die Klinik fertig machen.«

Aßmann richtete sich auf. »Ich werde nachkommen, sobald wir hier fertig sind.« Er zog Marleens Hand an die Lippen und fühlte zu seiner großen Erleichterung einen zaghaften Druck. »Bis später, Liebes.«

In Frau Brehmers Wohnung kämpfte ein zweites Rettungsteam um das Leben eines am Boden liegenden Menschen – Rike Mahlmann.

Gerke stand im Eingang zur Küche und schimpfte, als er Aßmann neben sich bemerkte. »So ein Mist! Sie hat uns verarscht, Bela. Sie tat, als ob sie springen würde, und in Wirklichkeit spritzte sie sich irgendeinen Scheiß.« Er deutete auf ein paar leere Ampullen, die auf dem Tisch lagen. »Alt-Insulin, sagt der Arzt. Intravenös wirkt es innerhalb weniger Minuten – keine Chance. Sie brauchte nur etwas Zeit. Sie musste verhindern, dass wir zu früh reinkommen.«

Erschöpft ließ sich Aßmann in einen Sessel sinken. »Was für ein schlimmer Tag.«

»Wie geht es Marleen?«

»Besser. Gott sei Dank. Sie wird gleich in die Klinik gefahren.«

Aus der Küche kam die Aufforderung, Abstand von der Patientin zu nehmen. Sie verstummten und beugten sich vor. Das Rettungsteam setzte den Defibrillator ein. Auf ein dumpfes Klacken hin zuckten Rikes Gliedmaßen kurz hoch, dann folgten zwei Sekunden Stille.

»Es sieht so aus, als habe Rike Marleen Insulin gespritzt«, fuhr Aßmann fort, als nebenan weitergearbeitet wurde. »Ich frage mich nur, warum? Marleen gehört nicht zu dem Typus Frau, dessen ganzer Lebensinhalt der neue Freund ist, für den sie alles andere vergisst. Und du und ich, wir beide sind immer noch genauso schlau wie vorher. Wenn Rike stirbt, werden wir nie herausbekommen, wie Louisa und Conchita genau zu Tode gekommen sind.«

»Dem möchte ich widersprechen.« Gerke holte den Tornister aus einer Ecke und klopfte bedeutungsvoll darauf. »Während ich auf dich und Jogi warten musste, habe ich mir die Zeit mit Tagebuchlesen vertrieben. Wo steckt das Mädel überhaupt?«

»Sie müsste jeden Moment aufkreuzen. Ich, äh, habe sie auf eine Sonderfahrt geschickt.«

»Sonderfahrt? Egal, pass auf.« Gerke kramte ein Heft aus dem Tornister, überprüfte das Datum, Oktober 2016, und begann vorzulesen.

*»Ich hätte Coco nicht in der Klinik besuchen sollen. Dieses dumme Glück, das aus ihren Augen triefte, hat mich nicht mehr losgelassen. Es war der Blick meiner Mutter, wenn es an der Tür schellte und sie mich in mein Zimmer verbannte.*

*Immer wieder tauchte Rolands Frau vor meinem inneren Auge auf – der Mehlsack. Coco in diesen Zustand zu versetzen, unästhetisch und abstoßend, das wäre die gerechte Antwort auf ein solch hündisches Verhalten. Ob ihr amerikanischer Big Boss sie auch durch die Gegend karren würde wie Roland seine Frau? Never.*

*Vor Cocos Abflug hatte ich bei ein paar Patienten Betablocker mitgehen lassen. Die merkten es sowieso nicht. Wenn ich Coco die Tabletten als Mittel gegen Flugangst unterjubeln konnte, hatte sie gute Chancen, während des Fluges einen Schlaganfall zu schieben. Ich stellte mir Big Boss' Augen vor, wenn er sie vom Flughafen abholte. Da kam keine schöne, lächelnde Frau wiegenden Schrittes auf ihn zu. Nein, sie wurde auf einer Trage an ihm vorbeigeschoben. In jeder Körperöffnung steckte ein Schlauch, und ein Beatmungsgerät unterstützte schnaufend ihre Atmung. Eine schöne Vorstellung.*

*Es war knapp, mein Teildienst passte gerade, sodass ich sie zwischendurch nach Frankfurt fahren konnte. Ich beeilte mich, um sie am Bahnhof abzufangen.*

*Kurz vor unserer Ankunft am Flughafen sagte ich ihr, dass im Handschuhfach ein Umschlag mit einem pflanzlichen Mittel gegen Flugangst liege. Sie könne ihn mitnehmen, und dann würde der Flug halb so wild werden. Sie umarmte mich. Dabei rutschte ihr diese dämliche Gucci-Handtasche auf den Boden. Sie klaubte alles zusammen und redete und redete und redete.*

*Als ich zu Hause die Papiere aus dem Handschuhfach holte, sah ich, dass sie ihren Wohnungsschlüssel und einen Lippenstift im Fußraum verloren hatte. Na ja, sie würde wahrscheinlich beides nicht mehr brauchen. Und als ich den Wohnungsschlüssel in der Hand hielt, kam mir eine geniale Idee in den Sinn …«*

Gerke schlug das Tagebuch zu. »Ich denke, der Fall Conchita Borquez ist damit abgeschlossen. Zu Louisa Steffens gibt es ebenfalls einen Eintrag. Auch ihr Tod geht auf Rikes Konto und gehört wohl in die Kategorie ›grober Unfug mit Todesfolge‹. Sie hat es geschafft, zwei Frauen in zwei Tagen umzubringen. Es würde mich übrigens nicht wundern, wenn sie noch mehr Leichen im Keller hat. Die tote Braut im Karussell zum Beispiel. Weißt du noch? Es war auch Libori, ich glaube 2011. Freunde hatten sie dem Bräutigam während der Hochzeitsparty entführt und waren mit ihr über die Kirmes gegangen.«

»Ich erinnere mich sehr gut. Die waren alle so besoffen, dass sie keine Angaben dazu machen konnten, wo sie die Braut verloren hatten. Der frisch Angetraute wunderte sich am nächsten Morgen nur, dass er neben einer ihm gänzlich unbekannten Frau aufwachte.«

»Ja, schöne Scheiße war das.«

»Die tote Braut hat die ganze Nacht über in irgendeiner Nische der Geisterbahn gesessen und war von den Gästen als besonders *spooky* gelobt worden.«

In diesem Moment verließen die Sanitäter mit Rike auf einer Trage die Küche. Der Arzt blickte sie ernst an. »Unbeschadet wird sie das keinesfalls überstehen – wenn überhaupt. Guten Abend, die Herren.«

Gerke packte das Tagebuch in den Tornister. »Lass uns auch gehen.«

Aßmann richtete sich auf und streckte sich. »Wir müssen Frau Backhaus benachrichtigen, damit sie den Dienst für die Patienten organisieren kann. Herr Rohde wird sich vor Begeisterung kaum halten können. Frau Brehmer lasse ich besser erst mal schlafen. Sie muss jetzt ein paar Tage ohne Marleen auskommen. Vielleicht sollte Frau Backhaus sie solange in einer Kurzzeitpflege unterbringen.«

Eilige Schritte näherten sich vom Flur. Johanna kam herein, die Brotdose wie ein Präsent vor sich hertragend.

»Jogi, schön, dass es dich auch noch gibt. Auf welche Sonderfahrt hatte es dich verschlagen?« Gerke warf sich den Tornister über die Schulter.

Johanna schaute unsicher von einem zum anderen und hob Aßmann die Box entgegen, als würde diese Geste alles erklären.

»Du hast uns etwas mitgebracht?«, fragte Gerke.

Aßmann schluckte. »Sie haben es nicht geschafft, oder?«

»Das würde ich so nicht sagen, Chef«, grinste Johanna. »Der Tierarzt lässt herzlich grüßen. Rennmäuse sind Vegetarier. Fisch interessiert sie nicht, und schon gar nicht verdorbener, egal, ob Sardelle oder Makrele oder sonst was mit Kiemen.«

Gerke setzte sich, stellte den Tornister auf seine Knie und legte die Arme darauf, gespannt, was jetzt kommen würde.

»Jedenfalls ist Siegfried eine Sieglinde und hat vorhin sieben Mäusekinder zur Welt gebracht. Sie hatte sich nicht zum Sterben zurückgezogen, sondern um in Ruhe gebären zu können.«

»Nein!«

»Doch. Eltern und Nachwuchs sind wohlauf.« Sie lupfte den Deckel und ließ erst den sprachlosen Aßmann hineinlinsen, dann hielt sie Gerke die Schachtel unter die Nase.

»Na, da hat sich die Sonderfahrt mal so richtig gelohnt. Bist du mit Lalü-Lala gefahren, Jogi?«

»Dominik, ich habe sie geschickt. Ich –«

»Lass gut sein, Bela. Es war ein langer Tag. Wir sollten gehen.« Gerke klopfte auf den Tornister und stand auf.

»Neun Rennmäuse …«, stöhnte Aßmann. »Lieber Gott, was soll das nur werden, wenn die sich alle der Vermehrung widmen, wenn die Zeit reif ist.«

»Ach, ich habe noch eine Notiz vom Tierarzt.« Johanna suchte in der Hosentasche nach einem Zettel. »Er ist mit dem Direktor des Münsteraner Zoos befreundet und meinte, die würden gerade ihr Nager-Paradies ausbauen. Vielleicht haben sie noch Kapazitäten frei. Sie sollten dort mal anrufen und sich auf ihn berufen.«

Dankbar nahm Aßmann den Zettel mit der Telefonnummer entgegen. »Das wird morgen früh meine erste Handlung sein. Danke, Johanna.«

Sie fuhren mit dem Aufzug ins Parterre. Die Rettungsfahrzeuge verließen nach und nach den Parkplatz vor dem China-Restaurant. Herr Wung konnte sich an diesem Abend nicht über zu wenige Gäste beschweren. Die Schaulustigen des Feuerwehreinsatzes hatten sich die Zeit mit Frühlingsrollen vertrieben. Ein Fenstersprung wurde schließlich nicht jeden Tag geboten. Der Hausmeister hatte sich zu ihnen gesellt und berichtete offenbar detailliert von den Ereignissen im Haus.

»Wie sagt die Presse so schön? Rotlicht und Blaulicht geht immer«, schimpfte Gerke über die Meute, sie sich langsam auflöste.

Eins der Rettungsfahrzeuge schaltete das Martinshorn ein, als es sich in den Verkehr einfädelte. Beunruhigt sah Aßmann dem Wagen nach. »Haben Sie gesehen, wer da abtransportiert wird?«, fragte er den Hausmeister.

»Die Krankenschwester«, antwortete Herr Klinke. »Ihrer Frau Schulte geht es gut. Ich soll Sie grüßen.«

»Das ist lieb von Ihnen, Herr Klinke, aber ich kann mir nicht vorstellen, dass Frau Schulte schon in der Lage ist, drei Wörter in die richtige Reihenfolge zu bringen.«

»Doch, doch. Ich war dabei und habe den Aufzug frei gehalten, als sie heruntergebracht wurde. Gut, sie hat es nicht klar und deutlich ausgesprochen, aber ich habe es herausgehört. Außerdem soll ich Ihnen das hier geben.« Er zog einen babyblauen Schlüssel aus seiner Hosentasche. »Der Wohnungsschlüssel von Frau Borquez. Ich gebe zu, die Angaben, die sie dazu gemacht hat, waren etwas konfus. Erst sagte sie, dass sie ihn gefunden hat, dann sagte sie, dass diese Schwester Rike ihn in ihre Hosentasche gesteckt hat.«

Aßmann drehte ihn verwundert in den Händen. »Conchitas Schlüssel. Sie hatte ihn in Rikes Auto verloren. Welch dumme Zufälle eine tödliche Kettenreaktion auslösen können. Und Frau Schulte will ihn gefunden haben?«

Klinke zuckte mit den Schultern. »Der Arzt sagt, dass sie morgen sicher genauere Angaben wird machen können. Aber eins habe ich ganz gewiss richtig verstanden.«

»Ja?«

»Ich soll Ihnen sagen, dass die Krüstchen im Kühlschrank stehen und Sie sie nicht verkommen lassen sollen.«

»Das ist ja verrückt.« Aßmann strahlte über das ganze Gesicht. Er räusperte sich. »Das ist … Herr Klinke, das ist der sichere Beweis, dass es ihr besser geht. Vielen Dank.«

»Krüstchen«, wiederholte Gerke gedehnt. »Ich muss sagen, Bela, du lebst seit Neuestem wie die Made im Speck. Das hört sich verdammt lecker an.«

»Komm mit zu mir. Wir essen sie zusammen.«

Gerke sah auf die Uhr. »Ich fürchte, das wird nichts. Ich muss gleich meine Schwägerin von Leonie erlösen – oder umgekehrt.«

»Bring beide mit. Wie ich Marleen kenne, hat sie im Übermaß gekocht.«

»Du bist sicher, dass du dir Henriette antun willst?«

»Heute kann mich nichts mehr schocken.«

# ZWANZIG

»Ich finde diese Affen nicht schön.« Leonie turnte am Gitter des Paviangeheges herum und zeigte kichernd auf die roten Hinterteile.

»Tja, Leo, wir können uns glücklich schätzen, dass wir zu der weiterentwickelten Gattung der Primaten gehören. Nicht wahr, Dominik?« Hetty zwinkerte ihren Schwager frech an.

»Wenn du meinst. Ich glaube, die Paviane sind ganz zufrieden mit ihrem Aussehen, zumindest die männlichen.« Gerke nahm einen Apfel von ihr entgegen und biss hinein. »Wir gehen gleich weiter, Spatz«, kaute er. »Wir müssen nur noch warten, bis der Tierarzt Onkel Belas Mäuse untersucht hat.«

Sie saßen auf einer Bank im Münsteraner Allwetterzoo und plünderten den Picknickkorb.

»Ich wundere mich, wo er so lange bleibt.« Marleen sah auf ihre Armbanduhr. »Er ist schon über eine Stunde im Nager-Paradies.«

»Er wird vermutlich Sonderbesuchszeiten für sich aushandeln«, lachte Gerke.

»Wegen mir hätte er sie wirklich nicht abgeben müssen, zumindest nicht alle. Ich habe kein Problem mit ihnen.«

»Es ist auch nicht deinetwegen, Marleen. Ich glaube, er hat sie sowieso nur behalten, um seine Exfrau zu ärgern. Gut, im Laufe der Zeit sind sie ihm ans Herz gewachsen. Aber sie haben ihn eine Menge Nerven gekostet.«

»Ihr müsst nicht auf uns warten. Wer weiß, wie lange es noch dauern wird. Geht ruhig schon weiter.«

»Auf gar keinen Fall, Marleen. Ich fürchte, wir kommen nur in geschlossener Formation, mit Hetty in der Mitte, am Straußengehege vorbei. Der Hahn schien sich vorhin von ihrer Frisur sehr angesprochen zu fühlen.«

Hetty stieß ihrem Schwager in die Rippen. »Nicht so frech,

Gerkilein. Das ist hip. Wart's ab, in einem Monat läuft ein Drittel aller Paderborner Frauen so herum.«

»Da hätten wir uns den Besuch im Zoo ja sparen können. Ah, da kommt Bela.« Er deutete mit dem Apfel auf Aßmann, der eiligen Schrittes den Spielplatz vor dem Nager-Paradies überquerte. »Na, haben deine Süßen schon neue Freunde gefunden?«

»Macht euch nur über mich lustig. Ich bin heilfroh, dass ich sie losgeworden bin. Es hat mich für jede Maus eine Kerze im Dom gekostet.«

»Dann hat der liebe Gott ja endlich mal ein Ohr für dich gehabt.« Gerke stand auf. »Spatz, es geht weiter. Deine Tante möchte jetzt zu den Eseln.«

»Oh ja, zu den Eseln!« Leonie hüpfte voraus. »Möchtest du auch auf einem reiten, Tante Hetty?«

»Gewiss nicht, Leo. Mir reicht es, wenn ich ihn ein wenig hinter den Ohren kraule.« Sie kitzelte ihren Schwager am Haaransatz und hakte sich bei ihm ein. »Weißt du, Dominik, der Münsteraner Zoo war gar keine schlechte Idee. Es ist schön hier. Und wer will schon nach New York.«

*Auszug aus einer Pflegedokumentation des Lioba-Pflegeheims*

*Frau Friederike Mahlmann wurde heute nach einer sechswöchigen Reha auf die Pflegestation verlegt. Sie leidet an den Folgen eines hypoglykämischen Schocks, der schwere Hirnschäden hinterließ.*

*Die Patientin ist auf einen Rollstuhl angewiesen. Sie kann sich verbal nicht verständigen und benötigt Hilfe bei der täglichen Körperpflege und bei der Nahrungsaufnahme. Der Reha-Bericht empfiehlt, die Patientin in einem Einzelzimmer unterzubringen, da sie allein wesentlich ruhiger und zufriedener ist.*

## Danksagung

Von Herzen danke ich meinem Mann und meinen Töchtern dafür, dass sie tapfer meine gedankliche Abwesenheit erduldeten und jederzeit unterstützend auf mich einwirkten.

Ebenfalls Dank an meine beiden Profis Suse und Matze, die ein Auge darauf hatten, dass die literarischen Freiheiten keine allzu großen Kapriolen schlugen.

Michael Wenzel von der Literaturagentur Editio Dialog danke ich, dass er sich aus einem riesigen Manuskriptangebot meine Leseprobe ausgeguckt und sie professionell vermittelt hat.

Und natürlich danke ich dem Emons Verlag, der mir sein Vertrauen schenkte und dieses Buch auf den Weg brachte. Ein besonderes Dankeschön gilt Saskia Römer, die mit viel Wärme, Freude und Verständnis meinen Text lektoriert und geschliffen hat.